GENTOSHA OUTLAW BUNKO

結婚後の恋愛

家田荘子

幻冬舎アウトロ

結婚後の恋愛

contents

結婚後の恋愛

case 1

不倫のハードルって、
もっと高いと思ってた。

――藤村美甫（35）

愛してる先生の子供がお腹にいると思うと私、
うれしくて……。
もし、先生が許してくれるなら私、
産むつもりでした。
主人のことを考えると怖かったけど。

藤村美甫（35）
11年前、同い年の同僚と結婚。
子供は、10歳女児が1人。
彼は、大学病院の整形外科医（40）で、
2年以上続いている。

　結婚というものの価値が下がってしまったのだろうか。今では、完全に不倫が市民権を得てしまったかのようにみえる。男にとっても、女にとっても、不倫はとても楽しそうに私には思える。夫以外に恋人のいる人妻って、どんな女性なのだろう。そして、どんな家庭を持ち、日常生活を営んでいるのだろうか。そういった疑問から、私の取材は始まった。

「心中なんてありえないって思うんです。死んじゃったらおしまいでしょう？　愛する人と一緒に生きていかなかったら、何にもならないもの」

　藤村美甫（35）＝仮名＝は、ちょっと甘えたかんじのハスキーな声で、まずそう言った。美甫は、女の私が見てもいい女だ。薄化粧の彼女は、茶のセーターにベージュのジャケットといったOL風ファッションで現れた。目がとても大きく、魅力的だ。

　都内に住む美甫が、同い年の会社員の夫と社内結婚したのは、今から11年前。まじめですれていない夫に交際を申し込まれ、断りきれずに結婚してしまったという。ジャッキー・チェン似の夫との間には、10歳になる女児が1人。結婚退職をしたが、美甫は5年前から、自動車販売の営業レディとして働いている。

美甫が、初めての不倫相手となる「先生」(40)と出逢ったのは、今から2年半前。子供が骨折をし、連れて行った大学病院の整形外科の診察室でだった。

「最初のうちは、何とも思わなかったんですよ。なぎら健壱に似てるな……くらい。でも、子供を連れて診察を受けに行くたび、話が弾むんですね。先生は日本酒が大好きで、私も、ちょうど日本酒の味を覚えたいと思っていたとこだったんです。それで『今度、食事でもどう?』って2ヵ月後、誘われたんです」

美甫は彼のことを「先生」と特に甘い声で言う。普段もそう呼んでいるそうだ。整形外科医の彼には、同じ病院で薬剤師をしている妻との間に、子供が1人いた。ショートヘアの妻が、「かかぁ天下」なことは、病院でも有名だった。

だから、月2回のデートは、極秘が必至。連絡は、主に携帯メールで取り合うようにした。

「いつのまにか一日中、先生からのメールを待つようになってました。仕事が手につかないときもあって、もしかしたら私、すごい深く入っていってるのかもしれないって、ようやく自分の気持ちに気がついたんです」

初めての夜は、3ヵ月後に訪れた。

「いつもと違う店に行こうか」

先生は車のハンドルを握る美甫にそう言いながら、

「そこ曲がってごらん。今度は左……」

と、ナビゲーターをした。そうして着いた先が、ラブホテルだった。

「え？　ここは、そういう所じゃないんですか？」

びっくりしながらも美甫は、駐車場へと車を滑り込ませた。ごく自然だったという。

「でも、部屋に入った途端〈どうしよう、どうしよう〉って、心が騒ぎ出したんです。いきなり抱き締められたときは〈ウソでしょ？　ほんとに先生とホテルに来ちゃったの？〉って、うれしさ半分、それと、初めて主人を裏切ってる罪悪感半分で、とっても複雑でした。それから、シャワーも浴びずにキスをしてベッドに倒されて、いきなり荒々しく始まっちゃったんです。とっても優しい先生のイメージから一転して、すごいワイルドだった」

夫は、美甫が初めての女だった。そのせいか、いつも顔色を窺《うかが》いながら、同じ手順でセックスをする夫に美甫は、不満を抱いていた。美甫は結婚前に何人かの男とつきあったが、先生のようなセックスは初めてだった。初不倫のうえに、ワイルドなセックスが重なり、W刺激になってしまった。先生とのセックスは、性格もセックスもパッとしない夫に対して我慢し続けてきた美甫自身への、ご褒美みたいなものではないだろうか。

「先生は『舐《な》めなさい』とか『両手をついて、お尻をつき出しなさい』とか、私を服従させたがるの。それが新鮮で、言われた途端にポーッとしちゃった。先生が入ってきた瞬間？頭の中が真っ白になって〈ああ、こんなに夫と違うの？　こんなのもあったの？　私、やっと女になれた〉って。禁断を破ってしまった罪悪感よりも、〈女として一歩階段を上がったぞ〉みたいな。すごく荒々しくて、新鮮でいいセックスだった。終わったとき、私、ようやく自分の殻を割って大人の女になれたみたいで、すごくうれしかった。だから私、言ったの『先生、私のこと、いい女にしてくださいね』って。もう先生と離れられないと思いました」

美甫は、私のことを熱く見つめながら、感情を込めて一気に言った。色白な顔が火照《ほて》っている。美甫の声は、いつのまにか、妙に色っぽくなっていた。夫以外の男に恋し、セックスすることが、これほどまでに女に色気を注ぐことになるのだろうか。そういう美甫を私は、「かわいい」と思う半面「怖いな」とも思った。

ところで先生と激しく結ばれたあと、美甫の態度は夫に対して、どう変わったのだろうか。

「仕事で疲れてるからって、いつも拒否をするんですけど、目をつぶらないといけないときってあるでしょう？　私、主人としながら頭ん中で、数、数えてました。早く終わらないかなって。あれはいちばんつらかった。体は正直ですよね。私、ヤダと思うと、濡れないんです。でも主人は、強引に入ってくるの。もう痛くって……。まるで強姦。だから、どんどん主人のことがヤになっちゃって。でも、どこかにやましさがあるから、主婦として完璧にしようと、今まで以上に一生懸命、家事もするようになったんです。だけど、会社の人には判るんでしょうか。『どんどん、どんどんかわいくなっていく』なんて、言われちゃうんです。私、先生に恋してる自分が、大好きになれたの。恋に恋してる部分もあったと思うけど、主人は、まったく気がついてないんですよ」

先生に出逢うまで、藤村夫婦は、月2ぐらいセックスをしていた。車いじりだけが趣味で、パッとしないけれどもまじめな夫に、いい思いをさせてあげようと、美甫は一生懸命働いて車を買い、後に、マンションもローンで買った。その矢先の不倫だった。

「車と家を買った途端に、目標が消えちゃったのかな。それに、口数少ない主人とは、会話が成立しなくて、ストレスもたまってたんです。外で働いているうちに、主人の世間の狭さが見えてきちゃったんですね。そのうちに主人は、家の一部というか、家に帰ったら『いるもの』『あるもの』って存在になっちゃって……」

先生と会うのは、月に1、2度だったが、美甫の幸せな不倫は続いた。ところが、肉体関係ができてから半年後、事件が起こった。美甫が妊娠してしまったのだ。その月、夫とはセックスをしていなかったので、100%先生の子だった。

「愛してる先生の子供がお腹にいると思うと私、うれしくて……。もし、先生が許してくれるなら私、産むつもりでした。主人のことを考えると怖かったけど、産んで黙って育てちゃおうかなと思って、先生の携帯に電話をしたんです。『体調がおかしい』と言ったら、ピンときたらしく『ほんとに自分?』って。自信を持って『そうです』って言ったら、『ああ、そうか』って、結構落ち着いてましたよね。で、3日後の土曜の昼、病院の近くで待ち合わせをしたんです」

先生は、硬い表情のまま、近くの蕎麦屋に誘った。悪阻《つわり》がひどくて食べられない美甫を前に先生は、もり蕎麦を平らげてから封筒をテーブルの上に差し出した。

「これ。これぐらいしかできないけど……」

中には10万円が入っていた。

「そんなのいらない」

と、突き返す美甫に、封筒を無理やり渡すと先生は、

「病院へ行く日が決まったら、送って行くから連絡しなさい」

とだけ言って、サッと店から出て行ってしまった。

「1人残されて私〈ああ。やっぱり、しょうがないな〉って。よく冗談で先生が『俺の子、産むか?』って言ってたんですよ。酷ですよね。恋してる相手にそういうことを言ったら、どこかで期待しちゃうでしょ? だから避妊しなかったのに……」

その朝、先生が病院まで送ってくれた。人目を忍んで、近くで車を降りる美甫に先生は

「退屈だろうから」と「女性セブン」と「東京ウォーカー」を渡した。

「手術台に乗ったとき〈なんでこんな所にいるんだろう〉って、悲しくなっちゃいました。手術が終わってから、メールしたけど、先生は仕事が忙しくて迎えにきてくれませんでした。でも、いいの。1ヵ月だけど、愛する人の子供がお腹にいたんだから。そう考えるだけで私、幸せだったの。なのに先生の態度が、その日から変わっちゃったんです。メールしてもなかなか返ってこないんです。このまま逃げられちゃうって思うとつらくって、どんどんメールしたり、電話したりするんですけど、留守電で、返事もないし。朝、子供を送り出しては私、お布団被《かぶ》って泣きじゃくってました。遊ばれたんだと思うと、食事ものどを通らないし、睡眠薬をのんだり、体の水分、全部出たかなと思うくらい泣いてました」

夫には、仕事上のトラブルで悩んでいると言ってあったので、美甫が1ヵ月も、会社を休んで泣いていても怪しまれなかった。もともと、そういうことに無関心な夫なのだ。

泣くことに疲れ果てた美甫が、患者のふりをして先生に会いに病院に出かけたのは、手術から1ヵ月半後のことだった。美甫はそのとき偶然にも、大学病院の薬局で、お腹の大きい先生の妻を見てしまった。

「その瞬間、〈え――⁉〉って、足はガクガク、血の気が引いていきました。私、奥さんに話しかけてみたんです。『何ヵ月ですか？』って。そしたら、『3ヵ月』って。私の予定月と同じ月。奥さんの顔が誇らしげに見えて……。憎らしくて、憎らしくて診察室で先生に会った途端『奥さん、お腹大きいんですね』って言ったら、真っ青な顔して黙ってるんですよ。あとで聞いたら『君が真っ青な顔してるのに、何も言えるか』って」

その後も美甫は、執念でメールを送り続けた。根負けした先生が「快気祝いしようね」と電話してきたのは、術後2ヵ月たってからだった。彼は「悪かったね」とは言ったが、特にこれまでのことには触れなかった。居酒屋で食事を終えると先生は、迷わず車をラブホテルのほうへ向けるのだった。

「私、〈え——っ⁉〉って思いました。でも、それは言えなかった。先生は、私を必要としてくれてる。それだけでうれしかったんです。先生に抱かれた瞬間、我慢してたものが一気に込み上げちゃって……。〈それでも私は、この人を好きなんだ〉と実感しちゃいました。手術後だから怖くて、先生が入ってくる瞬間〈ヤダな〉と思ったけど、あとは夢中でした。私、主人より先に、先生としちゃったんです」

以来、2人の関係は再開された。デートは月2回。いつも先生のほうから連絡がくる。

「復帰以来、私が追いかけなくなったら、今度は先生のほうがマメになったんですよ。前は、顔色を窺いながら、先生の一言一言に戸惑ったり、作ったりする自分もあったんですね。『じゃあ』と別れたあと、先生の後ろ姿を見つめて泣いちゃったりとか。でも今は、すごく自然でいられるんです。我慢することに慣れちゃったのかな？　ばれなくて家庭をうまく収められるんだったら、（不倫も）いいんじゃない？　って割り切れるようになったんです。あまりにもつらい思いしすぎたからかな？」

　美甫は、夫と同じ部屋で、布団を並べて寝ている。残業も多く、帰りの遅い美甫が眠るのは、夫が寝入ってからだ。夫は週2回、朝6時に起きて、近所のテニスサークルに参加する。家事や子供の世話もよく手伝ってくれる夫は、

「俺が家庭で主夫してたほうが、家の中がうまくいく」

　と言うほどだ。いい夫である。ところが、美甫にとっては、そこがイラつく原因にもなるのだ。

「不倫のハードルって、もっと高いものかと思ってたんです。でも、越えてみたら、そうでもなかった。私の場合、そこから先が、ぬかるみでつらかったけど。今が私、いちばん、いい状態みたい」

　美甫の左手に、結婚指輪が淡く光っていた。指が細くて、はかなげに見える。美甫は、本当に幸せなのだろうか。彼女は、確かにきれいで輝いても見える。でも、大きな瞳の奥が揺れているように見えるのは、美甫の淋しい「心の深奥」のせいなのだろうか？

case 2

寝顔見ながら、
こんなにいい夫なのにごめん、って。

――山本永子（27）

換気扇って、
毎日洗ったりしないじゃないですか。
大掃除のときに思い出す。
〈うわぁ、すっごい油ついてるぅ。
嫌やわぁ。でも、やっとかな〉
って。夫とのセックスって、
換気扇の掃除と一緒。

山本永子（27）
新婚1年。大阪在住。
年下の夫（24）は、会社の元部下で、現在は、実家の工場勤務。
婚約前4年間不倫していた彼とは、
最近、2年ぶりに再燃したばかり。

「2年ぶりに彼にメールしてみたんです。私が結婚したっての知ってるし、メルアドも変わってるだろうし。でも、もしかして……って半々の気持ちで。そしたら、5分後に携帯にかかってきたんですよ。いきなり『どうしたん？　久しぶり』って。昔と違う電話番号なのに、私って判ったんや!!　と思った瞬間から、もう心臓がバックバクや」

山本永子（27）＝仮名＝は、一重の大きな目を見開いたまま、パワフルに、まくし立てた。大阪在住の永子は今月、結婚1周年を迎えたばかりである。年下の夫（24）は、永子が勤めていた先物取引会社の部下だ。10ヵ月の交際後、結婚を機に、夫は実家の工場で働き始めた。優しい義父母とは別居だし、永子には居心地のいい結婚生活だ。永子にとっての問題は、この夫だけなのである。夫は、1日の半分以上を3交替制の工場で過ごすほどの働き者だ。そのうえ、容姿がよく、スポーツ万能で、とても永子を愛している。私も、永子が結婚する前に1度会ったことがあるが、彼女の夫は、少女マンガに出てくる王子様のように、目が大きくて可愛い顔をしていた。そんな言うことなしの夫だが、とにかく永子に四六時中、ベターッなのだ。眠る時もペタ――ッ。本を読んでいても、じゃれついてきてベタベター。まるで幼児だ。

「皆に『いいダンナやな』って言われます。確かに、夫としてはいいんですけど、男としての魅力が全然ないんです。ただ可愛いものに、くっつかれてても性欲、湧かないんですよ。まるで女同士、一緒の布団に寝てるみたい。全然、何とも思わへん」

若くて性欲旺盛な夫から、永子は婚前から逃げていて、セックスは月イチだった。何か変わるだろうと期待して結婚したが、セックスは2ヵ月イチに減ってしまった。しかし、夫は毎夜、布団に入る度、妻の体にペターッと貼りついてくる。

「逃げる、逃げる。毛布で自分の体を丸めてロール状にしたり。嫌や言うのもヤだから、寝たフリしてやる。それでも触ってきたら、寝ぼけたフリして蹴る!」

永子は、キャッキャッと楽しそうに笑った。悪いと思いつつ、私も笑ってしまう。それにしても、よく夫が黙っているものだ。昔から永子に従順だったが、よっぽど惚れているのだろう。しかし彼女は、そこが気に入らないのだ。

「〈家庭に入ったら〉毎日、ボーッと生活してるだけだし、女として淋しいなぁって思ってたんですね。何か刺激が欲しかった。昔みたいに〈ああ、抱かれたい!〉と思えるようなカーッとした刺激が……」

となれば男しかない。それで永子は、結婚1年前までつきあっていた不倫男(35)にメールをしてみようと思った。

「メールを送るのに勇気いった。あのハードルは高そうに見えたけど、跳んでみたら、結構、低かったわ。メールしてよかったと思うもん」

永子は、ストレートのロングヘアを左手で触りながら、早口で言った。きれいな細い指だ。チェックのワンピースに、黒のストレッチロングブーツを履いた永子は、とても可愛くて、人妻には見えなかった。

実は永子は、21歳のときから4年近く、会社の妻子ある上司と不倫をしていた。家賃9万8千円、1LDKの逢引用マンションまで借りて、就業後、深夜まで毎日、過ごしていた。が、週末会えない淋しさと、保証のない恋愛が辛《つら》くなり、永子のほうから別れを切り出した。ワァッと彼は泣いて「別れない」と言ったが、身を裂かれる思いで、永子はふっ切った。2ヵ月後、いつも職場で一緒に働いている現在の夫の気持ちに気づき、交際が始まったのだ。

「でも、彼(不倫相手)のこと、ずーっと好きでした。2年ぶりの電話で彼に『結婚生活はどうや?』って聞かれた時、反応見たさから、わざと『うん、幸せ。仲よくやってるよ』って言っちゃった。『そっちは?』って聞いたら『いつもと一緒や』って。彼の家庭は冷え切ってましたから。で、世間話のあと、ちょっと沈黙があって……。私〈会おうってきよるかな?〉って、ドキドキやった。そしたら『また会いたいと思わん?』って。その瞬間〈あ、ダメ。会いたい。抑えられない〉と爆発しちゃって、『うん。はぁ、うん』答えもしどろもどろ、もうカーッと夢中や。電話を切ったあとに初めてダンナを思い出して〈あかん、あかん〉と思ったけど、もう抑えられへん」

3日後の土曜の夜8時に、2人は「いつもの場所」である大阪証券取引所前で待ち合わせした。夫へのアリバイ作りのために、永子は、やはり不倫をしている友人に電話をし、金曜日の夜8時頃、「相談があるから、明日会いたい」と電話してくれるよう頼んだ。夫に電話でのやりとりを見せるためだ。ここが、ロマンチストな男たちと違って、現実主義な女のすごいところだ。準備は完璧にする。はたして夫は、

「久しぶりだから、ゆっくりしてきたら?」

と、何の疑いもなく了解した。

〈この科白《せりふ》、待ってたぁ。むっちゃくちゃぁ、ゆっくりしてくるわぁ〉

と、彼のことばかりを考え、ドキドキしまくる永子は、その夜、眠れなかった。

「私〈うわぁ。ドキドキするぅ〉って思いながら、クールを装って証券取引所前へ歩いて行ったの。ニコッと2人で笑い合った瞬間に私、彼の腕に手ぇ絡まして『久しぶりぃ!』そのままギューッと握ったまま、離さんかった」

2人はミナミに行き、しゃぶしゃぶを食べた。独身OL時代、出張で彼と沖縄へ行き、初

めて結ばれた夜のこととか、仕事のことなど、話は尽きなかった。その間、夫から2回、永子の携帯に「まだ、ご飯食べてんのぉ？」と電話がかかってきたが、「食べてる、食べてる」と軽くあしらったそうだ。

「頭の中は、復活させたいって気持ちばっかり。でも、一方で、私も今は家庭があるから〈バレたらヤバいぞ！　あのダンナは――〉って不安も。でも、やっぱり誘われたんですよぉ。もう〈きたぁ〉ってカンジ」

しゃぶしゃぶ屋を出ると、彼が「行っていいの？」と自然に誘ってきた。永子が心臓をバクバクさせながら「いいよ」と言うのと同時に、2人の足はホテルへ向いた。永子は、歩きながら夫に電話をした。

「ごめん。カラオケ行くわぁ。うるっさいから、電話くれても、聞こえへんかもしれないと思って電話したわ」

そう言う永子の手は、しっかりと彼の腕を摑《つか》まえていた。

ラブホテルの部屋に入り「一緒にお風呂入ろうか」と言っていたときに、携帯電話が鳴ったが、永子は、あえて取らなかった。彼は、夫のことには何も触れない。「一瞬のうちに、有線大きくしてカラオケの雰囲気にして電話に出よかなとか、いろいろ考えたけど、下手に出て何か聞こえたら変に思われるなと思って」

そうして2人は、以前のように一緒に風呂に入った。

「私、『太ったな』って、すごい言われたんですよ。彼は痩せたと思った。『年とったからな』って言い訳してたけど。2人で子供のように体じゅう触りまくり合っちゃった」

浴槽から出て、2人は一緒にベッドに入った。

「抱き締められた瞬間、匂いと肌の感触と、抱き締められる力の具合とかが全部蘇《よみがえ》って〈そう。これ！〉と思ったら、なんかフワーッとしてきて、もううれしくてうれしくてしょうがないの。だから〈今までしてないことしてやろ〉って気になったのね。で、私が彼の上に乗っかって、頭のてっぺんから鼻、口、乳首……ぜぇんぶ舌でゆっくり愛撫してあげたの。彼が『ん……』って言いながら、体をピクピクさせて〈あ、歓んでる〉と思ったら、うれしくてぇ。最後は、彼のアソコを一生懸命舐め尽くしちゃった。私、昔そんなことしなかったのにね。そのうち、ウズウズしてきちゃって、〈もうダメ。我慢できない！〉私、いきなり彼の上に跨《また》がって、それを摑むと、自分から入れちゃったの。もう、すごいドキドキ。『いいっ！』って、めちゃくちゃ感じちゃった。彼『激しなったなぁ』って。それがまた、うれしくてうれしくて……」

永子は、そこまで一気に言って、アイスティーを飲んだ。白い顔が上気して湯気でも出そうだった。ところで永子だが、夫とのセックスのほうは、好きではない。

「若いのに、ねちっこくて『いいやろ？　いいやろ？』って、ジジィ入ってるんですよ。しらけるから『喋《しゃべ》らんといて』って言うんだけど」

永子は、興奮すると大阪弁になる。大きな瞳は、トローンとしたままだ。頭の中は、彼のことでいっぱいらしい。爆走中で、もう誰にも止められないと、私は思った。それにしても、彼とのセックスは、何がそんなにいいのだろうか。

「その名の通りのセックス！　ってカンジ。ダンナってね〈いつでもできるわぁ〉ってのがあるから、緊張感がない。でも、不倫相手って、『今だけ自分のもの』だから、すごいうれしいのかな。それですっごい刺激があって〈いいなぁ〉とか思っちゃう。だから、実現せんのに『帰らんとこかな、今日は』とか『今度旅行、行こうね』とか言っちゃうの。それがまた刺激になって……」

その夜、永子は午前3時すぎ、わざとシャワーを浴びずに帰宅した。彼の匂いを体に残しておきたかったのだ。大胆だが、それくらい永子は、ステキな思いをしたということなのだろう。可愛い良夫《おっと》は、すでに寝ていた。

「そうっと横に入って、寝顔見ながら〈こんなにいい夫なのに、ごめんな。私って、めっちゃ悪いヤツ。けど、また彼と、会うで〉って。体のほうは、余韻で、もうジワジワッと濡れてきて……」

それから2人は週1、2回、デートをするようになった。平日は11時までに帰るので問題ないが、週末は、たくさんいる友人を言い訳に使って午前様だ。それでも足りないときには、架空の人物も作り上げる。ルミも、その1人だ。

「週末前に『ルミがこのごろ、なんか知らんけど、私に電話してくんねん』とか、でっち上げとくんです。〈誰？ ルミって？〉って内心呆れながら『ルミ、全然勉強せぇへんかったのになぁ。今、コンピュータの会社に行ってて……』とか、嘘を一生懸命喋ってる。たまに質問されると困るから、ルミを記憶するんですよ。スケジュール帳にも『ルミと会ってしまった。あー坊（夫）は、1人ぼっちで、かわいそうやった』って書いとくんです。いつ見られてもいいように、夫を思う気持ちも添えてね。完璧にしとかな」

デート後、家に向かうタクシーの中で、永子は必死で、今夜のストーリーを考える。一緒だったはずの友人の髪の色からファッション、姑との関係など、こと細かい人物像を作り、頭にインプットしてしまうのだ。ここが男の浮気と違うところである。だから、男の嘘のように忘れてしまったり、辻褄《つじつま》が合わなくなることはない。

「とにかく喋りまくるんです。だから、デート中に夫から携帯にかかってきたときも『ルミ、今日なぁ、めっちゃ可愛い格好できてんねん』って、話さんでええことを必死で話すんです。彼、隣で笑ってますけど、その電話の最中だけ一瞬、彼はこの場に、いないんです。この彼は、ルミって思ったら、もうルミなんですわ」

　よくも、そこまで嘘をつけるものである。

「先物取引やってたぐらいやからな」

　永子はサラッと言って、カカカと笑った。今の永子には、昔のような不倫の辛さはない。

「夫がおって、淋しさがないから、今のほうが楽で、もっといい。彼も『こんなふうに会えんのやったら、会うてたらいいやん』って。これは延々と続くんとちゃうか」

　確かに彼だって、結婚を迫られることもないし、いい思いだけして、こんな楽なことはない。これでは続くはずだ。永子は、離婚する気は毛頭ない。子供のようにベッタリとまとわりついてくるものの、働き者でいい夫のいる家庭を、永子はぶち壊したくないのだ。相当ずる賢いと、私は思った。

「ダンナのこと、大切なんは大切。都合のいい夫だもん。けど、彼のことは、めっちゃ愛してる」

　永子は、夫と一緒にデート用の派手な服を買いに行く。

「こんなん流行ってんねんで」

　と言って、無理やり派手な服を買わせる。そしてデート当日、永子は待ち合わせ場所の近くのトイレで、スーツの下のセーターをキャミソールに替えるなど、セクシーファッションに着替えるのだ。スカートが短いだの、露出しすぎだのと、いつも男の目を気にして文句を言う夫と違い、彼は「いつも違う雰囲気でいいわ」と、その度、褒める。それで永子は、もっとおしゃれをがんばり、奥様風やOL風にメークを変えてみたり、会社時代の制服を一式持って行って、ホテルで、コスプレをしたりもする。

「彼、制服着た私の胸に顔を埋めながら『久しぶりやなぁ』って、すごい喜んでくれて、もう一段と燃えた。『SM（プレイを）やろう』と彼が言ったときも、自由にさせてあげたの。ただ手と足を縛っただけだったから、期待はずれでよくなかったけどね。彼が求めることは私、何でもしてあげようと思ってる。彼とするセックスって、女として絶対必要なもんだし、ホルモンの分泌もよくしとかな、きれいにもなれへんし」

永子は、夫といても、どうしても欲情しない。生理前などに、たまにできそうな気がして応じてやるが、やっぱり途中で〈嫌や〉と思い、世間話で気持ちを逸らせ、おしまいにしてしまう。永子は、夫とのセックスをどう捉えているのだろうか。

「（ウチの）換気扇って、毎日洗ったりしないじゃないですか。大掃除のときに思い出す。〈うわぁ、すっごい油ついてるぅ。嫌やわぁ。でも、やっとかな〉って。夫とのセックスって、換気扇の掃除と一緒。夫はマザコンじゃないけど甘えん坊で、私がおったらなあかんってカンジ。でも、男が感じられんから、セックスとかもヤ。私、本当はファザコン系なんで、頼りがいのある彼が必要なの。彼は、もう〈これが男や！〉ってタイプ」

「換気扇の清掃」とは、なんておもしろい表現だろう。永子の夫へのセックス観が十分に伝わってきた。彼女の夫には申しわけないが大爆笑してしまった。安定した生活と自由な時間とを手にしている永子は、今やもう、不倫が楽しくて仕方がない。欲しいものは、すべて手に入れたいと、スーパー・ポジティブな「松田聖子」を崇拝する永子たちの世代にとって、ひょっとしたら不倫は、自然なことなのかもしれない。

「人妻が不倫？　ほんとは、いいと思う。罪悪感というより、ばれたら怖いって不安があるだけ。でも、愛が勝っちゃって、止められないのよね」

いいことも悪いことも、そう長くは続かない。いくら鈍感で、女房に首ったけといっても、いつか夫も気づくだろう。どんでん返しは、嘘の種が尽きたときかもしれないし、毎回夢中で、避妊できない永子が妊娠したときかもしれない。いずれにしても私は、彼女の今後の展開に、覗き見的趣味から目が離せない。それにしても、女って大胆不敵ですごい。

case 3

いつでも家出できるように
荷造りしてある。

——加藤弓絵（31）

殺されちゃう!!　って思ったら、
怖くて怖くて動けなかった。
主人の私を見る顔が、愛を通り越して、
憎しみに変わってたのね。
両親があわてて家の中に入ってきたら
「バカヤロー！」って……。

加藤弓絵（31）
商社マンの夫と、9年前結婚。
6歳児1人。東京在住。2年前から会社社長（51）と交際中。
夫とは半年前、5ヵ月間だけ別居した。

「彼に離婚する気がないんだなと判って、主人とヨリを戻すことにしたんです。私、働いてないから、生活費のために、別居していた主人を呼び戻してね。でも、主人は2階、私は1階で寝るから、セックスもないし、ただの同居。なのに主人は、私と一緒にいられるだけでいいって言ってるのね」

加藤弓絵（31）＝仮名＝は、私が加藤家を訪れるなり、子供のようにかわいい声で、そう切り出した。セミロングのボブヘアに、グレイのニットワンピースが、とても上品に見えた。いい所の奥様という印象だ。確かに弓絵は、いい家庭に恵まれて育てられた。父親は、一流企業のエリート社員で、東京の住宅街に、自宅と弓絵夫婦のための家を2軒並びで持っている。

弓絵は、商社に勤める夫（31）と、半年前から5ヵ月間、別居していた。2年前より交際している20歳年上の会社社長が、離婚するのを待つためだった。が、妻に、離婚話を持ち出すわけでもなく、ただ「離婚して一緒になりたい」とだけを繰り返す彼に失望した弓絵は、3ヵ月前、最後の手紙を送りつけて自ら別れを告げた。返事はこず、不倫はあっけなく終わってしまった。そうなると、これまで彼に援助してもらっていた生活費が入ってこなくなる。困った弓絵は、離婚話を進めていた別居中の夫に連絡し、やり直したいから戻ってくるようにと勧めたのだ。仕事第一で、女遊び一つしたことのないという夫は、大喜びで1ヵ月前、家へ戻ってきた。その同居を始めるにあたって、弓絵は彼に「どうしようもないくらい今も好きで、辛いけど、これで諦めます」と、最後の最後の手紙を送った。ところが、彼からあわてて電話が来て、ヨリが戻ってしまったのだ。そうしてW不倫が再燃し、弓絵は今、夫に内緒で、毎日昼間だけは彼とすごしている。

「彼って他人じゃないみたい。たった2年しか一緒にいないけど、体の一部みたいなカンジ。もう離れらんない。私、すごい幸せなの。そりゃ不倫は辛いけど、彼が離婚してくれるって信じてるから。主人？　そのときは、お金を渡して出て行ってもらうつもり。息子（6）は、私のモノよ」

弓絵は、まったく悪びれずに言ってから、高くてかわいい声で笑った。お金を渡すから引っ越せなんて、まるで地上げ屋だ。なのに弓絵には、用意できる手切金もない。両親に出させるつもりなのだろう。責任を持たずにいられる彼女は、不幸なくらい恵まれていると、私は思った。

弓絵が現在、住んでいる家だってそうである。新築の家の中はきれいに片付けられていて、フローリングの応接間には、高級そうなソファや、オーディオセットが置かれていた。クリスマスツリーもきれいに飾られていて、弓絵から聞かなければ、絵に描いたように幸せな家庭に見える。けれどもそれは、結婚9年目にして終わってしまった。私は弓絵から、破綻の原因となった彼について、早速、聞いてみることにした。

「子供の手が離れて暇なので、事務のパートを始めたの。彼は、そこの二代目、若社長。そしたら、初日から彼が、家の近くまでBMWで送ってくれたの。他に3人、パートがいるのに、送ってくれたのは私だけよ」

それは毎日続いた。会社から弓絵の家まで7分のドライブの間に彼は、毎日「飲みに行こう」と誘ってきた。

「誘われ続ければ〈この人、私に気があるのかな？〉って思っちゃうでしょう？　10日目ぐらいかな、彼のこと意識し始めている自分に気がついたんです。彼、見るからに遊び人っぽくて、生活臭がないのね。そういうところに魅かれちゃったみたい。あとで考えると、誘い慣れてただけみたいだったけど……」

舘ひろし似の彼には、美容院を経営している妻（37）がいる。弓絵と出逢う前も、さんざん女遊びをやっていた彼だったが、妻は、文句一つ言ったことがないそうだ。できた女房である。一方、弓絵の夫も、できたダンナだ。中学の同級生だった弓絵と夫は、22歳のとき、同窓会で再会し、スピード恋愛結婚をした。

「主人は子煩悩で、父親としては100点満点。いい人よ。でも、ただのいい人で、それ以上に男として何の魅力もないの。出産したら、育児にふり廻されちゃって、主人のことは、ずっと放ったらかし。主人はそれが気に入らなくて、すぐ口ゲンカになっちゃうの。だから〈子供が大きくなったら別れよう〉って、いつも頭の中では思ってたのよね」

そうして現れたのが、ワイルド系遊び人タイプの若社長。彼は、車から降りてドアの開け閉めをしてくれたり、バラの花束を持ってきたりなど、外国人的な演出をしてくれるので、弓絵は新鮮な感動を覚えたに違いなかった。

1ヵ月後、社長は、朝も近所まで迎えにくるようになった。弓絵は、行きと帰りの1日2回、飲みに誘われることになる。日時が決まり、実行されたのは、それからさらに半月後――出逢ってから1ヵ月半後のことだった。2人は、夜9時に待ち合わせして、ニューハーフの店を2軒、はしごをした。夫は、弓絵が友人と飲みに行くことに寛大なので、その夜も疑いもしなかった。

「予感はあったんですけど、午前2時になったら、タクシーを呼んでくれて、私1人帰されちゃった。〈どうして誘ってくれなかったんだろ?〉って気になっちゃって……。彼のこと好きだったから、誘われたら、ついてくつもりでいたのに。主人のこと? あ……。まったく頭になかった」

弓絵は、私に聞かれて初めて夫の存在に気づいたような言い方をした。弓絵は自分本位で、欲望の赴くまま、まるで子供だ。男から見たら、そこが頼りなげで、かわいいのかもしれない。

さて、誘われなかったことが気になって眠れなかったという弓絵は、翌日、いつものように迎えにきてくれた若社長の車に乗るなり「帰されるとは思わなかった。私のこと、女として魅力ないの？」と尋ねていた。彼は何も言わなかった。すぐにハンドルを切り、会社までの道中にあるラブホテルに車を入れてしまったのだ。

「まさか、そのまま行くなんて……。びっくりした。でも、うれしかった。主人のこと？　子供のこと？　ぜぇんぜぇん。〈これから抱かれるんだわ〉とか〈この人、どんなふうに抱いてくれるんだろう〉とか、もう、彼のことだけ考えてたの」

遊んでいるだけあって、はたして彼は上手だった。1時間近くかけて弓絵の体をくまなく舐めつくし、恥じらいを忘れて悶《もだ》える彼女をじらし続けた。開発途上だった弓絵の体は、次第に開花へと向かっていった。

「私、その瞬間、女の歓びを初めて知ったんです。もう、頭の中がまっ白になって、今までに味わったことのないような幸せが、一挙に私を襲ってきたの。彼とは離れられないって思いました」

結婚3年目にして長男を出産したあとも、回数こそ減ったものの、弓絵は、10日に1度の割合で夫とセックスをしてきた。なのに、よりによって不倫相手の時に、女の歓びを知った――これまで弓絵は夫と、どんなセックスをしてきたのだろうか。

「もう、いつも、イヤでイヤでしょうがなかったんです。だから、パジャマの上は着たまま、下だけさっさと自分で脱いで『早くして!』ってカンジ。3分ぐらいしてから『まだ終わらないの?』って催促して……。何回も言うから主人、怒っちゃって……」

これなら、やらないほうがマシだ。なのになぜ、彼女はイヤなセックスを夫とするのだろうか。弓絵は、顎《あご》を右手で支えながら、

「生活、生活。生活のためしかないの」

吐き捨てるように言って、続けた。

「主人に食べさせてもらってるんだから、悪いなって気持ちもあるの。だから、10回誘ってきたうちの1回は、妻の仕事として、してやんないとと思ってね。生活費貰ってる以上、まったくしないのも気が引けるでしょ?だから、最中も『生活、生活』って自分に言いきかせてたの」

彼と結ばれた翌日から、2人は毎日、ラブホテルへ行くようになった。今まで通り、彼は

弓絵を迎えに行き、ファミリーレストランで朝食を摂って、それからラブホテルに入る。弓絵がパートに行っているはずの時間——つまり、朝の9時から15時までを一緒にすごすのだ。その後、出社するのが彼の日課となっていた。時々、ドライブにも出かけるが、365日のほとんどを2人は、ラブホテルですごしていた。そんな生活が、1年半も続いた。

「主婦してると、食べる物って大体余り物でしょ？　なのに朝から、ファミレスで朝ごはん食べさせてもらったり、洋服を買ってもらったり。セックスだって、必ず1時間以上してくれるんだもん。毎日が天国のような生活なの。そしたら、主人が邪魔になってきちゃった。主人は、イカせてくれないから、体も受けつけなくなっちゃったし」

弓絵にとってセックスは、夫婦破綻の大きな原因となっているようだ。それで半年前、ついに弓絵は離婚を口にした。表向きの理由は、「気持ちがなくなった」にした。すると、1人晩酌で酔っていた夫が突然、近くにあったアイロン台を持って、

「てめぇは、俺がこんだけやってて、何の不満があるんだぁ！」

と、いきなり弓絵に殴りかかってきたのだ。夫が怒声を上げ、暴力をふるったのは、結婚以来、初めてのことだった。騒ぎを聞きつけて、弓絵の両親がすぐに駆けつけたが、娘の浮気に感づいている母親は、

「ウチの娘が悪いんだから、気が済むまで殴ってちょうだい」

とまで言って傍観していた。

「主人がそんな言い方したの初めてなのね。すごかった。今までの私に対する憎しみが爆発したみたいに、もうバンバン、アイロン台が折れるまで殴りつけるの。子供は、怖がって震えながら、鼻血まで出してた。怖くて怖くて、だけど誰も助けてくれないの。あげくの果て、私のウチなのに『出てけー』って。私、夢中でパジャマに裸足のまま、外へ飛び出したの。殺されると思った。ちょうどタクシーが通りかかって、友達の家まで行けたんだけど……」

タクシー代は、友人が立て替えた。その夜、弓絵は友人の家に泊まった。朝になってから連絡すると、彼がすぐに迎えにきた。それから2人は、ホテルに滞在することにした。弓絵が家に戻ったのは、夫のアイロン事件から10日後のことだった。その夜、弓絵は再度、夫に離婚を持ち出した。夫は「俺のどこが悪いんだ。直すからやり直してくれ」と、懇願した。が、弓絵は「離婚して」の一点張り。すると突然、夫が台所まで走って行き、恐ろしい形相で弓絵の前に戻ってきた。

「一緒に死んでくれ！」

その震える両手には、包丁が握られていた。

「殺されちゃう！　って思ったら、怖くて怖くて動けなかった。主人の私を見る顔が、愛を通り越して、憎しみに変わってたのね。両親があわてて家の中に入ってきたら『バカヤロー！』って、今度は主人が出てっちゃった」

翌日から夫は、社員寮で寝泊まりし、別居生活が始まった。3ヵ月後、「一緒になろう」と、言っておきながら、離婚の気配がない彼とも別れたものの、それからさらに2ヵ月後、冒頭の経緯のように、弓絵は、夫とも彼ともヨリを戻してしまったのだ。

「主人とヨリを戻さなきゃよかった。まさか、彼のほうともヨリが戻るとは思わなかったから。でも彼には、生活のために（夫を）戻したって言ってあるの。『そうさせたのは自分だから、すまない』って彼が、悲しそうな顔してた」

別居前まで弓絵は、生活のために夫とセックスをしていた。今回、生活のためにヨリを戻したのだから、しないで済むわけがない。私がそれを言うと弓絵は、細い目の廻りに皺を寄せ、本当に嫌そうな顔をした。

「ボーナスが出たとき、主人がニコニコしながら10万円持って『これで、やらせてもらえないか？』って言ってきたんですよ。でも、どうしてもその気になれなくて私、『できない』って言っちゃったの。そしたら、すごい怖い顔になって、お金を置いて散歩に行っちゃった。私、いつか主人に殺されるんじゃないかなぁ。それでも彼とは、別れられないの。だって、やめられるんなら、とっくにやめてるもの」

最近、弓絵の友人に、夫が電話で「どうしても女房と別れたくない」と、救いを求めている。なぜ夫は、それでも妻と一緒にいたいのだろうか。お金を払ってまで、夫が妻に、セックスさせてもらおうとするなんて普通じゃない。なぜ弓絵が、これほど自由に、欲望のまま、やりたい放題していられるのだろうか。疑問は尽きないが、いずれにしても、一番悪いのは弓絵なのだ。なぜ彼女だけが、いい思いを経験できるのか。そう思うと私は、だんだん腹立たしくなってきた。

「主人に対しては、おいしいもの作ってあげようとか、寒そうだからセーター買ってあげようとかいう優しい気持ちはあるんですよ。でも、体はどうしても受けつけない。将来、離婚したら私みたいなのにまた出逢わないように。だって、主人には幸せになってもらいたいもの」

いつでも家出できるよう、夫に内緒で、弓絵は荷造りまでしてあるそうだ。彼が離婚して弓絵と一緒になる気などないに違いないと思うのは、私だけだろうか。

case 4

主人のこと、まだ好きなんです。

――松田道代（31）

車で迎えにきてくれた彼に会った途端、
〈こういう人と会えるなら、
テレクラも悪くないな〉
って思っちゃった。
ジャニーズ系の顔をしていて、
性格はあっけらかん。

松田道代（31）
3年前、年下の自衛官（現在28）と結婚。
2歳児1人。
テレクラデートは、出産2ヵ月後から始めた。
現在、彼氏をテレクラで物色中。

「誰でもいい。誰かと話したかったんです。主人とは、ほとんど会話もないし、とにかく話ができるだけでよかったの。その時、テレクラのことが頭を過《よぎ》って、タウンページをめくっていたら、載ってたんです、番号が。それで〈やってみようかな?〉って軽い気持ちで……。とにかく、誰かと喋りたかったから」

札幌市内に住む松田道代(31)=仮名=は、低い、くぐもった声で、テレクラをすることになったきっかけを話し出した。道代は、バイト先のファーストフード店にやってきた3歳年下の自衛官と3年前に結婚した。半年後、妊娠。現在、1児の母である。肩まであるボブヘアで、黒のセーターに同色のロングスカートをはいた道代は、見るからに、誠実な奥さんだ。その彼女が、テレクラにはまっているという。どういうことなのだろうか。

「子供が生まれて2ヵ月後かな? 茶の間で子供をあやしながらテレビを見ているときに突然、主人に言われたんです。『これから俺は、男である前に父親でありたいから、お前も、女である前に子供の母親でいてくれ』って。もう頑として言うから、イヤだけど私『うん』としか言えなかった。だけど、屈辱としか思えなくて、ずっと今でも心の中に溜まってるんです」

夫は、かわいくてしょうがない子供のために、いい父親になる決心をしたらしかった。はたして夫は、100点満点の父親になったと道代は言う。その代わり夫は、父親宣言を機にセックスをしたがらなくなった。これまでの平均週イチが月イチに変わっていった。そればかりか、これまでのように「化粧しろ」とか「キチンとした格好しろ」とかうるさく言わなくなった。道代の女である部分に興味を注がなくなってしまったのだ。

「頭がボサボサでも全然、鼻にもかけてくれないの。情けないですよね。〈じゃあ私、この先一生、主人から女として見てもらえないの？〉って思うと不安で、心細くて……。最愛の人に、女として見てもらえないっていうのは、耐えられないことですよね。母親だって女なのに」

父親宣言以来、道代は悩み続けていた。そんな彼女が、かつてワイドショーで見たテレクラのことをふと思い出したのは、宣言から1ヵ月後、今から1年前のこと、夫が当直の夜だった。

「テレクラの番号が目に入った途端、ドキドキしてきちゃった。誰かと喋れると思うと、もううれしくて……。いけないこととは思わなかったし、抵抗もまったくありませんでした。だって、主人のせいで、こうなっちゃったんですから」

赤系の口紅を塗った道代の薄い唇は、よく動いた。白い肌を生かした薄化粧の彼女は、女として十分に魅力的だった。なのに、女の部分を取れと夫は言う。これは無理な話だと、私は同じ女として思った。

松田家の生活は、殺伐としている。自衛隊の演習や当直日以外、午後6時ごろに帰ってくる夫は「風呂、メシ、寝る」を毎夜、繰り返す。夕食後、2台あるテレビの1台で、妻はドラマを見、夫は別室の1台でゲームをする。子供をまん中に川の字で寝るものの、夫婦は別々の時間に床に入る。休日も夫は、子供と遊ぶが、休養が優先で、妻と出かけるということもしない。これではいけないと、道代が夫婦の会話を試みるのだが、読書やゲームに夢中な夫は、いつも「あっ、ごめん、聞いてなかった。何だって？」と、まるで無関心。これでは、会話は減る一方だ。

「主人の代わりにとにかく、私の話を聞いてくれるなら、誰でもいい。そう思ってテレクラに電話したら、最初の相手も、主人と同じ自衛官だったんです。びっくりしちゃった。初めから話が弾んじゃって、すごく楽しいの。だから、15分ぐらいして『時間があるんだったら、これから会わない？』って誘われたとき、〈やったぁ！〉って内心、飛び上がっちゃった。でも私、『いいですよ』って一応、普通を装って言ったんだけどね。その先のこと？　何も起こらないとがっかりするから、期待しないようにしてました」

道代は、まっ白な歯をうれしそうに見せた。その笑顔には、一分の翳《かげ》りもない。

26歳の独身の自衛官とは、道代の家から徒歩1分の所にあるスーパー前で、午後8時に待ち合わせをした。一度眠りについたら朝まで起きないという子供を1人置き去りにし、道代は手早く、久々のおしゃれをして外へ出た。ちなみに、道代が電話で言った自己紹介は「年齢27歳。サラリーマンの妻で、夫は出張中」だった。

「車で迎えにきてくれた彼に会った途端、〈こういう人と会えるなら、テレクラも悪くないな〉って思っちゃった。性格はあっけらかん。ジャニーズ系の顔をしていて、性格はあっけらかん。札幌の町をドライブして、ロイヤルホストでグラタンを食べる間も、ずーっと話をしてたのね。自衛隊のこととか、何でもない話。でも主人は、それさえ私に話してくれないから」

車に戻ると彼は、すぐに「あのさ。ホテルに行ってもいい?」と、軽く聞いてきた。「え――っ!」と道代が騒いでる間に、車はすでにホテルに向かって走っていた。目指すは、かねて夫に「ここに入りたい」と、せがんでいた憧れのラブホテルだ。すぐに車は駐車場に滑り込んだ。そうして彼は、無言で車から降りると、サッサと自動ドアのほうに足を向けた。黙って、道代が、その後を追う。引き返すチャンスがあるにもかかわらず、道代は入口で、彼と一緒に写真を見ながら、積極的に部屋選びまでしていたのだ。

「内心、マズイかなぁとは思ったんですよ。だけど、もうずっと主人としてなかったわけだから、欲求不満といえば、欲求不満なんですよね。まずは、欲求不満解消という一番の目的を果たさないとと思って……。それに、好きなタイプだから〈まっ、いいかな〉って……」

部屋に入った2人は、普通にテレビを見始めた。すぐに楽しい会話が再開され、彼の出身地の話題になった。埼玉県所沢市――道代の夫の実家のある所でもあった。しかし道代は「私も知り合いがいるんだけど」と、笑いながら答えている。知り合いとは、道代の苦手な姑のことである。彼女は、夫がマザコン系だと結婚当初に知って以来、姑のことを嫌っていた。浮気現場で、姑のことを思い出せば当然、夫に結びつき、気持ちがしらけると私は思うのだが――。

「それが、あんまり主人とか、お義母《かあ》さんのほうに結びつかなかったんですよ。そりゃ、悪いこととは、ちょっと思ったんですけどね。やっぱり、女になりたいってのが一番にあるから、他のことは、あんまり頭に浮かばなかったんです」

30分ほどして彼が、おもむろに「風呂に入んない？」と軽く言った。情事前のムードなど、まったくなかったという。パパッと彼が脱衣して風呂に入ると、今度は、道代の番である。入浴後、バスタオルだけ巻いた道代が浴室から出てくると、彼はベッドに入っていて「こっちこないの」と、会った時から変わりない軽さで誘ってきた。

「なんか、エッチする雰囲気じゃないなぁと思いながら、私もベッドの中に入ったんですけどね。普通にキスから始まって、淡々と終わったってカンジ。主人は早いから、彼のほうが5分くらい長かった気がしたけど、何かこう、カァーッとするものもなくて、これじゃあ形式的エッチみたいなもの。慣れてる主人のほうが、まだマシだった。でも終わってから、『主婦にしとくのもったいないねぇ』って彼が言ってくれたのは、うれしかったのね。体は満たされなかったけど、女として扱ってもらえたことで、心は満たされたみたいだった」

道代がその夜、帰宅したのは午前2時だった。当直中、夫のほうからは電話をすることができないため、ばれる心配はまったくなかった。その後、道代は、夫の当直日を使って3度ほど、その自衛官とデートをした。セックスはよくないままだったが、会話できることが楽しくて、道代は、どんどん彼のことを好きになっていってしまった。2ヵ月後、はまりそうで、いよいよ怖くなってきた道代は、彼が演習に出ている間に、電話もかけず、会わないという決心をした。ところが、道代からの連絡が途切れても、彼のほうから電話がくることはなかったのだ。潮時だったということなのだろう。

「私、決心した日、大泣きしたんですよ。もっともっと彼に会いたかったから。私、はまってたみたい。時々、ボーッとしてたらしくて、主人に『どうした?』って、よく言われましたから。私、彼を忘れたい一心で、またテレクラに電話しちゃったんです。そしたら今度は、話をすることがうれしくて、テレクラにはまっちゃって、もう電話のしまくり……」

しかし、彼の代わりは、なかなか現れなかった。ほとんどが援助交際目的の中高年男ばかりだった。年下好きな道代は、年上と判っただけで、会う気にもならなかった。道代が必要としていたのは、体の欲求不満を解消し、女として心を満たしてくれ、話し相手にもなってくれる男。そんな男を道代がテレクラで見つけたのは、自衛官と別れてから2ヵ月後のことだった。その男もまた自衛官だった。25歳の自衛官2に、道代は「27歳。スーパーの裏方でバイトをする独身」という嘘を言った。それでも2人の会話は弾んだ。はたして15分後、彼は「会いたい」と言ってきた。道代は迷わなかった。こうして彼が、2人目のデート相手となったわけである。そうして道代は今度も、近所にある郵便局の前で、午後9時、待ち合わせをした。近場ですませるところが、「お買い物感覚」で、いかにも主婦らしい。

「よくもそんなにベラベラと嘘が——って、自分でも呆れるんですけど、彼はとても健全タイプで、エッチまでいきそうもないから〈まぁ、いいっか〉と思って。主人？　頭に浮かんだけど、女として扱ってくれないわけでしょう？　前の彼が、女として扱ってくれたときの優越感が私、忘れられなかったみたい。だから、またそれを……って思っちゃった」

道代の予想に反して、彼は「俺んちこない？　ビデオとってあるから見よう」と誘ってきた。道代は、何も起こらないと気軽な気持ちで官舎までついていった。ＰＫＯに行ったことを自慢にしている彼は、３ＬＤＫの住居に、オーディオ製品を各部屋に置くといった優雅な生活をしていた。2人はまず、炬燵《こたつ》に向かい合って入り、テレビを見た。人気のバラエティ番組だった。

「大笑いして番組が終わったとき、いつのまにか彼が隣にいたんです。で、服着たまま、そこで始まっちゃった。ああいう時って私、『ヤダ』って言えないんですよね。主人に相手にされないせいか、そういうことされると弱いの。だから〈まっ、いいか〉と思って……。でも、若いから一方的で、あんまり……。何か、あんまりよくなかった」

道代は唇をとがらせ、重い口調で言った。「はずればっかりね」と私が笑うと、「ほんとに……」道代は上目遣いで苦笑した。それにしても〈まっ、いいか〉で、してしまった2度の不倫。こんなに人妻が簡単に、ほかの男と寝てしまってもいいのだろうか。〈まっ、いいか〉で済むほど、セックスの価値が下がってしまったのだろうか。それとも妻とエッチをしたがらない夫が悪いのか。いずれにしても、道代は、身持ちが堅そうな女性に見えるのだが。

「エッチはよくないのに、会う度、彼のこと好きになっていっちゃうんです。ただ私、ずるいんですけど、どんなに彼のこと好きでも、家庭は家庭って思ってるんですね。生活や子供のことがあるから、主人を投げるわけにはいかないんです。じゃあ、なんで彼に会うかっていえば、やっぱり、一緒にいて楽しいから」

道代は、月数回のペースで彼とデートを続けた。夫といても、その楽しさはないということなのだろうか。

「ないです」

道代は頭を上げ、即答した。が、すぐに視線を下方に向け、

「私、主人のこと、まだ好きなんですよね。その主人が、女として扱ってくれたら最高なのに。そしたら私、テレクラなんかしません」

掠《かす》れた声で言った。小さな目が、ピンクに染まっていた。まだ夫のことが道代は好きなのだ。だから、好きでもない男とエッチをしても、よくないのは当たり前。道代は、夫に女として扱われてエッチもしたいのだ。ところが、たまに、道代のほうから誘ってみても、「頭ん中、それだけ？」と、夫は笑って逃げるだけ。彼にとってセックスは、「してもしなくてもいいもの」なのだそうだ。本当だろうか。もしかして、妻とのセックスだけ「してもしなくてもいいもの」と言っているのではないだろうか。

「でも、ヤです。女を捨てるなんて。私、生まれてからずっと女だったんだから、これからもずっと女をやっていきたいんです」

だからテレクラをしたというのか。けれども、テレクラで話をし、その男とセックスをしたところで、心の隙間は埋まらないことなど、道代はとっくに判っている。それでもテレクラ遊びを続けるのだろうか。たった一言、「愛してるよ」と夫が言ってくれるだけで、すべ

てが解決するのに……。夫は道代の気持ちのかけらほども知らない。3ヵ月後、自衛官2と自然消滅した道代は、現在、テレクラで3人目を物色中だ。

case 5

主人じゃ、この淋しさは埋まらない。

――長田知枝（31）

私、あのとき29歳で、
すごく焦ってたんです。
30越えたら、もう女じゃない——
みたいな先入観があって。
だから20代のうちにしておきたかったんです。

長田知枝（31）
12年前、高校の先輩と結婚。
夫（34）は、実家の旅行代理店を継ぐ。
子供は３人。
２年前から高校の同級生で美容師の彼と交際中。

「主人は〝仕事バカ〟なんです。夜はつきあいで飲みに行って、毎晩、帰宅は2時、3時。しょっちゅう、『帰ってきて、帰ってきて』って文句言ったり、メールを送ったりするんですけど、帰ってこない。そんなんで、もうイライラ、イライラしちゃって。でも私、一応社長夫人でしょ？　〝会社員妻〟をしてる友人に話しても判ってもらえないから、いつも同級生のA君に電話をしてたんです」

都内に住む長田知枝（31）＝仮名＝は、低い声で淡々と言った。長身でワンレングスの美しいロングヘア、色白で高い鼻。華やかな美人だ。3児の母とは、とても見えなかった。

知枝は、12年前、高校を卒業するとすぐに、高1のときからつきあっていた3歳年上の先輩と結婚した。夫は、近所に住む親の会社を受け継ぎ、旅行代理店を経営している。子供は、11歳、8歳、4歳の男児で、知枝は、夫からも子供からも「お母さん」と呼ばれている。

冒頭に登場したA君というのは、知枝の高校時代の同級生で、現在、バツイチの美容師だ。長渕剛似のおしゃれで、かっこいい男性だという。知枝は、高校卒業後、月イチの割合で、ずっと彼に電話をしていた。愚痴を聞いてもらうためである。電話だけの奇妙な友人関係だった。「会いたいね」と、お互い言いながら、10年間会えなかったのは、彼の仕事が忙しかったのと、知枝が妊娠、出産を繰り返し、子育てに追われていたからだ。ところが、2年前あたりから、2人の状況に変化が現れた。彼の離婚、そして知枝の子離れから、2人に少しばかりの精神的、肉体的自由が持てるようになったのだ。夫の帰りが遅く、イライラしていた知枝が、彼に電話する回数が増えたのは、そのころだった。そうしてついに、再会の約束が成立した。

「ずーっと子育てで、家に閉じ籠《こも》ってたから、まず家から逃げたいって気持ちがあったんです。ショッピングに行ったり、ブラブラしたり、男の人に会ったりしたりとかね。でも実際、彼と会うことになったら、もうドキドキしちゃって。10年ぶりでしょう？　今どんなになってるのか、すごく見たかったし……」

初デートは、とても暑い日だった。知枝は、タンクトップにレースの半袖カーディガンを羽織り、ショートパンツ姿で、三男を連れて青山まで行った。10年ぶりの再会は、彼の勤める美容室の近くの喫茶店で、休憩時間を利用してだった。

「彼は、体型も締まったまま変わってなくて、すごくいい感じでした。でも、子連れだったから『元気？』ぐらいで、深い話はできなかったんです。私、彼のこと、昔から好きだったのね。恋愛感情とは違うんだけど、気が合って、すごく自分をさらけ出せる穏やかな『好き』って気持ち。私の話をいつも聞いてくれるし、いなかったら困る存在だったの」

反町隆史をかなり太らせたような夫は、知枝にとって生活共同体だ。年とともに、知枝の嫌いなオヤジ体型になってきたし、年上ということもあって、最近では「父親みたいな存在」になってきたという。そんな平凡で平穏な毎日の中に、あの青山で美容師をしている同級生が飛び込んできたのだから、知枝が刺激を感じないわけがない。知枝は再会後、週イチ平均で彼に電話をするようになった。仕事の忙しい彼が、知枝と会ってゆっくり話をできるのは、せいぜい月1回。しかし、知枝の気持ちは、どんどん彼に傾いていってしまった。

「5回目に会ったときぐらいから、そういう関係になりたいと思うようになりました。主人って顔が広いから、口の軽い人とつきあうと、どこでばれるか判らないでしょ？　その点、彼なら安心。でも彼は、私のこと、どう思ってるのか、ちっとも手を出してこないんですよ。主人？　主人のことは、まったく考えてませんでした。ただ私、主人は置いといたまま、彼とそういう関係に、すごくなりたかったんです」

感情をあまり顔に出さない知枝が、ここで初めて息だけで笑い、「恥ずかしい」と言って、髪を左手で掻《か》き上げた。細い指に、シルバーリングが光っていた。知枝は、結婚生活を崩さずに、彼に抱かれたいと思っている。ずいぶん欲張りだ。私がそう思っているのに気がつかず、知枝は話を続けた。

「6回目のときかな？　喫茶店で会ったあと、彼が地下鉄の駅まで、いつものようにきてくれたんです。私、女の口から言うのもどうかなぁって迷ってたんだけど、勇気を出して言ったんです。切符買いながら『今度ホテル、行こ』って。彼『本気？　いいの？』って、びっくりしてたけど、すごいうれしそうだった。すぐにでも行きたそうだったけど、彼の休憩時間は1時間しかないから……」

2人がそのつもりで会ったのは、それから5日後、彼の定休日だった。午後2時、例の地下鉄駅前で待ち合わせをし、彼の運転してきた車に知枝が乗り込んだ。彼は「どこ行こうか」と言いながらも、迷わず車を渋谷のラブホテル街へ向けた。

「彼と他愛ない話をしながらも〈いよいよかなぁ〉って内心、期待してドキドキしてました。私、あのとき29歳で、すごく焦ってたんです。30越えたら、もう女じゃない――みたいな先入観があって。だから、20代のうちにしておきたかったんです」

20分近く後、車はラブホテルの中へ入った。そのことについての会話はなかった。知枝は、初めての不倫のために、ウチにあったレースの下着をつけてきた。最初ということで、あえて白のかわいいタイプにしたという。ホテルに入ると、彼はすぐにベッドに腰をかけ、服を放り出すようにして脱ぎ出した。知枝が隣に座ったと同時に、倒れ込むようにして彼が、抱きついてきた。そして、すぐに始まった。

「部屋に入ってから、お互いに心臓の音が聞こえるぐらい、2人とも緊張してドキドキだったんですよ。シャワーとか、甘い言葉とか、それどころじゃないってカンジ。彼に初めて抱き締められた瞬間、〈ああ、スリムな体って、抱かれ心地いい！〉って思いました。1時間以上、彼は全身をくまなく愛してくれたんです」

知枝は、夫と週1、2回、セックスをしている。午前様にならずに夫が帰ってきたら、「する」という合図なのだ。婚姻生活を10年以上、送っているわりに、夫の愛撫は今も、毎回1時間近くかけてくれるという。

「でも、やっぱり彼のほうがよかった。だって主人とのセックスは、日常の一部だもん。彼としたら、恋みたいに、ときめいちゃって私、女を思い出したんです。〈ああ、やっちゃったぁ〉っていうのもあったんですけど、充実感のほうが強かったですよね。彼と、しちゃったら、29歳の焦りなんか、ふっ飛んじゃった。だから、してよかった。彼？　終わったら、拍子抜けするくらいクールになってた。でも、この関係は続くと信じてたから」

2時間後、2人はホテルを出ると、またいつもの駅で別れた。まさに真昼の情事である。1人になって初めて知枝は、自分に夫がいたことを思い出した。それで知枝は、頭の切り替えをするために、喫茶店に入った。しかし、不倫をしてしまったという罪悪感は、夫の顔を見ても、まったく浮かばなかったという。知枝のクールな話しぶりを聞いていると、私は

「人妻が、ほかの男とするのは普通のこと」という錯覚を起こしそうになる。

その後も、電話と月イチデートは続いた。会うたびに知枝の心の中で、恋心は、どんどん膨らんでいった。ところが半年後、突然、彼が美容院を辞め、家も引っ越し、音信不通になってしまったのだ。

「遊ばれたのかな？　どうして電話くれないの？　って、すっごい悩んで落ち込みました。もう淋しくて淋しくて。主人じゃ、この淋しさは埋まらないんです、恋愛の対象外で、単なる生活共同体だから……」

彼が音信不通になってから、2ヵ月後のことだった。知枝は新宿で茶髪の男の子（21）に道を聞いた。10歳年下のカレは、人なつっこく答えてくれた。それから、20分近くも話は弾んだ。別れしなカレは知枝に、道だけでなく、携帯番号まで教えてくれた。知枝が電話したのは翌日だった。

「彼に会えなくて、とにかく淋しかったんです。あの子、話し好きだったから、彼への恋心を癒してくれたんですね。だから、翌週にデートが決まったとき〈もし誘われたら、別にいいや〉って思ってたんです。とにかく、淋しさを埋めたかったから」

睫毛《まつげ》が長く、女の子のようにかわいい顔をしたカレは、はたして知枝を誘ってきた。「彼の代用として心を癒すため」と、最初から割り切っていた知枝は、後々問題が起こらないよう「主婦で3人の子持ち」と正直に言った。が、年齢だけは25歳にした。彼はびっくりしていたが、人妻と判っても、ラブホテルへ行くのを中止しようとはしなかった。

「肌を合わせた瞬間、肌が全然違うって思いました。若いって、こういうことなんですね。体がピチピチしてて、見た目もピーンと張りつめてるんです。得したというか、オヤジが、若い女の子と浮気する気持ち、すごく判っちゃいました。カレとしたら、29歳のときの焦りは、もっとなくなりました。まだ25歳で通じるんだもん。年なんか、女は関係ない。見た目が勝負なんだって、自信を持てましたから。でも、セックスは普通。だって心は、彼のところへ行っちゃってるから」

カレとの電話は、夫のいない昼間、日課のようになっていた。デートも毎週、恋人関係のように続いていた。けれども知枝は、カレを遊びの対象としか見ていなかった。いつまでもプー太郎をやっているカレの頼りなさや、だらしなさを知ってしまったからだ。「もう潮時」と思い始めた4ヵ月後、2人の関係は突然に終わってしまった。例の彼が、電話をしてきたのだ。美容院とマンションを変わり、多忙だった彼は、電話する精神的余裕さえなかったという。一瞬にして幸せを取り戻した知枝は、その日を境に、カレに電話することをやめた。同時に彼との関係が再開されたのである。今から半年ほど前のことだった。

「恋心なんですね。今日、彼に会うと思うと、朝からドキドキドキドキ緊張するんですから。

彼に会うと私、自分を磨けるんですよ。彼のために努力して、きれいにしてようって思うでしょ？　でも主人じゃ、その気が起こらないんです。主人のためにきれいにするなんて、もったいないでしょう？」

知枝は、唇を歪めて苦笑いをした。夫のことが気の毒になるくらい、言いたい放題だ。もちろん知枝の言い分の中で、私が共感できる部分も、いくつかある。いくら仕事といっても午前様ばかりでは、淋しすぎる。でも、だからといって、夫以外の男と恋愛したり、セックスすることを正当化することはできないと、私は思う。不倫は、しかしながら知枝に多くのいい影響を与えたらしい。「彼」や「カレ」は、知枝の考え方を大きく変えている。

「1人に100％の理想を求めることは無理で、夫に50％、足らないうちの30％を彼、残り20％をカレに補ってもらえばいいってことに気がついたんです。だから、男の人も浮気するのかなって。彼とつきあう前までは、ちょっとでも主人にイヤなところがあると、すべてストレスとして溜めてたし、太っちゃダメとか、下品はイヤとか、自分の思う100％を主人に求めてたんです。でも今は〈もういいや〉って、妥協したり、黙認できるようになりましたから」

夫は、未だに「愛している」「好き」と知枝にいつも言っている。とっても優しい夫だ。しかし、それも知枝には生活の一部で、何も感じなくなってしまっている。もったいない話である。世の中には「愛している」「好き」と言ってもらえない妻が本当にたくさんいるというのに。

「主人の体とは、長年親しんできたから、形が合ってるんです。で、彼の場合、体のほうはピッタリじゃないけど、恋心があるから、気持ちが満足できる。それに私の若さや美しさを保つモトになってくれる。それで、若いカレは、体は合うけど、性格が頼りない。でも、淋しい心を癒してくれたし。だから、1人に100％求めなければいいんです」

知枝は、冷静に3人の男を分析してくれた。彼女の分析は、よく理解できた。でも私は、賛成できなかった。人の心や体は、数学のように、きれいに答えが出るものではないからだ。家で賢母をしている自分の妻が、まさかこういうことを思い、不倫をしているなんて、夫は露ほども知らない。罪悪感もなく、淡々とした知枝のような女性こそ、実は大胆ですごいのかもしれない。

「人間、死んだら終わりでしょ？　明日、死ぬかもしれないんだもん。やっぱり、生きてる間にやりたいことやってしまっておかないと……」

不倫デビューに成功した知枝は、これからも積極的に恋を求め続けることだろう。次は、「35歳になる前に」、そして「40歳になる前に」さらに「45歳になる前に」と、知枝の願望はとどまることを知らない。仕事熱心な夫、美しい容姿、自由な時間……こうした多くのポジティブな要因に恵まれているからこそ、恋をする余裕があるのだということに、知枝は気づいていない。「ないものねだりの欲張り」というふうに思える私は、ちょっと知枝がうらやましくなってしまった。

case 6

体を賭けて、嘘を一生つき通す。

――北村准子（35）

彼が果てたとき、
私、とってもうれしかった。
恋して、両想いになって、結ばれて……。
私のこと好きになってくれる男がいたんだって、
女として自信がついたんです。

北村准子（35）
11年前、会社員の夫（現在35）と、
5年の交際の後、結婚。
6歳男児が1人。
営業マンの彼（36）とは、9年間、W不倫中。

「ドライブした帰りに、私が『じゃあね』と言って車から降りようとしたら、彼に『じゃあね、またね』って、体を抱かれて初キッス。急でした。唇が離れて、彼が『もっと前から、こういうふうになりたかった』って言ってくれたとき、〈ついに一歩、踏み込んじゃったな。もう戻れない〉って思いました。でも、まだあのときは『浮気』とか『不倫』とかいう言葉を出すのに、抵抗があったんですよ」

北村准子（35）＝仮名＝は、相当な早口でまくしたてた。背筋を伸ばし、両足を斜めにそろえたまま、シャキシャキと喋る准子は、洗練された女性という印象を受けた。横に置いてある黒のシャネルバッグが、そんな准子に、よく似合っていた。札幌に住む准子は、営業マンの彼（36）と9年間、W不倫をしている。彼には、共働きの妻（35）と2児が、また准子には、会社員の夫（35）と6歳の男児がいる。彼女が5年の交際の後、結婚したのは、今から11年前、24歳のときだった。彼との出逢いのほうは、その2年後だった。つまり、「7年目の浮気」ということになる。当時、パートで事務職をしていた准子は、その会社に出入りする松田優作似の彼と何度か顔を合わせ、話をするうち、急速に親しくなっていった。出逢いから2ヵ月もたつと、2人は、毎日のように電話をし合い、少しでも時間があれば、会ってドライブするような仲になっていた。

そして、さらに1ヵ月後、冒頭の初キス。結ばれたのは、それから1週間後、忘年会の夜だった。それは、パートをやめて専業主婦になる准子の送別会も兼ねていた。その忘年会に、会社関係者の1人として、彼も招待されていたのだ。

「結婚以来、忘れていたドキドキとか、ハラハラを思い出したんです。学生に戻ったようで、すごく楽しいの。でも極力、家では変化を見せないように気をつけてました。だって、主人が嫌いでっていうんじゃないから。彼は、主人とタイプが違うし、好きという感情が生まれたから会ってるだけで、主人は主人。ただ、ちょっと遊んじゃおうかなって感じだったんです」

2人は、1次会だけで一緒に退散した。家の方角も同じなので、タクシーに相乗りしても、誰も怪しまなかった。が、彼は家のほうでなく、逆の方向へ行くよう運転手に告げた。

「ラブホテルに行くってことは、言われなくても判ってました。彼は『時間は大丈夫なの?』って心配してくれてましたけど、主人には『忘年会で、午前様になるかも』って言ってあったので平気でした。人の道に外れてることをしようとしてるなんて全然思わなくて、これからどうなるんだろうって、楽しみのほうに強く魅かれてました」

ラブホテルの前でタクシーを降りると、彼は先に立って、サッサと中に入ってしまった。手をつないでくれないことが少し意外だったが、〈ベタベタは2人とも苦手〉ということに気づき、准子もサッサと彼のあとに続いた。部屋に入ってからも、甘いムードではなかった。「先に入る」と言って、彼が淡々とシャワーを浴びに行き、出るとすぐに「入ってきていいよ」と、准子を促した。シャワーを終えた准子は、彼の待つベッドにみずから入っていった。

「抱き締められて、(愛撫が) 始まった途端、〈次はどうするの?〉ってワクワクしっ放し。彼、やり方が男っぽくて、すごい刺激的なの。主人は、性格もそうだけど私優先で、セックスも優しいの。でもあの人は、私の足をガッと開かせて、上から力強く入ってきたのね。〈あ、違う!〉って思った。腰の動きも、すごく激しいし、密着度も彼のほうが、ずっと強かった」

准子は、夫のセックスに不満を抱いてはいなかった。優しく、ソフトタッチをする夫は、いつも准子を歓ばせることに一生懸命だった。7年間、夫のセックスに慣れていた准子にとって、ワイルド系の彼とのセックスは、不倫ということも加わり、かなりの刺激になったはずである。

「彼が果てたとき、私、とってもうれしかった。恋して、両想いになって、結ばれて……。私のこと好きになってくれる男がいたんだって、女として自信がついたんです。私、子供のときから、男性に好かれる容姿じゃないってコンプレックスがあったんです。新婚4ヵ月目の彼とこうなったと思うと、奥さんに対して勝ったみたいで、すごく気分もよかったです」

准子は、大きな目を伏し目がちにして、そう言った。瞬きをする長い睫毛が色っぽい。華やかで気品があり、とてももてそうなタイプの准子に、容姿コンプレックスがあったなどと誰が信じるだろう。

「だから、今でも小綺麗にしてようって、家でも毎日化粧して、キチンとしてるんですよ」

准子は、美しい肩までの髪を掻き上げて微笑《ほほえ》んだ。艶っぽい表情だった。

結ばれた夜、准子がタクシーで送られ自宅に戻ったのは、午前1時すぎだった。そのとき初めて、准子は夫のことを思い出した。が、ヒヤッとしたのも一瞬だけだった。夫は、すでに寝ていたからだ。准子はメークを取り、もう1度シャワーを浴びてから、夫の眠るベッドの中に入った。

「鏡に映る自分の顔を見ながら〈ああ、やっちゃったよなぁ〉って1人、ニヤけてました。でも、ベッドに入って夫の寝顔を見たとき、〈はぁ……〉って、ため息が。自分は普通の顔して、普通の平凡な主婦のようでいながら、違う世界にも踏み込んじゃったんだってね。でも目を閉じたら、先刻《さっき》までの彼とのことが浮かんで、体がまた熱くなって……」

准子は、9年前のことなのに、頬をうっすらピンクに染め、幸せそうに言った。

翌日、彼のほうから「昨夜は大丈夫だった？」と電話が入った。2人は、あの夜を境に、さらに頻繁に、1週間に何度も逢瀬を重ねるようになっていった。昼間、彼が営業に出たわずか1時間の暇さえも惜しまず会ったり、准子の夫が帰ってくるまでの数時間を利用してドライブデートに出かけたりもした。ドライブといっても、近くの農道や砂利道を、ただクネクネと走るだけだ。

ある夜、彼は農道の行き止まりに自分の営業車を停め、いきなり准子に迫ってきた。准子にとって、初めての経験だった。けれども、それはますます彼女を興奮させた。やがて准子は、コンドーム持参でドライブに行くようにまでなった。夫は、100％妻を信じているし、このままずっと「幸せ不倫」が続いていくかのように思われたが、2年後、准子にとってショッキングな事件が起こった。

彼の妻が妊娠したのだ。准子は、それをいつもの農道ドライブの最中に聞かされた。

「2人の世界に浸っていると私は信じてたから、奥さんが妊娠するなんて全然、考えてもいなかったんです。『いやぁ、子供できちゃってぇ』って言われたとき、自分のことは棚に上げて〈ふうん。何だ、やっぱり奥さんともしてたんだぁ〉って、ピーンとキレちゃったの。だから『ちょっと眼鏡はずしてよ』って、はずさせてから、バンバンって往復ビンタしてやった」

准子は車を飛び出し、泣きながら帰路についた。彼は「また電話するわぁ。じゃあな」と、いつものように笑っていただけだった。

「裏切られたって気持ちになって、私も〈子供作っちゃお〉って、安易に思っちゃったんですよね。で、その夜、主人に『ねぇねぇ。そろそろ子供作ろっかぁ』って誘っちゃったんです」

10日後、准子の怒りが静まっているのを見計らって、彼がいつものように電話をしてきた。准子は、迷わず会いに行ってしまった。そして、これまで通りのつきあいが再開された。ところが2ヵ月後、准子は自分の体の不調に気づくのだった。

「やっぱり農道ドライブしながら、彼に言ったんです。『実は、自分もこう（妊娠）なってみて、言いにくいってことがよく判った』って。彼も『言いにくいんだよね』って、びっくり半分、おかしさ半分で笑ってました。でも、あとで、失敗に気がついたの。だって私の場合は、彼と違って、お腹が大きくなっていくわけでしょう？　どうして彼の奥さんが妊娠してるのを利用して、その間にいっぱい楽しもうとしなかったのかって。でもお互いに、それでも続くだろうと、なんとなく思ってましたから」

その年の10月に彼の子供が生まれ、4ヵ月後、准子は男児を出産した。夫は大喜びだった。准子は退院早々から、子供の世話をするかたわら、体型を早く戻すための運動や化粧をしっかりし、さらに家事のほうも、手を抜かずこなしていた。母も妻も女も怠らなかったのだ。

そうして出産1ヵ月後のある午後、彼から待望の電話がかかってきた。准子は、ミルクを与え、子供が眠ったのを確認すると、子供を1人置いたまま、すぐに彼に会いに行ってしまった。許される時間は、子供が目覚めるまでの2時間未満。

「私、ダンナより早く、やってしまいました。まだ主人としてないのにと一瞬、思ったけど、久々だったから、うれしくて。彼も『もう会えないかと思ってた』って、すごく喜んでた。私、今もそうだけど、ほんとに好きなのね、彼のこと。どうしてか判らないけど、離れられないのよね」

准子は、ベージュ色のマニキュアの塗られた長い指を膝に置いた。黒いワンピースとストッキングに包まれたその足を、彼はいつも「きれいだね。触りたかった」と言って撫でてくれるという。一方、口数の少ない夫は、そういう誉め言葉を一切口にしない。

「でも、いいんです。主人は主人。彼とは別物なんだもの。彼は恋人。悪くいえば愛人なんだから、会いたいとき、つまりセックスしたいときに会えばいい。そして、バカ話でもして、楽しければいい。で、主人は主人。身内であり、大黒柱であり、主人として、かけがえのない人。それに、優しくて、とってもいいパパなのね。私、主人がいるから、こうやって恋愛する余裕を与えられてるんだと思うんです」

准子の家は、明るくて楽しい。それは常に准子が心がけ、一生懸命、家庭作りをやっているからだ。結婚11年目でも、准子は毎朝必ず、夫にトランクスをはかせてやり、玄関でキスをして見送る。夫を送り出したあとは、いつ彼の時間が空いて会えることになってもいいように、必ずシャワーを浴びてシャンプーもし、化粧も完璧にしたうえで、家事や育児を手を抜かず行う。

「私も彼の奥さんと同じ『お母さん』でしょう？　でも私は、奥さんに差をつけたかったの。『こいつは母親になっても、女として変わらない』って、彼に思って欲しかったの。それにウチの中だって、彼の家より楽しくて幸せな家庭にしておきたかった。だから一生懸命、女として妻として母として努力してるの。だって私、不幸な家庭から逃げたくて、彼とつきあってるわけじゃないもん。ただ、彼が私のことを女として磨いてくれるから……」

准子の大きな目は、自信に溢れていた。そういう准子が最後に、うまく不倫を続けるための5ヵ条を考え出してくれた。

一　完璧に家事をする。

二　ウチでは、何があってもハイになりすぎず、鬱にもならず、常にいつもどおりに。

三　飽きられないよう、常に女としての努力を怠らない。

四　相手の妻の悪口を言わない。

五　常に気持ちに余裕を持ち、絶対にばれないよう準備、フォローをすること。

気品を含んだ笑みを浮かべる准子の心には、たくさんの嘘が隠されている。けれども准子は、たとえ体を賭けてでも、その嘘を一生、守り通すことだろう。女は恐ろしい。女の私が言うのだから、間違いない。

case 7

「お父さん」とはセックスできない。

——木元杏奈（28）

A君とするほうが、全然いい。
テクとかじゃなくて、
好きって気持ちの違いよね。
だって、私の友達とかも
「セックスは、ダンナとするもんじゃない」
って言うもん。

木元杏奈（28）
3年前、結婚。
夫（37）は会社員。
都内で両親と二世帯住宅に住む。
ホストの彼（32）とは、3ヵ月前、別れたばかり。

　これまで取材した人妻たちは、不倫する言い訳を持っていた。けれども、今回の人妻は違う。夫以外に誰かいれば、それだけでいいのだ。

「ゲーセンに行った帰り、表参道を歩きながら、A君が『杏ちゃんへの気持ちが抑えられなくなってきた』って言い出したの。私、うれしくって。『私もA君のこと好きよ！』って、その場でチューチューしちゃった。もうラブラブ」

　木元杏奈（28）＝仮名＝は、舌たらずな鼻にかかった高い声で、目をまん丸にしながら話し始めた。長いストレートの茶髪に、鮮やかなピンクの口紅とブルーのセーター……杏奈は、リカちゃん人形のようにかわいい。3年前に9歳年上の会社員と結婚している人妻には、とても見えなかった。杏奈は、都内で両親と二世帯住宅に住んでいる。母親が家事をやってくれるため、杏奈は暇をもて余していた。それで渋谷のメーカーでバイトを始めたのだが、2歳下、奥田民生似の独身社員と出逢い、すぐに仲よくなってしまった。結婚1年後、26歳のときだった。

「変ね。主人とチューチューしてもドキドキしないのに、A君とすると最高。私、二重人格なのかなぁ。A君のこと、すっごい好きなのに、主人と普通にセックスができるのよ。だけど、A君ともラブラブになっちゃった。それでキスから1週間後、ウチへA君を呼んじゃったの。ちょうど主人が社員旅行で留守だったから」

杏奈は、キャッキャッと高い声で楽しそうに笑った。私は、笑えなかった。心の中で、道徳心が頭をもたげてきたからだ。かつて「愛人」を執筆するため取材していたとき、夫が妻の留守中に愛人を家に泊まらせたということをたびたび聞いた。それがスリルがあっていいと、愛人たちは笑っていたが、私はそれについては、破ってはいけないルールの一つではないかと疑問を感じていた。だから杏奈には、Aを泊めるならソファに寝かせてほしかったのだ。それで、

「したの?」

と、尋ねてみた。すると、

「と——ぜん。だって、ダンナがいないんだもん」

杏奈は、あっけらかんと大声で言った。罪悪感のかけらもなかった。なんて明るい妻だろう。

その夜、杏奈は、Aと家で巨人戦を観、勝利をビールで祝ったあと、「寝よっかぁ」と、1人ずつシャワーを浴びた。杏奈は、Aに自分のビッグTシャツをパジャマ代わりとして貸

してやった。Aは、夫に関して、わざとか何も言わなかった。そうして2人は、ダブルベッドに入った。

「抵抗？　全然！　すごいA君と燃えちゃった」

杏奈は、顔をくしゃくしゃにして、屈託なく笑う。夫とのベッドで、ほかの男として平気だなんて、どうかしている。

「そんなこと言ったら、ラブホテルだって行けないじゃん。人の使ったベッドで……」

杏奈は一笑に付した。

（確かに……）私は、ただ苦笑いするだけだった。しかも杏奈は翌日、ゴミを捨てただけで、シーツさえ換えていないのだ。その夜、帰宅して気がつかない夫も夫である。だから2人は、ますますエスカレートしていった。連れ込みから10日後、会社の新年会のあと、杏奈はついに外泊してしまった。

「主人には、遅くなるよって言ってあったのね。零時すぎに2次会が終わったあと、A君に『一緒にいたいな』って言われちゃってぇ。それでホテルに泊まっちゃった。（主人のことは）ちょっと思い出したけど〈まぁ、いっかぁ〉ってカンジ。だって、私いつも、そのときがすべてなんだもん。でも、やっぱ、ちょっと心配で、よく眠れなかったよ」

そのわりに2人は、のんびりと翌日曜の午前10時にホテルを出ている。そのうえ、マクドナルドで食事までしているのだ。

「だって、お腹もすいてたし、なんか帰りづらかったから」

杏奈は、よほど図太いのか、鈍感なのか。聞いている私がハラハラしてきた。

午前11時すぎに、杏奈が帰宅すると、誰もいなかった。ただ炬燵のうえに、杏奈の手帳がポンと置き去りにされていた。その手帳にはなんと、「A君とエッチ」「A君とホテル」など、エッチ記録がしっかり書かれていたのだ。

「結構、冷静だったよ。〈ばれちゃった。どうするんだろ？　離婚されるのかなぁ〉ってボーッと考えるぐらい。私、普通の恋人気分だったから、やましさなんか全然なかったの。こんな大それたことになって初めて、不倫してたんだって気がついたのね。ダンナなんかね、私の両親に言いつけてたの。『杏ちゃん、浮気してたんですよ』って」

階下に住む杏奈の父は怒り、母は泣きの大騒ぎだった。しかし、夫はというと予想に反し、

「お願いだから、元通りの杏ちゃんに戻って」と、異常に優しかったという。意外な反応すぎて、かえって不気味に感じられる。「ドラマみたいに『離婚だ！』ってくると思ってた」と杏奈が言うように、怒鳴って殴っても当然である。なのに夫は、妻1人叱れない。その代わり夫は、その夜、杏奈を求めてきた。

「すっごいヤだった。無理やりやろうとするの。口惜しかったんだろうね。でも〈まぁ、い

っかぁ、早く終わってくださいな〉ってカンジでやらせちゃった。でも、A君とするほうが、全然いい。テクとかじゃなくて、好きって気持ちの違いよね。だって、私の友達とかも『セックスは、ダンナとするもんじゃない』って言うもん」

　杏奈は、長い髪を掻き上げながら、もっともらしく言った。脳天気というか、恵まれているというか、その後、バイトをやめさせられただけで、家のほうは、すべて丸く収まってしまったそうだ。なんて「円満家族」だろう。

　しかし、ふり廻されたAのほうは大変だった。事件の翌日、2人はホテルで抱き合い「ほんとに好き」と一緒に大泣きをした。「しばらく会えないけど、いつか一緒になろう」というAの言葉に酔ってしまった杏奈は「待ってる」とまで言ってのけたのだ。

「A君は、2人の将来のために、一生懸命お金を貯めて頑張ってたけど、私は離婚する気なんか、最初からサラサラなかったでしょう？　『待ってる』って言っちゃったのは、A君のことが好きで、手放したくなかっただけ。私は今、会いたい。今、仲よくしたいの。だけどA君は『我慢して』ばっかり。そのうち、ケンカが多くなって……」

　3ヵ月間のラブラブは、ケンカ別れで終わってしまった。

「主人って、顔は不細工だけど、働き者で、優しくて、お父さんみたい。まさに夫になるために生まれてきた人。でも私、誰か主人のほかにいないとダメなの。不満もないし、天国みたいなのに、ドキドキがないとダメ」

なんという贅沢なことを。杏奈は、浮気がばれても、まったく懲りていない。だから、すぐに後釜を見つけ出してしまうのだ。

杏奈が「問題の男」に出逢ったのは、Aとの恋の終結から2ヵ月後だった。杏奈は、ある午後、原宿で「お茶飲まない？」と、紫のスーツを着た茶髪の男B（32）に声をかけられた。

「私、いつもお茶ぐらいならつきあっちゃうんだけど、すごい派手で、恥ずかしいから断ったのね。でも、すごいしつこいから、ケーキ付きって条件で仕方なく……」

歌手、狩人の弟似のBは、歩きながら、すぐに杏奈を抱き締めてきた。彼女は何度も職業を尋ねたが、Bは言わなかった。そんな不可解な男なのに、杏奈は公園でキスをし、翌日、デートの約束までしている。しかも当日は、Bのために、お弁当まで作ってやっているのだ。

「楽しかったぁ。帰り道、『君と真剣につきあいたい』なんて言われちゃったから〈どうしよっかなぁ〉と思って。私、まじめにつきあう気ないから、『彼がいるの』って言っちゃった」

「どうしようかな」などと、悠長に考えている場合ではない。杏奈は、人妻だということを完全に忘れてしまっている。特に好きでなければ、よせばいいのに、頼まれたらイヤと言えない性格なのだろうか。

「でもね、喫茶店でグラスを持って『君の瞳に乾杯』なんて言っちゃう人なんだよぉ。お姫様気分にしてくれるんだもん」

出逢いから2週間後、2人は横浜にドライブに行き、自然の成り行きでラブホテルへ行った。

「すっごい良かった。やり方は普通なんだけど、丁寧に時間かけてくれるんだよね。終わったあと、腕枕されて私、〈またやっちゃった〉って反省。そしたらB君に『杏奈ちゃんのこと、幸せにするからね』って言われたの。〈それ困るんだよ〉と思いながら、私も『ほんとぉ？　うれしい』なんて言っちゃって、うまい具合に涙も出てきちゃった。理由もなくね。で、私『彼氏と別れた』って言っちゃったんだ」

嘘の上塗りのうえに涙まで――大した役者である。実は、杏奈がこうして嘘をつけるのは、絶対にばれないという自信があったからだ。彼女は、自分のことを23歳の独身で通し、決して自宅の電話番号を教えない。こういうところは、妙にしっかりしている。

初夜を機に2人は、1週間に2回はデートするようになった。彼は、会えば必ずセックスしようとした。

「車の中は、当たり前。ビルのトイレでもしたし、観覧車の中で、下だけ脱がされちゃって後ろからされたこともあるのね。しょうがないから、私、ピル飲み始めたの。でも、主人は知らないよ」

ところが、8ヵ月後あたりから、急にBが「仕事で忙しい」と、杏奈の誘いを断り始めたのだ。しかし、Bの忙しい仕事内容さえ知らなかった杏奈は、しつこく電話をかけ続けた。そして2ヵ月後、いきなりBは「なんだよ。そんなに俺とエッチしたいのかよ」と挑発してきた。呆然としている杏奈に、Bがさらに「今からしてやるから、3万円とホテル代持ってこいよ」と言った。

「すごい惨めだった。でも私、彼のすべてを知りたかったから、お金を持って行ったの。部屋に入った途端、『最初に金出せ』なんて手慣れたこと言われちゃって。で、すぐにやろうとするのよ。『やりたくてきたんじゃない』って言ったんだけど、『これが仕事だ』って。結局、やっちゃった。元には戻れないって判ってたんだけど、やっぱり離れられなくて……。でも、すごい一方的。ズボンを下げて、私の口の中にいきなり突っ込んできて、勝手にイッちゃうの。私が飲み込まなかったら、すごい怒ってた」

Bは「会いたければ、これからは金を持ってこい」と言って、2時間で部屋を出た。杏奈は、あまりのBの変わりようにショックを受け、泣いてばかりいたという。それでも杏奈は、翌週から金策のため、売春目的でネット交際を始めたのだ。

「彼とつきあってた8ヵ月間、ほんと楽しかったのね。だから、お金さえあれば、また彼と元に戻れるのかなって期待しちゃったの。ただ、自分のお小遣いを削ってまでお金を出したくなかったから、ネット売春を始めたの。ついでに街で声かけてきたオヤジとのデートも。でも、ヤだった。オヤジとエッチしながら〈これもB君に会うため〉って、念仏のように唱えてた」

Bの要求額は、会う度、値上がりしていった。

そこまできたら、もうやめればいいのに、杏奈は必ず2週間に1回、Bとの有料デートを続けていた。Bの正式な職業は、出張ホストだったのだ。それでも杏奈は別れない。彼女は結婚しているのだから、夫の元へ戻れば全てが解決するというのにである。

「私、B君と一緒になりたいわけじゃないのに、利用されてるだけなのに、訳も判らず、何かにすがりついてたの」

ついに疲れ果てた杏奈は、2ヵ月後、ようやく「私と一緒になる気がないなら」と別れを告げるのだった。杏奈は、売春もやめた。しかし、そんなことを言う杏奈だって、夫と離婚する気なんてない。なら、あんな男など捨て、夫一筋になればいいのに。

「どうしてか、自分でも判んないの。私、結婚してるって認識が、未だにないのよね。それにお母さんが何でもしてくれるし、主人も、お父さんみたいに私のこと、子供扱いするし」

「お父さん」とセックスはできない。だから杏奈は、年2回ぐらいしか夫とセックスをしない。

「私、昔から、ちょろちょろ浮気してたから、結婚したって止まんないの。それに、(セックス)好きなほうだしね。友達は、私のしてることを『(私の)オモチャ』みたいって言うの。私は『恋愛ごっこ』してるとは思ってないのに」

杏奈は辛いことも、コロコロと軽く笑いながら話す。杏奈は、まだ精神的自立ができていないのかもしれない。だから、子供のように欲望のまま行動する。そこが、かわいくもある。夫が、何も言わないのは、杏奈が精神的に大人になるのを待っているからだろうか。

Bと別れて3ヵ月。杏奈は今、バイト先のコンビニに来る客に夢中である。

もし、杏奈と同年代の独身女性だったら、これほどまでに自由に恋愛を楽しむことはできないと、私は思う。自立した生活のためにまず、働かなければいけない。となれば、デートする時間も限られてくる。だから、行動に抑制力が働いてしまう。「人妻の浮気」というのは、生活が安定し、時間に余裕がある主婦の特権ということになるのだろうか。

case 8

常に誰かを好きになっていたい。

——神田三栄（35）

私、恋愛という夢を見てたのかな？
すごく楽しかった。
だって私、
ずっとお金のことで悩んでたでしょう？
疲れてたのね、現実にふり廻されて。
でも、彼といると、
まったく、それを考えなくていいの。

神田三栄（35）

大手デパート・ブランド化粧品売場勤務。
3年前、カフェバーを経営していた夫（現在40）と、
借金付きで結婚。閉店後、上京。
夫は会社員に。3ヵ月前、別れた彼（37）はカイロプラクター。

都内、大手デパートの有名ブランド化粧品売場で働いている神田三栄《みえ》（35）＝仮名＝は、黒のよく似合うセクシーな美女だ。黒のアイラインを一気に引いた大きな目や、濃茶のリップペンシルで輪郭を描いた肉感的な唇などが、大人の女の雰囲気をかもし出している。

三栄は、3ヵ月前、不倫の幕を閉じたばかりだ。今は、1年前までと同じように、会社員の夫（40）と共同生活を送っている。彼女が不倫をするようになったのには、理由がある。

私は、そこから話を聞いていくことにした。

「4年前、主人は、カフェバーをやってたんです。私は、そこのお客。繊細で、危険な匂いのする主人と、半年後につきあうようになって判ったんですけど、実は、お店が火の車状態。私は青年実業家のお嫁さんになれると思ってたのに……」

かつて手広くバーを経営していた夫だったが、次々と店が潰れ、それが最後の1軒となっていた。当時も同じ化粧品会社で働いていた三栄は、貯金の300万円を夫に渡し、借金の返済に充ててやった。しかし、経営は悪化するばかりで、結局は店を畳むことになってしまった。会社員になった夫は、出逢いから1年後、借金付きで三栄と結婚した。2人で頑張って働けば、なんとかなる——と、当時の三栄にはまだ、希望も愛情もあったのだ。

それから2年後、夫の給料が3ヵ月も振り込まれていないことが発覚した。その間、夫は内緒でローン会社から借金をし、自分の借金返済に充てていたのだ。しかし、半年後の師走に、その会社も倒産してしまった。

「お店に次いで、2回目でしょう？　裏切られたというか、もう信用できなくて。主人は、口ばっかりで、行動が伴ってないんです。その上、大卒で、ずっと経営者だったから、プライドが高くて、今さら人の下で働けないみたいなトコもあるし……」

三栄は、嫌がる夫を説得して、職探しをさせた。夫は将来、正社員になれるという会社に、しぶしぶアルバイト就職した。金のやり繰りに追われていた三栄は、週3回、勤務後、近所のクラブで午後9時から午前2時まで働くようになった。日払いで貰わないと生活できないほど、金欠の日もあったという。お金に追われ、殺伐とした毎日を送っていた三栄の前に現れたのが、夫と全く反対のタイプの彼（37）だった。カイロプラクティックの療法士の彼は、常連に連れられて、初めて店へやってきた。三栄が入店して1ヵ月後のことだった。

「（俳優の）木之元亮を太らせたカンジの明るい彼は、夫に愛想を尽かし始めてた私にとって、新鮮でステキに見えたの。独身だけあって彼は、自分から電話番号をくれたのね。でも、すぐに電話はできなかった」

三栄が人妻であることは、常連客から彼の耳にも入っていた。だから三栄は余計に、すぐ電話を入れることができなかった。水商売をしている人妻ということで、軽いイメージに取られてしまわないかと、心配したからだ。三栄は、彼が再来店してくれるのを待つことにしたのだが、3ヵ月経っても現れなかった。しかし、会いたさは増していくばかり。それで、ついに三栄は、決心をした。ある日曜の昼すぎ、三栄は、仕事の休憩時間に電話をしてみた。

「もう、ドキドキ、ドキドキ震えながら『三栄ですけど、覚えてますか？』と言ったら『あぁ。やっとかけてきてくれたんだね』って明るい声で。その途端、もうホッとして、ドキドキが治まったのはいいけど、5日後の夕方5時に会うって決まったら、今度は舞い上がっちゃって。で、電話を切ったら、次に不安が襲ってきたの。何を着てこうとか、会ったらどうなっちゃうんだろうとか……。もう、恋ですよね、まるで……」

三栄は、ハスキーな声で笑った。吸い込まれそうなほど美しい肌をしている。実年齢より10歳ぐらい若く見えた。

翌日、三栄は、同じデパート内で国産ブランドの服を買い、ピンクの下着も買った。

三栄は当時、夫と2ヵ月に1回程度、セックスをしていたが、3ヵ月前、彼に会って、ときめきを感じたときからというもの、まったくしなくなってしまった。

「恋愛がスタートしてなくても、気持ちがそっちにいってると、隣に寝てられるだけでイヤなんです。主人は、家でいつもお酒を呑んでたし、朝からお金のことでケンカばかりしてたし、どこかで逃げたかったんでしょうね、現実から。だから、彼に会うまでの5日間、まったく主人を見てなかったし、主人のことなんか、頭に浮かびもしなかったんです」

デート当日は、三栄のオフ日だった。三栄は、美容院でカットをしてから、約束の午後5時より前に新宿アルタ前で待っていた。10分遅れてジム帰りの彼が、スカッシュラケットを抱えて「待った？」と走ってきた。

「期待はしてました。でも、向こうは独身だから、私さえ許せば、すぐ（セックスまで）いけちゃう。だからこそ初日は、食事して飲みにだけ行って……と内心、計画を立ててたんです」

気取りのない彼が、連れて行った先は居酒屋だった。そこで、好きな日本酒に手が伸び、三栄は酔ってしまった。2軒目のバーでは、トイレで吐くほど泥酔した三栄を、彼はタクシーで自宅近くまで送っていった。

「翌朝、目が醒めたら、恥ずかしさでいっぱい。すぐに電話を入れて謝りました。私、舞い上がりすぎて、悪酔いしちゃったのね。でも4日後に、彼のほうからお店に電話をくれて、デートに誘ってくれたんです」

夫は日曜休み、妻は平日2日休みというすれ違いの生活をしている。そういう夫婦が、お互いに干渉し合ったことは一度もない。夜は、妻が帰る前に、夫が酔っ払って先に寝てしまい、朝から、お金のことでケンカするという毎日が続いていた。

2度目のデートも、三栄のオフ日だった。居酒屋で食事をした後、彼が前回の悪酔いを気づかって「このあとは、ウチで飲まない？」と誘ってきた。

「え？　って内心思いました。でも、部屋に興味もあったから、行ってみることにしたんです。すごくきれいな2DKの部屋で……」

炬燵のコーナーを挟んで2人が座り、国産ウィスキーを飲み出して10分後、彼がいきなりキスをしてきた。

「びっくりした。一瞬、主人の顔が過ったんだけど、〈まぁ、キスぐらいならいいかな〉と思って……。すごい上手だった。私、ずっと毎日、お金のことで悩まされてたから、唇が重なった瞬間、現実を忘れられたんです。心の中が心地いいというか、甘くなったというか、ほんの一瞬だけど、久しぶりに幸せな気分に浸れたのね」

彼は、そのまま三栄の体を畳のうえに押し倒してきた。ところがその瞬間、また三栄の脳裏に夫の顔が浮かんできたのだ。「ごめんなさい」と謝る三栄に、彼は「ウチまできたのに……」と面喰らった顔をした。そこで三栄が「手と口でしてあげる」と申し出ると、彼は早速、シャワーを浴びに行き、すぐにバスタオルを1枚巻いた姿で出てきた。彼は裸で仰臥《ぎょうが》したが、三栄は、服を一切脱がなかった。

「してあげながら、主人に対して申し訳ないって思ってました。いくら主人のことは嫌いでも、夫婦っていう部分で、どこか繋がってたのね。彼のことは好きだけど、『裏切り』って言葉がチラついて、もう一歩踏み込めないでいたの。だから私、彼の（精液）を口にできなかったんです。彼、ちょっとムッとしてたけど」

三栄は、3時間ほどで帰宅した。その夜を機に、2人の距離はますます縮まり、わずか5日後に一線を越える夜がやってきてしまった。待ち合わせ場所は、いきなり彼の家だった。彼の手料理のピラフを食べ終わるとすぐに、また三栄の前に顔が近づいてきた。三栄は、もう拒まなかった。自分から「ちょっと待って」と、シャワーを浴びに行った。

「期待して（彼の家へ）行ったくせに、どうしようって、もうドキドキ。でも、シャワーを浴びるうちに〈ばれて、どうなっても、もういいや〉って覚悟が決まったんです。開き直ったっていうか。私、主人と随分、してなかったでしょ？　ものすごくよかった。終わってすぐ、もう1回したいと思ったもの」

その夜、三栄は帰らなかった。彼の逞《たくま》しい腕に腕枕されたまま「帰りたくないから泊まっちゃう」と言った。彼は、ちょっと驚いた顔をしたが「君がそれでいいんだったら」と、三栄を強く抱き締めてきた。

「私、薄情なのかもしれない。終わってから主人の顔が浮かばなかったの。電話もしなかった。彼のいる前で、主人に電話するのもヤでしょう？」

不倫初体験だからこそ「怖いもの知らず」で、できたのだろう。それにしても、する前まで浮かんでいた夫の顔が、セックスした途端、消えてしまうなんて、「すごくいいセックス」は、女の人生を変えかねないほど、やっぱりいいものなのだろうか。妻の無断外泊なんて、想像しただけで恐ろしい。その後、三栄はどうなったのだろうか。私は彼女に、先を急がせた。

「そのまま会社に行って、帰宅したんだけど、夕方ぐらいから怖くなってきたの。そりゃ主人は聞きますよね。でも私は、○○さんの家で酔っ払って寝ちゃったの一点張り。○○さんって、もちろん主人の知らない女友達。だって知ってる人だったら、電話されちゃうでしょう？」

三栄は、早口でまくし立てた。時折、ロングヘアを掻き上げる左手の中指には、ゴールドのファッションリングがはめられている。三栄は、結婚指輪を持っていない。お金にふり廻されていたので買ってもらえなかったのだ。

初外泊以来、三栄の彼に対する想いは、ますます募っていった。三栄は、彼の勧めもあって、夜の店を辞めた。ちょうど夫が、正社員になった時でもあった。それからというもの三栄は、彼の家に週3日は泊まるようになってしまった。夫に電話を入れるのは3回に1回。あとは、無断外泊だった。三栄は、パジャマやハブラシ、下着まで彼の家に持ち込み、半同棲生活をしていたのだ。

「私、恋愛という夢を見てたのかな？　すごく楽しかった。だって私、ずっとお金のことで悩んでたでしょう？　疲れてたのね、現実にふり廻されて。でも、彼といると、まったく、それを考えなくていいの。好きな人と好きなときに食事して、好きなときにセックスする――そんな生活が、ものすごく楽しかった。別の空間を求めてたのかもしれない」

家で酒浸りの夫は、外泊について、何も言わなかった。その代わり、まるで気持ちを窺うように、三栄を誘うようになった。しかし「生理中なの」とか「疲れてるの」と言って、三栄はかたくなに拒み続けた。明日、彼のところへ行けば、楽しいセックスが待っている。する気が起きないのも頷ける。そうなると、夫は背を向け、ふて寝するだけだった。そのころ、夫が「近頃、女房がおかしいんだよな」と友人に漏らしていたということを、三栄は最近になって聞いている。金銭的に苦労をかけたという負い目のある夫は、どうしても妻に面と向かって言えなかったのだ。だから三栄は、調子に乗って、恋愛に踊らされていた。

ところが4ヵ月後、三栄の「夢の空間」に変化が訪れた。彼のセックスが自分勝手になり、三栄が拒むと怒るようになってきたのだ。そのうえ、トイレットペーパーを使いすぎるとか、食べ物を残すなとか、細かいことでクドクド言うようになってきた。彼の化けの皮が剝《は》がれてきたのだ。三栄は、この恋に終わりがあることを初めて認識した。外泊が週1回に減った1ヵ月後のある夜、家で久々に夫婦でテレビを見ていると、

「お前、そろそろいい加減にしろよな」

と、急に夫は言った。

「え？　何のこと？」

と、とぼける妻に、

「それだけ言えば、判るだろう」

と言って、夫は黙り込んだ。

「あなた何か、私のこと、疑ってない？」

と、シラを切り通し、三栄は話しかけるが、夫は真剣にテレビを見ているフリをしていた。

「心の中で〈痛い！〉って思った。その一言で私、潮時を感じたのね。でも私〈今日こそ別れよう〉って思って、彼のところへ行くんだけど言えなくて、いつも、持ち込んだものを少しずつ持ち帰るだけだった」

それからも、2週間に1回の外泊生活が、2ヵ月ほど続いた。

そして、ついに別れの朝がやってきた。いつものように朝、出勤する三栄に2階の窓から

彼が「いってらっしゃい」と手を振っていた。三栄も、いつものように「またね」と手を振った。それが、彼との別れになった。

「ニコニコしながら私〈もう、ここにはこないのよ〉って、手を振ってたの。私は、現実と離れたところで彼と楽しみたかったのに、彼が現実的なことを言うようになったから、イヤになっちゃった。と同時に、主人に対して心が痛くなりました。そういえば、主人は私を責めることすらしなかったって」

あれから3ヵ月。今、2人は、何事もなかったように暮らしている。借金も、あと1年で返せるメドが立ち、三栄は、精神的にも落ち着いてきた。友人と呑んだとき「女房、浮気してたんだよ」と、冗談で夫が言うことはあるが、三栄に向かって言ったことは一度もない。

三栄も断固として、シラを切り通している。

「彼と半同棲してたころ、主人のこと、ものすごくイヤになっちゃって、離婚してもいいって真剣に考えたけど、今は、それを通り越したってカンジ。主人と、このままずっといくんじゃないかな？　頼りないけど、家族と呼ぶにふさわしい人かもね」

とはいえ、三栄の恋愛願望が消えたわけではない。三栄は性懲りもなく、次の恋愛の機会を狙っている。

「次は、もっとうまくできると思う。外泊もしないし、離婚も考えることなく……。だって私、常に誰かを好きになっていたいんだもん」

三栄は、目尻に皺を作って、陽気に笑った。憑《つ》き物が落ちたような、爽やかな顔をしていた。結婚という現実から離れて、恋愛をしたいと、三栄は言う。金銭トラブルの続いた三栄の立場ならと、同情したいのはやまやまだが、独身男性にまでチョッカイを出さないでもらいたいものだ。一生懸命恋愛している独身女性が、彼女の言葉を聞いたら、どう思うだろうか。独身女性が夢見る結婚というものは、手に入れると、それほど夢のない現実と化してしまうのだろうか。心が重くなるような疑問が残った。

case 9

スリルと刺激を求めて、
夫を含む三角関係。

――青木弓子（29）

目が覚めたら素っ裸にされていて、
知らない人が裸で私の上に
乗っかろうとしてたの。
そばで主人が、ビデオ撮影してて、
私、必死で抵抗したのね。
そしたら「ちゃんとやれ！」
って殴られた。

青木弓子 (29)
11年前、高校の同級生と「できちゃった結婚」をする。
地方公務員の夫との間に、2児。
彼（32）は夫の同僚であり、親友でもある。

これまでは、ほかに男がいることを夫がほとんど知らないという人妻ばかりだった。札幌に住む青木弓子（29）＝仮名＝の夫（29）の場合は、特殊といえるかもしれない。青木家は、近所でも評判のいい家庭だ。夫は役所に勤める地方公務員で、遅刻をしたことがないほど勤勉である。同級生の2人は、高校を卒業するとすぐ「できちゃった結婚」をした。今から11年前のことだった。子供は、11歳と8歳の男児が2人いる。ところが夫は、異常な性癖を持っている。結婚2年目のある夜、弓子を泥酔させて眠らせたあと、夫は同僚の友人たちを自宅に招き、自分の妻を強姦させようとしたのだ。

「目が覚めたら素っ裸にされていて、知らない人が裸で私の上に乗っかろうとしてたの。そばで主人が、ビデオ撮影してて、私、必死で抵抗したのね。そしたら『ちゃんとやれ！』って殴られた。でも、必死で逃げ切ったの。お客が帰ってからが修羅場。主人に『誰でもしてるようなことだろ！』って倍、殴られた」

長男を出産した翌年、弓子が19歳のときのできごとだった。さらに2ヵ月後、また夫は、違う仕事仲間を連れてきた。酔っ払って眠っていた弓子は、ビデオカメラを持った夫に起こされ、「今度こそは、ちゃんとやれよ」と脅かされたのだ。夫と同い年ぐらいの男は「ごめんね」と、すまなそうに言いながらも、弓子の体に手を伸ばしてきた。彼女は、その手を振り払い、「自分で脱ぐわ。触らないで！」と言って裸になった。

「もう、しょうがなかった。させないと（夫は）気が済まないんだから、諦めて応じてやったの。主人は服を着たまま、ビデオを撮り続けてた。私、ずっと主人をレンズ越しに睨《にら》みつけてたのね。最低な人だと思って。でも、主人は何も言わなかった。2時間ぐらいして終わると、すぐに私は、お風呂に駆け込んで〈なかったことにしよう〉って、自分に言い聞かせてたの。主人に文句言う元気もなかったから」

弓子は、ぶっきらぼうな口調でそこまで言ってから、コーヒーを口にした。黒のミニスカートスーツの下から、網タイツに包まれた長い足が伸びている。セミロングの髪をかなり明るい茶色に染めている彼女は、目が大きくて、素っぴんでもかわいい。この大きな目に睨まれても、夫は何も罪悪感を感じなかったのだろうか。夫は、そのビデオを友人の間で上映したらしいと弓子は言った。

「主人は変わってて、自分の前で、ほかの男に抱かせたいみたいなんです。仕事もまじめで、みんなから信頼されてるし、お父さんとしてもいい人なのに」

私は、なぜ弓子がこんなことをされてまで、夫のことを良く言うのか判らなかった。それで、弓子に先を急がせたのだが、夫のひどい話は、まだまだ続いた。

「あの日の翌朝もそうだったけど、私、毎朝主人が出かける前に、(下半身を突き出されて)『口でやってくれ』って言われるのね。朝、主人がシャワーを浴びたあとに、長いときは30分以上も。拒否すると、病院行かなきゃいけないくらい殴られるの。鼻の骨折られたときは、血みどろだった。だけど主人は『自業自得だ』って。呆れ返るわよね」

弓子は、自嘲《じちょう》するように笑った。この朝の日課は、長男が生まれた直後から10年近く続いている。毎朝、7時半に家を出ればいいところを、夫は6時までに必ず起きる。5時起きの弓子は、月に1、2回は拒否する。しかし、そのたびに思いっきり殴られるのだ。

「最初、割り切れなかったけど、そのうちに割り切るしかないかなって諦めたんです。それは、安らかな生活をしていくため。これさえしてやれば、お給料、ちゃんと持ってくるんだから——そう思えばいいんです」

そのうえ、セックスのほうも、月2回は義務づけられている。夫は、「短小、早漏」なので、弓子に愛撫をさせたあと、一方的に挿入してきて、あっけなく終わるそうだ。弓子が満足したことは、一度もない。こんな過酷な毎日を10年も続けているのだ。私だったら、とっくに離婚して自活している。彼女のように、生活の保証のために我慢するなんて、耐えられない。しかし弓子は、離婚する気がまったくない。「子供ができたから、愛情もなく」したという結婚だが、今では、その夫と結婚して良かったとさえ、弓子は思っている。そう思えるようになったのは、ある日、弓子の生活の中に楽しいことが加わったからだ。そのきっかけというのは、またしても酷な夫の要求だったが、実は彼女にとって、不幸中の幸い的なできごととなった。結婚3年後、次男が生まれてまもなくのことだった。

「夕食の最中に主人が突然、『親友を誘惑することができたら、女として認めてやる』って言い出したんです。普通の顔して、普通に言うのね。言い返す気力もないくらい、ショックだった。女として見られてなかったってことでしょう？　2週間、主人と口を利かなかった」

親友とは、3歳年上の夫の同僚のことである。シルベスター・スタローン系の顔をした夫と違って、マイケル富岡似の彼は、見るからに優しそうで、女によくもてる。独身なので、青木家に度々、泊まっていったりもしていた彼のことを、弓子はこれまで単なる好青年と思っていた。が、夫に誘惑をそそのかされた。弓子は、腹癒《はらい》せのつもりで彼に電話し、自宅に呼んだ。それは、誘惑勧告から2週間後。夫が2泊3日で、趣味の釣り旅行に出かけた夜のことだった。

「茶の間のソファに座って、お酒を呑みながら私、夫に言われた内容を正直に言ったの。彼は『そんなひどいことを言うなんて』って怒ってた。それから『こんなに魅力的なのに、どうして女として見ないのかな?』って不思議がってくれて……。私、すごくうれしかったのね。彼と、しちゃおうって覚悟ができたの」

はたして彼は、弓子をソファの上になだれるようにして倒れ込んでいった。子供は、隣の部屋で眠っていた。2人は、後先のことなど考えず、愛欲に溺れていった。彼の愛撫は、優しく丁寧だった。

「彼は、毎朝私が夫にやらされてるようなことをしてくれたの。初めてだったのね。私、それまで女だけが男にするものと思ってたから、びっくりしちゃって。こんなことされちゃって悪いなと思う半面、病みつきになるかもしれないとも思ってたの。でも、そのときは、1回きりのつもりだったから……」

能面のような表情だった弓子の顔に、初めて恥じらいの笑みが浮かんだ。その顔を見て私は、弓子の中で、セックスが高い価値を占めているのに気がついた。彼女の気持ちが判らないわけではない。「娼奴」のように夫に扱われてきた弓子が、初めて触れた男の優しさなのだから。終わってから彼は「なんか変な気持ちだ」と言いながらも、親友のベッドで弓子と一緒に眠った。

「彼は『幸せだ』って、ニコニコしてた。私は、そんな優しいこと言われると〈1回きりのつもりじゃなかったの?〉って、戸惑っちゃって……。でも、主人に対しては『ザマーミロ』って気持ちでいっぱいだった」

翌々日、夫は、釣り旅行から帰ってきた。「何か変わったことはなかったか？」と尋ねる夫に、弓子は「望み通りになりましたよ」と告げた。夫は、ピンとこなかった。弓子の言う意味が判ってからも、夫は本気にしなかった。翌日、職場で、彼のほうにも夫は尋ねている。が、「したよ」と答える親友の言葉も、やはり信じなかったという。

「私って、本当に構われてないみたいね。主人は、嫉妬のかけらも見せなかった。大体、私が誘惑なんかできると思ってないのね。主人は私のこと、女としてまったく見てないんだから。私は単なる子供の母親で、主人にとって物でしかないの」

翌夜、夫は、弓子を抱いた。いつものように弓子に愛撫をさせてから、瞬時に終わるという一方的なセックスだった。

「優しくないし、すべて短いし、私にさせるばっかり。そりゃ比較するわよね、彼と。〈早く終わんないかな〉と思いながら、お腹ん中で笑ってたの」

2週間後、彼のほうから「会いたい」と電話があった。弓子はそのとき、「会うのは月3回までにして」と提案した。彼も、反対をしなかった。彼から電話がきてすごくうれしかったというのに、なぜ弓子は、会う回数をみずから制限したのだろうか。

「保証ある生活を守るために、家庭を壊す気がなかったから。私、遊びだけで終わらせようと思ってたんです。彼に会えるだけでよかったの。きっと私、誰かに遊んでもらいたかったのね」

弓子には、あまり女友達がいない。彼女は、淋しかったのかもしれない。彼と関係ができてからというもの、弓子の生活に、張りが出てきた。彼は、夫が出張や釣りに出かけるたび、弓子宅を訪れるようになった。それでも夫は、疑っていなかった。彼のほうも、これまで通り家に遊びにきては、普通に振る舞い、隣の客室で泊まっていったりもした。何も表面的には変わらなかった。たったひとつ、夫が眠りについたあと、弓子が彼の部屋へ行って、セックスをするようになった以外は。そうして弓子は、セックスを終えると、何事もなかったようにベッドに戻り、夫にくっついて眠るのだ。なんという不可解な関係だろう。けれども弓子は、「スリルや刺激があって、楽しい三角関係」と言って笑っている。

危機一髪のときもあった。弓子が彼の布団の中で、ブラウスのボタンをはだけ、下だけを脱ぎ、始めようとしていたところに、夫が「どうした？」と言って、ドアを開けたのだ。弓子は、ガバッと起き上がり、ブラウスの前を整えながら、

「寒いっていうから、布団を持ってきてあげたの」

と言い訳をしたが、夫は「そうか」と言っただけで、すぐに部屋に戻って眠ってしまった。

「ばれたから、これで次にきっと違うことが起きるって、楽しみにしてた部分もあったのね。

主人に対する復讐もあった。でも、何も起こらなかったから、がっかりしちゃって……。彼？（まずいな）って顔はしてたけど、主人も彼も、何も言わなかった」

彼との奇妙な三角関係は、9年間も続いている。けれども、夫が彼と、そのことを話題にしたことは一度もない。彼は「弓子のために」今も独身でいるそうだが、弓子に「離婚してくれ」と言ってきたことは一度もない。また彼には、彼女が何人かいるらしいが、弓子が嫉妬を覚えたことも一度もない。弓子はあえて、彼のプライバシーを知ろうともしない。だから、どこに住んでいるかも知らない。2人とも徹底して、割り切った関係を続けている。

「彼は別物なの。細かいことを知ったら、好きになっちゃいそうだから、わざわざ知らないでおくんです。家とか知っちゃったら、会いに行きたくなっちゃうでしょ？」

弓子はこれまで、人を好きになった経験がない。精神的な浮気ではないから、かえって後ろめたさも感じずに、夫の親友とつきあっていけるのだろうか。彼にとっても、スリルがあって、おもしろい関係なのだ。

「主人とするのは、生活保証のための義務。彼とするのは、女として見てくれるから。欲求不満の解消にもなるし、今、一番楽しいのね。ほかの夫婦を見てると、〈何が楽しいのかな〉なんて思っちゃう。私、刺激が必要なのかもしれない」

弓子は、そう言ってから、乾いた声で笑った。かわいい顔に不釣り合いな言動を弓子はしている。そのギャップのすごさに私は、不気味ささえ感じていた。そんな私の心を察したのか、弓子は、言い訳するように話を続けた。

「奇妙な三角関係でも、私にとっては、これが、一番バランスの取れてる生活なの。女として、主人が認めてくれない部分を優しい彼に補ってもらう。私は、この関係をずっと続けていきたいと思ってるの。生活の保証があるうえに、彼ともつきあえるんだから、こんな楽なことってないでしょう？　だから、主人と結婚してよかったってわけ」

弓子は、犬歯を見せて笑った。けれども、その声からは張りが失われているように私には聞こえた。弓子が続ける三角関係は本当に、そうまでして「守るべき生活」なのだろうか。彼女は夫に対して、「保証ある生活」ではなく、実は優しさとか、愛情を求めているのではないだろうか。それとも彼との関係にどっぷりはまってしまいたいか……。弓子は、どちらの男にも、本心を見せていない。なのに彼に対して「いい女」を演じている弓子が、私には少し不憫《ふびん》に思えた。

case 10

結婚指輪、ゴミ箱に捨てた。

——高沢慶子（25）

ソープとか、
風俗嬢の募集ばかり載ってる中に１つだけ、
会員制高級クラブってあったんですね。
愛人紹介所だと、
すぐ想像がつきました。……結局、
頼りになるのは自分とお金だけだと、
行ってみたんです。

高沢慶子（25）
7年前、バイト先の会社員（現在30）と結婚。
4歳男児1人。
会社を経営している彼（44）とは、1年3ヵ月前、
愛人紹介所を通じて出逢った。
愛人手当は、月平均20万円プラスプレゼント。

「どうしてか判んないけど、本屋さんで、その雑誌を手に取っちゃったんです。高収入専門の女性用求人雑誌。ソープとか、風俗嬢の募集ばかり載ってる中に1つだけ、会員制高級クラブってあったんですね。愛人紹介所だと、すぐ想像がつきました。私、電話番号だけを暗記して、家へ帰ってから、どうしようか悩んで……」

今から2年前のことだった。六本木にあるそこは、登録している女性だけで何百人という高級愛人クラブだった。男性の入会金は7万円。ゴールド会員は20万円。写真を見て、男が選んで見合いし、つきあうことが決まると、1人につき3万円をクラブに支払うというシステムになっていた。しかし、高沢慶子（25）＝仮名＝は、4歳になる男児の母親でもある。高校のとき、バイト先で知り合い、2ヵ月で結婚した夫の手取りは30万程度。住宅ローンはあるが、慶子はお金に切羽詰まっているわけではなかった。

「結婚1年で破綻してたんです。子供が生まれてすぐ、寝室が別になって、それからずっとセックスもしてないしね。夫は私のこと嫌いだと思うし、私も嫌い。2年前に離婚話も出たのに別れなかったのは、子供のせいなの。主人、すごく子供をかわいがるんです。それに私も〈ただで住わませてくれるからいいや〉と思って……」

慶子は大きな目を細めて、フッと笑った。薄化粧なうえに口紅もしていないのに、慶子の顔は華やかに見える。女性アナウンサーを思わせる知的な雰囲気が彼女にはある。

2年前、慶子の友人が遊びにきた夜、決定的なことが起こった。慶子の入浴中に夫が「料理はまずいし、金遣いの荒い女だ」と悪口を友人に言った。あとでそれを聞いた慶子が爆発し、「私はもう、あなたの身の回りのことを金輪際しないから、お金もいらない！」と啖呵《たんか》を切ってしまったのだ。以来、慶子は、夫のことを一切していない。慶子は、これまでの預金で、なんとか生活費をまかなってきた。

「愛人クラブに行こうと思ったのは、お金がすごく欲しかったわけでもないし、淋しかったわけでもない。だって、主人に何もしなくていいやと思ったら、晴れ晴れしちゃったんだもん。あのときは、どんな世界なんだろうって、興味があったんだと思います。でも怖くて、そこに行くのに3ヵ月もかかっちゃった。結局、頼りになるのは自分とお金だけだと、行ってみたんです」

慶子が、そう思ったのには理由がある。実は、今から2年3ヵ月ほど前、慶子は「2週間で燃え尽きた恋」をした。相手は、妻との離婚調停中で別居中だった内科医（33）だった。当時、慶子は、新宿区内の病院の事務局でアルバイトをしていた。期限が切れて、病院を辞めた1ヵ月後、内科医から突然、「会いたいんだけど」と、電話がかかってきた。お互いに家庭がうまくいっていないところから話が弾み、2人はすぐに会うことになった。

彼と結ばれたのは、デートの初日。2DKの彼の部屋でだった。感想を尋ねると慶子は、肩より少し長い髪を白い指でもてあそびながら、

「うん！　すばらしかったです。もう、主人とは比べものにならないくらい……」

高くよく通る声で、はっきりと言った。よっぽどよかったらしい。

「結婚してからも、人を好きになれるんだって、初めて知ったんです。迷うこともなく好きになって、2日に1回は会ってたの。夜、主人が寝静まってから家を抜け出して、彼の部屋へ行ったり、主人の帰りの遅い日にウチに呼んだり……。ドッキドキなんてもんじゃないくらい緊張してたけど、すごく熱くなっていたから〈今、主人が帰ってきても、構わないし、言い訳なんかしない〉と、本気で思ってたんです。それぐらい好きだった」

夫はもともと、妻に干渉するほうではなかった。休日は、夫が子供といたがるので、慶子は堂々と出かけることができた。子供の面倒をよく見る良父タイプなのだ。

「先生って、SMちっくだったんですよ」

突然、慶子はそう言って肩をすくめた。

「台所の戸棚からロープを持ってきて、私を緊縛して目隠ししたところをインスタントカメ

ラで撮ったり、台所のテーブルの上に座らされてしたりとか……。慣れてたみたい。でも好きだから、何でもよかった。それに、つきあって5日目に、車の中で『会えてよかった』って、先生が泣いて喜んでくれたのね。なのに……」

セックスを5回したあとの2週間目に、パッタリと先生からの電話がとだえた。慶子は電話をかけまくった。やっと病院でつながっても「急患で疲れてるから、ウチへ帰る」などと冷たく言って早々に切ってしまい、慶子に二度と会おうとしなかった。

「私が好きになりすぎたのかもしれない。1ヵ月、立ち直れませんでした。先生のあの涙は何だったんだろうと思うと、もう誰も信じられなくなっちゃって。愛だの恋だのなんて、世の中にないし、お互いに好きという気持ちが一生続くなんてのも、ありえないって悟っちゃったんです。お金と自分だけは裏切らないから、これからは、それだけを考えて生きていこうって。先生のせいで、男嫌いになっちゃいました」

なのに、先生と別れてから3ヵ月後、慶子は愛人クラブの求人欄に心ひかれている。それは、夫に啖呵を切った直後のことだった。さらに、それから3ヵ月後、愛人登録をしている。男嫌いなのに、男の体に触れる仕事をなぜ選んだのだろう。私には、よく判らなかった。

「先生と別れたから〈もうどうでもいいや〉ってヤケクソになってたのね。それと、復讐？……なのかもしれない。私は、愛人クラブの男たちをいつも心のどこかでバカにしてた。そんな私が、一番バカなのかもしれないけど」

慶子は、煮え切らない笑いを勝ち気そうな顔に浮かべ、テーブルの上で両手の指を組んだ。シルバーの指輪を左右にしているだけで、結婚指輪をしていない。私がそれを言うと、

「4年ぐらい前に、ゴミ箱に捨てちゃった。些細なことでケンカしたときに〈もう、いらない。こんなの〉と思って、主人の分も一緒にね。絆《きずな》が1つ、少なくなったみたいで、うれしかった。主人はいまだに、私がちゃんと保管してると思ってるみたいだけど……」

慶子は、不気味なほどサラリと言ってから、肉感的な唇に冷笑を浮かべた。見ていて一瞬、私の体が寒くなった。

ここまで破綻していたら「子供のため」と、夫婦であり続ける必要もないように私には思えた。

「長男が、赤ちゃんのときからこんな状態なんで、子供もこれが普通の家庭と思ってるみたいなんです。主人は、父親として100点なので、私はこの結婚生活に乗っかってるだけ。離婚して家を出て、仕事と子育てしながら生活するとなると、大変でしょう？　夫のことを『教育費や、家のローンやら、光熱費を払ってくれる』ただそれだけの人と思えば、楽じゃない？　だから、とりあえず続けていこうと思うの。だってこの先、人を好きになることなんてないと思うから。もう、愛はいらない」

慶子は、小さくため息を漏らして、私から視線を外した。先生との短い恋と、愛人経験が、慶子の心をずいぶん冷たくしてしまったみたいだった。

ところで、慶子が愛人クラブに登録するとすぐに、いろいろな男を紹介された。が、見ただけで〈うわぁ、ダメ〉という人や、高齢者も多く、なかなかうまくいかなかった。

「私、しつこくされるのが嫌なんです。『今、僕がしたことと同じことをしてくれ』とサービスを要求してきた人とは、二度と会わなかった。しつこくせず、さっぱりとしてて、とてもお金のある人。これが私の条件なんです」

何人かの紹介を繰り返し、ようやく1年3ヵ月前、落ち着いたのがA（44）＝会社経営、妻、2児あり＝だった。身長155センチ、頭髪が薄く、ずんぐりむっくりの、出っ腹で、「丸いオヤジを思いっきりつぶしたような」顔をしていると、慶子は言う。お金を払わなければ、女の子と食事もしてもらえないようなタイプかもしれない。

Aがセックスを求めるのは、3ヵ月に1回。あとは週1回、食事をしたり、Aのベンツで短いドライブをして3、4時間をすごす。そうして、別れ際に5万円が手渡される。慶子の月収は、平均20万円だ。さらに携帯電話や、22万円のティファニーの指輪など、Aからは、月に1回はプレゼントをしてもらっている。「これもそうなんです」と、慶子が言って見せてくれた左腕のグッチの時計は、18万円だった。

「その人、私に恋してるみたい。でも私、（Aを）好きじゃないんです。その人がいなくなったら生活できないはずなのに、つい冷たくしちゃうの。電話かかってきても『今、忙しいの』って切っちゃったり……。だって、会ったとたんに〈ゲー〉ってなるんですよ。2時間ぐらいたたないと、あの醜い顔に、目が慣れてくれないの」

2人のデート場所は、主に都内一流ホテルのレストランだ。ときには、遠くのホテルまで、ドライブを兼ねて出かけることもある。Aの恋は相当なもので、今度は伊豆に慶子名義でマンションを買うことも計画中だとか。Aは、慶子を高級品の似合う女に変えてしまった。しかし、夫は、その変化にまったく気づいていない。慶子は明るくなったと人から言われるようにもなった。しかし慶子は、ときには我慢して、Aの醜い体を受け入れてやらなければいけないのだ。

「やっぱり、ヤですよ。背筋が寒くなるギリギリ直前ぐらいヤ。ホテルの部屋を真っ暗にして、今まで過去に好きになった人のことを思い浮かべたり、〈今日の御飯、何にしようかな〉とか〈外は、雨が降ってるのかな〉とか他のことを考えながら、あとは全部演技。終わった瞬間、〈やっと終わった。早く帰りたい〉って、息子の顔が浮かんでくるの」

慶子にとって、Aは「生活を支えてくれる人」。もしAの会社が倒産したら「今日限り」だと、慶子は笑みさえ浮かべて言う。慶子は彼にお金しか求めていないのだから、冷たいようだがしかたあるまい。

「どうやったら好きになってあげられるか、考えたこともあります。でもダメだった。ただ、今では、逆によかったって思ってるの。だって、あれだけのことをしてくれて、ステキだったら私、のめり込んじゃうもん。『これは仕事』って思えるからいいんです。私、変わった。男嫌いになって、不感症になって、涙が出なくなっちゃった。でも、いいの。今が一番、満たされているから」

慶子は、はっきりと言って、楽しそうに笑った。それにしても、なぜ夫は黙っているのだろうか。妻が、高級な服や物を身につけ始めたら、気がつかないわけがないのだ。なぜ夫には、妻を追い出す勇気がないのだろうか。淋しい疑問が残った。

case 11

主人がいるから浮気が充実してる。

――小松茂子（32）

私は、主人以外に男を作ることは、
絶対にないと思う。
主人以上の男は、自分にとっていないから。
結婚は、ずるいけど、
生活をしていくためにも必要だった。
ただ、
私は女と浮気するだろうなと思っていたけど。

小松茂子（32）

8年前、会社員の夫（36）と結婚。
茂子がバイセクシャルであることを夫は知らない。
3年半続いたナースとの恋に1年前、ピリオドを打ち、
現在、幼稚園の先生と交際1ヵ月。

神奈川県に住む小松茂子（32）＝仮名＝が、サラリーマンの夫（36）と結婚したのは、今から8年前、24歳のときだった。茂子は、この結婚をみずから、友達結婚と呼んでいる。同じサーフィンチームだった2人は、2年間、仲間として友情を育《はぐく》んでいった末、入籍した。束縛せず、干渉せず、仕事に熱心ということが、夫にするのに、茂子には都合がよかった。なぜ茂子は、愛情でなく、条件で選んだのか？　実は茂子は、バイセクシャルなのである。中学のころから、女の子にも興味を持っていた。茂子の男初体験は、17歳のとき。高校の先輩と野原で1回きりだった。20歳のころ、もう1人男性とつきあっているが、やはり長続きしていない。茂子にとって、夫は3人目の男性。そうして彼が「最後の男」になると、茂子は断言する。が、女のほうは、まだまだやめそうにない。

茂子の女初体験は、18歳のときだった。相手は、少女向けコミックの文通欄で知り合った九州の女の子。文通を進めるうち、「好きな子が女の子なの」という内容から、茂子はピンときたのだ。彼女が東京の茂子宅に泊まりにきたとき、成り行きで始めてしまった。

「キスをしながら、パジャマを脱がせて、あとは男の人が私にしたように、愛撫をしてあげる。初めてでも、戸惑いとかなかった。どこをどうすれば感じるのか、自分で判ってたから。ただ私、胸が好きなので、胸ばっかりキスしたり、触ったりしていたみたい。困ったのは、終わったあと。何て言ったらいいのか、判んなくて、照れ臭かった」

彼女が九州へ戻ってからは、一度も会っていない。その後、短期の男を経て、現在の夫と結婚している。それまで、単発の女性経験は、「チョコチョコ」とあったそうだが、つきあうまではいかなかった。茂子は一生結婚をしないと、私は思っていたのだが。

「私は、主人以外に男を作ることは、絶対にないと思う。主人以上の男は、自分にとっていないから。好きというよりも、尊敬してると言ったほうが妥当かな？　結婚は、ずるいけど、生活をしていくためにも必要だった。主人は、その結婚相手に、とってもふさわしかった。ただ、私は女と浮気するだろうなと思っていたけど」

夫の仕事はハードで、帰りが毎日遅い。出張も度々あって、いつも疲れており、セックスをするのは年に1、2回。朝、茂子がまどろんでいるうちに、胸と股間を触って挿入し、15分以内に終える。新婚1年目は、月1回はあったというが、もともと夫は淡泊なのだという。

「私、女だと積極的にしたいと思うけど、男には絶対に自分から求めないんです。だから『したくなーい』って、主人に断ったことも、初めのうちはありました。でも極力、受け入れてあげようとしたのは、かわいそうかなって、ちょっと思うから。だけど私、マグロなんです。めんどくさいんだもん。愛撫なんか、一切してやらない。男の裸は〈汚ねぇな〉って思うもん」

茂子は、何度も頷《うなず》きながら笑った。日焼けをし、がっちり体型の茂子は、後ろから見ると、まるで男だ。ムダ毛を処理していない太い腕も、ともすれば男のそれより逞しい。ノーメークでプロレスラーの悪役《ヒール》を思わせる。けれども、一重の目は澄んでいて、とてもかわいい。

彼女の初浮気は結婚1年後、25歳のときだった。相手は、大学病院に勤める整形外科の女医。9歳年上の女医は、ショートヘアで、知的美人だった。レズビアンサークルの文通で知り合ったという。

「その女医さんには、結婚してるって言わなかった。忙しい人だから、月に1回、彼女の部屋でセックスばっかししてた。性欲を吐き出すのに、ちょうどよかった。でも、私に新しい彼女ができちゃったから……」

それは27歳の茂子にとって、初めての恋だった。2年間の女医との関係に飽きがきていた茂子は、レズビアンサークルに再び「文通相手希望」と載せた。すぐにナースが手紙を送ってきた。1週間後、茂子は、彼女の勤める千葉県の病院近くまで会いに行った。茂子の住む神奈川県からは、電車を2度乗り換え、片道2時間の距離である。

「会えると思うとワクワクで、2時間なんか、苦にならなかったよ。会った途端、感じるものがあって、すぐ彼女にしたいと思ったね。自分好みのポッチャリ型で、気は強そうだったけど、優しい子だったから。女医には別れの手紙を書いたよ。『好きな娘ができた』って。女医に泣きつかれたけど、無視して捨てた。体だけの関係で、愛情はなかったから」

と言って茂子は、まるで男のようなスケベ笑いを浮かべる。3歳年下のナースは、フリルの似合うかわいい女の子系だった。1週間後、茂子は再び、彼女に会いに行った。初夜は、千葉のシティホテルで迎えた。

「彼女は、全身がとても感じやすくてね。手の平でサワサワと撫でてあげたり、指と舌で、くまなく愛撫してあげたり……。男が、あそこを見て興奮するように私も興奮するんです。彼女の声が大きくなってくると、うれしくて、もっと感じさせてやりたいと思う。もともと男役って、相手が満足すれば、自分はイカなくても大丈夫。セックスしたあと？〈守ってあげたい〉って気持ちが強くなりましたよね」

茂子の前に、2人の女性経験のあるナースは、男性を受け入れない「純潔主義レズビアン」だった。当時の茂子は、今と違って刈り上げで、男物のシャツやジャケットを着、仕草も喋り方も男そのものだった。当時の写真を見せてもらったが、ポーズの取り方や表情とい い、まさに「優しそうないい男」だった。茂子は毎週1回、彼女の寮へ泊まりに行くようになった。男に間違われやすいために、出入りに気を遣ったが、人の出入りの少ない寮で、とやかく言われることはなかったという。

そこまで聞いて、ようやく私は、夫の存在が気になってきた。夫は、男系の妻をなんとも思わなかったのだろうか。そして、毎週の外泊に、男がいるなどと疑わなかったのだろうか。

「女友達の家に泊まりに行ってくると、夫には言ってありました。ウチは、お互いに束縛しないから。でも、たとえ私が男と会ってると言っても、主人は信じないでしょう。私は、男にもてるタイプじゃないから。あの当時は、自分をあまり女性的に見せたくなくて、男みたいな格好してたけど、主人は何とも言わなかった。2人で食事とか行くときは、Gパンとかラフな格好してましたけどね」

茂子は、そう言って写真をバックパックの中にしまった。左手親指に痩《や》せるリングがはめられていた。夫は、まだ茂子がバイセクシャルであることを知らない。ただ、彼女が読んでいる雑誌やコミックを見て、レズビアンに興味があると思っているらしかった。

話をナースとのことに戻そう。茂子は、ナースとの恋愛に、どんどんはまっていった。ナースもそうだった。普通のカップルのように、映画や食事とデートしたあと、生理日以外は、必ずセックスをした。会えない時間は、メールで夫に内緒で、やり取りしていた。夫のことは、最初から承知のうえだった。

「レズビアンのセックスをしたら、女はやめられないんじゃないですか？　ゲイと同じように」

茂子はそう言って、金色がかった前髪を左手で掻き上げた。ということは、男とするセックスと、どう違うのだろうか。とても私には興味が湧いてきた。

「男だからかもしれないけど、男は、女の本当に感じる所が判らないんです」

茂子の目が輝いた。私が先を急かすと、茂子は恥ずかしそうに顔を赤くしながら続けた。

「たとえば指の使い方。Gスポットを軽く突くと同時に、中指で敏感な所をいじるとか。男だと、そこまであまりやらないんです。クリトリスは、小刻みに舌を震わせて、上に軽く跳ねる。指を使うなら、そーっと指の腹で押したり、撫でたり、あまり強く押しつけると、女は本当は、痛いものなんです。まず、その子がクリトリス派か、バギナ派かを知る必要だってある。そういうことや、ツボを知らずに、男は自分がイクことに最終目的を持っているからいけないんです。乳首だって、軽く口に含んで、舌で優しく舐め廻さないと……。Mっ気のある子は別として」

茂子は、1回のセックスに3時間ぐらいかける。茂子がした相手で、一度もイッたことのない女はいない。一度に8回ぐらいイカせることもある。その都度、セックスの終わりは、どういうふうにくるのだろうか。

「終わりはないみたいです。イッたら少し休んで、またして……。『あっ、帰らなきゃ』とかで、一応終わる。レズビアン用のバイブ（両側バイブ）は、あまり好きじゃないから使わなかった。バイブは昔、使うのは邪道と思ってたけど、お互いが気持ちよくなるなら、それもいいんじゃないかと思えるようになりました。男の代用品と思われるのはイヤだけどね。ただ彼女は、普通のバイブも嫌がったので、一切使いませんでした。私の体が欲求するときは、家で時々、右手を使ってました」

そこまで言って茂子は、がさつに頭を掻いた。茂子の右手ネタは「エッチな雑誌やＡＶで見た女の人のヌード」という。茂子は、雑誌などでチラッとヘアヌードを見かけただけで、ムラムラとくるというのだから、男以上にスケベなのかもしれない。

もちろん、ナースとの3年半の関係は、体だけが目的ではなかった。茂子は振り返って「青春であり、一番輝いていた時期でもあった」と、しみじみと言う。しかし、デートを重ねれば重ねるほど、別れはどんどん近づいてきてしまった。ナースが、茂子の夫に嫉妬をするようになったからだ。愛人が不倫相手の妻に嫉妬するのと同じように、それは、つきあって半年後から始まった。ナースは、茂子に「私と一緒に暮らして、ダンナと別れて欲しい」と迫るようになった。

「会う度に言われたけど、私はいつも話を逸らせたり、黙ったりしてました。ラブラブのときでも、離婚する気は最初からなかったから。結婚とは別。妻子ある男性が、恋人を持つのと同じようなものだと思う。『あんたが帰る所は、私の所じゃなくて、ダンナの所でしょ？帰りなさいよ』と言われると、多少は揺らいだりもしたけれど、私には、主人も彼女も必要だった。どちらも欠かしたくなかった。そのうちに『ダンナともするな』と怒ってみたり、『愛してる』って、メールをしつこく送ってくるようになってきた。私、追い込まれるとダメなんです。はっきりしないで、ズルズルしてた私もいけなかったけど」

茂子にとって夫は、家族の一員。彼女は、「精神的な安らぎで、ぬるま湯に浸《つ》かったようなかんじ」だと言う。しかしナースは、それをどうしても理解しきれず、茂子を独占しようとし、会う度にケンカをふっかけてきた。それでも別れがすぐに訪れなかったのは、茂子が「本当に彼女のことを愛していたから」だった。

「私は『君が想っているよりずっと、僕は君のことを想っているんだよ』って、引き止める努力はしたけど、彼女が望んでるような将来を考える努力はしなかった。一緒に生活することが愛の証じゃないと思っていたけど、彼女の求めてた愛は、生活そのものだったから。それが自分には重荷になってきて……」

ナースが爆発を起こしたことによって、この恋は終わってしまった。今から1年近く前のことである。それは、茂子にとって、心の大きな痛手となった。

「今まで生きてきた中で、最も愛した人。でも、もう人を愛することに疲れちゃった。女の子とつきあうまでのプロセスが煩わしくなって、遊びだけするようになったんだよね。それは性欲を吐き出して、気分転換して、楽しければということかな？」

茂子が1ヵ月前から遊んでいる子は、バイセクシャルの幼稚園の先生（22）である。流行のファッションを着こなせる目の大きな女性で、最初から割り切った関係だという。

夫は相変わらず何も知らない。それは茂子が家で、まったく同じにしているからだ。

「家に帰ると、頭を切り替えられるんです。主人といると、とっても楽しいし、居心地がいいから。ただ、主婦をしてれば、やっぱりストレスってあるわけで、そんなときのために、側《そば》にいてくれる女の人が必要なんです。女には安らぎ、男には生活力を求めてるのかな？」

「それは、夫あってできること……」

と私が言うと、

「そうかも。ずるいですよね」

茂子は、素直に頷いた。

「生活の保証は、私にとって大切。貧乏はイヤだし、根が怠け者なのかもしれない。でも、主人がいるから浮気が充実してる」

男とするセックスは「熱いお風呂にザバーッと入って、ビールをガーッと飲む」イメージで、女とのは「ぬるま湯にゆったり入っている」かんじに似ていると言う茂子。罪悪感は、茂子には、まったくない。私には、茂子は両方のいいところを摘み取って、器用に生きているように受け取れた。確かに茂子も、「世渡り上手」と認めている。けれども、最後に茂子が言った「女の子とのセックスには不自由してないけど、愛には不自由してる」という科白に、不倫オヤジの心を垣間見た気がした。

case 12

私が私らしくいられるために。

——北島則子（35）

主人のことが物足りないんじゃなくて、
私が主人のいい奥さんで（一生を）
終えていくことが物足りないんです。
私は、
主人の奥さんとして生きてくわけじゃないし、
子供の母親を一番にしてくわけでもない。
「私は私だ」って、
思ってるところがあるんですね。

北島則子（35）
11年前、同僚と職場結婚し、主婦に。
夫（38）との間に3歳男児1人。
1年前から交際中の彼は、
老舗《しにせ》の息子で、中学の同級生。

「中学の同窓会で、憲ちゃん＝仮名＝に、18年ぶりに会ったんです。憲ちゃんって、先生からも『いい子だ』って、いつも誉められてたの。ヒョロッとしてて、お坊ちゃんだったのに、逞しくなってて……。でも、やっぱり私の中では、同級生の憲ちゃんだったのね」

北島則子（35）＝仮名＝の口調は、終始、淡々としていた。小さな顔は理知的で、物腰もとても落ちついており、彼女と不倫とは、印象的に結びつかなかった。

静岡県の大学を卒業した則子は、11年前に、3歳上の会社員と職場結婚した。俳優の宅麻伸似の夫との間には、3歳の男児が1人。則子は、1年前から週3回、事務のパートに出ている。

18年ぶりに同窓会が開かれたのは、今から2年近く前のことだった。冒頭の憲ちゃんこと憲治＝仮名＝に再会した則子は、その時、ただの同級生として、深い意味なく電話番号を交換し合った。

「1週間ぐらいして、憲ちゃんから『打ちっぱなしに行かない？』って、電話がかかってきたんです。私、ゴルフを覚えたてで、相手してくれるんだったら、誰でもよかったたってところもあったんですね。だから、主人に堂々と『同級生と行ってくる』と言って出かけたんですよ。ウチは、やらないんで」

憲治の家は、代々続く有名菓子店である。こうして未来の社長は、10日に1回、則子と打ちっぱなしやカラオケに昼間、行くようになった。ときには夜にも会った。則子は、子供を実家に預けたり、休みの日、夫にまかせたりして出かけた。前々から友達づきあいの多い則子は、少しも夫に怪しまれなかったという。独身の憲治は、則子の立場を尊重し、いつも則子優先だった。

「4回目のデートで、ケーキ屋さんのはしごをした帰り、車の中で『ホテルに行ってもいい？』って誘われました。でも私、まだ恋心がなかったから『今は、そんな気ないの』って断ったんです。彼、『無理には行かないよ』って、サラリと。そういうタイプなんです」

その後も変わらず、楽しいデートは続いた。やがて則子の心の中にも、「いいな」程度の気持ちが育っていったが、同級生づきあいを大切にし合っていた。ところが1年後、事態が急変した。今から、1年前のことだった。憲治の携帯電話が夜になると時々、留守電になっているようになったのだ。1年間、こういうことは、まったくなかった。

「電話で『最近、夜になると、留守電になってること多いのね。お妾さん宅でもあるみたい』って何気なく言ったんです。そしたらいきなり『来月、結婚するんだ』って。来月っていったって、2週間しかないのに『エ――ッ!?』ってカンジ。私、ショックも確かにあったと思うんだけど、黙ってられたことに腹が立ったんです。コイツに、してやられたという……」

憲治は、その婚約者と半年前、知人からお見合い形式で紹介され、会ううちに結婚を迫られたので、することにしたと、則子に説明をした。相手は、憲治と同い年。選べる立場でありながら、簡単に決めたのは「結婚は、誰としても同じ」だからという。

2人は翌日、憲治宅で会うことになった。家族全員で仕事をしているため、昼間は誰も憲治の家にはいない。憲治の部屋は、ベッドと洋服に占領されていた。2人は、残された僅かなスペースに座り、話を始めた。

「(結婚を) 教えてくれなかった理由を尋ねたら、『言うと、則ちゃんが怒るから。言わずに結婚しようと思ってた』って言うんです。結婚すると言ったときの私の反応を恐れてた?そういう (憲治にぞっこん) 女に見られてたってのが、すごくイヤで『私をバカにしてるんじゃないの?』って、頭にきて言っちゃった。でも、どちらからともなくお互いが手を出してきて、そういう風になっちゃったんです」

則子の声に、少し甘さが加わったように私には聞こえた。しかし、細身を茶色のジャンパースカートに包んだ則子の表情は、毅然としたままで、まったく乱れていない。

「彼の仕方は、ごくごく普通でした。マスコミとかで言うほど、(不倫セックスは)いいもんじゃない、主人と変わりないと思いました。ただ私には、『同級生の憲ちゃん』っていうのが、ず――っとあったので、こんなことができるなんて、彼も男として成長したんだなって、ショックに近い感動を受けたんです」

終わってから憲治は「これからも、今まで通りでいい?」と尋ねてきた。則子は「憲ちゃんが、私の結婚相手じゃなくてよかった。優しい顔してて、憲ちゃんって、実は悪党なんだもん」と答えた。結婚2週間前に、人妻である則子と肉体関係を持ち、結婚してからも、新妻に隠れて関係を続けようと提案する。もし、自分の夫が、裏でそんなことをしていたら、私だってゾッとする。則子は、憲治が夫でなく、愛人だからこそ、そんな不誠実なことをしていても許せるのだ。

「彼と今後、続くとも思わなかったし、続けようとも思わなかった。私は、ムリしてつきあってもらうほど、心動かされてるわけでもなかったし……」

則子は、その後、シャワーも浴びず、実家に帰り、子供を引き取ると帰宅した。夜、子供と一緒に入浴するまで、情事の匂いを平気で残していたのだ。

「主人、鼻が悪いし……」

則子は、ベージュ色の唇を緩ませ、クスリと笑った。夫は、穏やかな強さを持った男性だという。そんなステキな夫なのに、なぜ則子は他の男としたがるのだろう。

「私、主人のことは、それなりに好きなんです。ただ、子供ができた途端、夫に対して『男であることが一番』じゃなくなったんです。父親が一番？　前みたいに男であって欲しいと思わなくなったんですね。それに、子供が寝ている合間にセックスするのって、集中できないし、なんかマヌケっぽいし……」

則子は、夫に対して特に不満を持っていない。職場でも夫は、人望が厚い。そんないい夫がいるのに、なぜ則子は、憲治と関係を持ってしまったのか。私が尋ねると、則子は、「どうしてかなぁ……」と言ったきり、長い間、黙り込んでしまった。私が諦めかけたころ、ようやく則子は慎重に語り出した。

「主人のことが物足りないんじゃなくて、私が主人のいい奥さんで（一生を）終えていくことが物足りないんです。私は、主人の奥さんとして生きてくわけじゃないし、子供の母親を一番にしてくわけでもない。『私は私だ』って、思ってるところがあるんですね。私は主人の妻だし、子供の母親ではあるけれど、私個人の時間を楽しみたいんです。妻でなく、母でなく、私が私らしくいられる自分だけの時間が欲しいんです」

それは私の場合、1人、町の喧騒の中にいても、1人で車を運転していても得ることができる。夫という男の他に、もし恋人がいたとしたら、2人以上の男と過ごさなくてはならなくなる。私にとっては、煩わしくて、めんどくさくて、「私の時間」になり得ない。けれども則子の場合、憲治と過ごすことによって自分だけの時間を持ち、自分を取り戻せるということになる。1人でいるより、愛人と一緒にいるほうが「自分らしい」とは……。やっぱり憲治に惚れているのだろうか。2人の関係が、その後、どう進展していったのか、私は則子に話を続けてもらった。

結婚2週間前に関係を持った2人が、再び会ったのは、なんと結婚式前日の土曜日だった。2人は、昼食を摂った後、すぐにラブホテルへ行った。

「行ったのは、断る理由がなかったから。『前日に、こんなことしてていいの?』って聞いたら、彼『大丈夫、大丈夫』って。私、(この人が夫じゃなくてよかった)って、そればかり思ってました。彼のことだからきっと、彼女にも優しいと思うんです。でも、知らないところで、こんなすごい裏切りをやってるわけだから……」

ホテルで2時間ほど過ごした後、憲治はいつもどおり車で、則子を家の近くまで送って行き、いつもと同じ明るい調子で「じゃ、(結婚式と新婚旅行)行ってくるね」と言って別れた。この男の神経が、私には信じられないが、則子も、それで平気なのだ。いつもと同じように、妻として母として家事をこなし、憲治のことを思い浮かべもしなかったそうだ。

1週間のアメリカ新婚旅行を終えた憲治が「無事に帰りました」と、いつもの調子で電話をしてきたのは、帰国から3日後だった。それから1週間後、則子はラブホテルの中で、新婚旅行土産のチョコレートとミニボトルを渡されている。

「憲ちゃんが、ホテルへ行こうとしたとき、私、断ったんです。私の機嫌を取るために、してくれなくてもいいと思って。そしたら『大丈夫。悪いけど、1回（妻と）しちゃったよ』って、あっけらかんと。私も別に、それ聞いても何とも思わなかった。私と憲ちゃんが会ってるときに、2人の仲が成立してればいいんです。だから、普段のお互いの生活は、関係ないの。会ってる時間が大切なんです」

その後も2人は、1、2週間に1回、逢瀬を続けている。夫とのセックスは、平均週1回。これまでセックスというと、誰としても最中に（早く終わらないかなぁ）と考える余裕のあった則子だった。ところが3ヵ月前、彼女の体に変化が起こったのだ。

「憲ちゃんが私の中に入ってくる瞬間に、涙が2粒こぼれたんです。どうしてか判らないけど、目が熱くなってきて……。好きだからとか、気持ちいいからとかじゃなくて、ほんとに判らないの、涙の理由が。それから後も、する度に3回も続けて涙が1、2滴、出てきたから、私、憲ちゃんに、そのことを言ったんです。そしたら、『そんなにいいんだったら、特別料金もらわなくちゃ』って、笑ってましたけど」

以来、2人の情事は、もっとエスカレートしていった。今年の正月3日のことである。ホテルの福引きで、バイブレーターが当たったのだ。黒色で先端のほうに、顔の書いてある逸品だった。

「せっかくだから、使うことにしました。私は、すごくいいとは思わないけど、使い捨ては、もったいないから、2人で交代で保管し合うことにしました。でも大変。彼が隠す番のときは、車のシートの下に。私のときは、ハンカチでくるんでから、化粧ポーチに入れて、洗面所の一番上の予備タオルの入っている奥に隠しておくんです。だから親友に『私が突然死んだら、まっ先にそこへ行って取ってきて』って頼んでおきました。『知らないほうが幸せ』もあると思うから」

これまで毅然としていた則子の表情が、和らいだ気がした。夫のことを考え、バイブ処理を友人に、今から依頼しているなど、さすがは則子。用意周到である。彼女の性格をよく表している行動だと私は思った。バイブ一つに対しても、こうなのだから、夫にばれることも、けっしてないだろう。

「私『ただいま』って帰った時点で、パッと切り替えてるんです。彼との最中に、主人のことが浮かぶこともありません。あくまでも家庭プラスアルファのことで、けっして溺れたり、ばれたりしない。でなければ、不倫する資格はないんです」

そう言う則子の表情は、元どおり、笑いが消えていた。涙が出るほどいいセックスをしていながら、ここまで割り切れるなんて、珍しい女性だと私は思った。そういう則子にとって、夫とは「大切な配偶者」であり、憲治は「私が私らしくいるため、今、必要な人」だという。これを聞くと、彼のことをあまり好きでないようにも感じられるが、

「好きです、とても」

と則子は、言い切る。どうやら則子は、自己管理がうまく、割り切った恋のできる女性らしい。則子は、この関係を今後、どう計画しているのだろうか。

「この関係は、続く保証もないし、幸せな結果が待ってるわけでもない。だから、終わったら終わったで、しょうがないんです。どちらかが追えば、いい思い出がダメになっちゃうしね。私たちって、会って初めて、2人の時間や関係が持てるんです。でも、家に帰ったら、そこでおしまい。この関係を持ちこんじゃ、家庭がうまくいかないのね。だから次、会えなければ、それっきりってわけ。冷たいかもしれないけど、私の時間を守るためには、大切なことなんです」

もし、夫が浮気をしていても、「私がしてても悪いもんじゃないんで、いい浮気なら、してもいい」と、則子はクールに言う。「私は私を一番に」という則子の気持ちは判る。でも、そのために則子は、サラリーマンの妻をやりながら、陰では愛人との関係を淡々と、育んでいる。しかも、それは、自分のためだけにだ。「憲治の妻じゃなくてよかった」と、則子は

言ったが、憲治はそのとき、もしかして「則子の夫じゃなくてよかった」と思ったかもしれない。

case 13

会う男、会う男、違っていて楽しい。

——元木幸代（32）

私、主人の体しか知らなかったんです。
だから、
ほかの男の体を見てみたかったんですね、
とっても。
前に主人と裏ビデオを見たとき、
その男の人、
すごく大きかったんです。

元木幸代（32）

8年前、デパートの同僚と結婚。
札幌在住。夫（37）との間に男児2人。
テレクラには、1年2ヵ月前からはまり、
現在も華やかに進行中。

「私、主人の体しか知らなかったんです。だから、ほかの男の体を見てみたかったんですね、とっても。前に主人と裏ビデオを見たとき、その男の人、すごく大きかったんです。〈大きいのはすごいのかな？　いいんだろうな。実際に見てみたいな〉とか、内心思ってました」

札幌市在住の元木幸代（32）＝仮名＝は、デパートに勤める夫（37）と2年の交際の後、職場結婚して8年になる。子供は、7歳と6歳の男児が2人。幸代は4ヵ月前から、夫と違うデパートで、週3回働いている。

幸代は、目が細くポッチャリ型で、人の良さそうな顔をしている。茶のジャケットにグレイのスカートを合わせ、見るからに近所の奥さん風の幸代が、テレクラにはまっていたなど、誰が信じるだろうか。

「2ヵ月ぶりに主人とエッチしたんです。だけど、一方的に主人が終わって、カーッてイビキかいて寝ちゃったんですね。悶々《もんもん》として眠れなかったから、翌朝、些細なことで主人とケンカしちゃった。そしたらテレクラのチラシが郵便受けに入ってて……」

今から1年2ヵ月前のことである。午前10時ごろ、幸代がテレクラに電話をしてみると、いかにも軽そうな会社員が出て、すぐにエッチ目的で誘われた。そこで幸代は、受話器を置いてしまった。その後も何度か掛けてみたが、もろエッチ目的の相手にしか当たらなかった。3日後、ついに幸代の心が動いた。相手は、同い年の塾の先生で、最初から会話が弾んだ。だから「暇だったら、これからちょっと会ってみない？」と先生に誘われたとき、幸代は迷わず返事をしてしまった。

「単純に会ってみたいなと思ったんです。初めてだったし、〈してみたいな〉とまでは全然、思ってなかった。会ってみたら、感じのいい、まじめっぽい人で、女の子にもてるんじゃないかなって思いました」

2人は、ボウリングをしたあと、昼食にピラフを食べに行った。先生は電話番号を幸代に渡すと「塾があるから」と急いで戻って行った。2日後に、幸代のほうから電話をした。2人は、翌日の午前10時に会うことになった。

「最初、車でその辺をドライブしてたんです。で、先生が『ホテル行こうか』って。でも私、行けなかった。興味はものすごくあったのに、主人の顔が浮かんできて〈やっぱ、まずいかな？〉って。それに、主人以外の人とするのも怖くて。そしたら先生、怒っちゃった。『するつもりがないんだったら、もう電話しないでくれ』って。やっぱ、そういうもんかなって思いました」

懲りた幸代は、２週間ほど大人しくしていた。が、やっぱり夫以外の男の体に対する好奇心は消えず、またテレクラに電話してしまった。２週間後、ようやく閃《ひらめ》きのある人と繋がった。自称36歳の自営業の男性と、ファミリーレストランで会うことにした。

「ほかの人と違って、話が弾んだから、会ってみたいって思ったんです。前のことがあったんで、そのつもりで行かなきゃダメだろうなと思って、シャワーを浴びて行きました」

ところが相手は、白髪まじりの推定50歳の男性。その姿を見ると、幸代の気持ちは萎《な》えてしまい、食事だけすると、逃げてきてしまった。幸代の念願が叶ったのは、それからさらに１ヵ月後のことだった。空港勤務の30歳の男性に繋がり、「明日、ドライブに行こう」と誘われた。幸代は、翌朝９時に、彼と駅前で会うことにした。

「ドライブしていて、気がついたら、ラブホテルの駐車場に入っていたんです。ほんと自然に〈ああ。ホテルだ〉と、思う暇もなかったくらい。ちょっと疎かったんだけど」

彼は、車から降りると、助手席のドアを開け「行くよ」と、幸代の手を握った。幸代は「え――!?」と、かなり驚いた声を上げてみせた。しかし彼は、幸代の手を引っ張り、さっさと歩いて行った。

「内心は〈とうとうきちゃった〉ってカンジ。手を引っ張られながら〈もう戻れないんだな〉って、自分に言い聞かせてました。でも本当は、初めて主人と違う人とするんだって期待のほうが強くって、うれしくてドキドキ。ついに、するんだ……って」

幸代は、目を線のようにして屈託なく笑った。その表情から私は、よっぽど幸代が、夫以外の男を知りたかったのだと感じた。幸代は、ポッチャリ頬をピンクに染めながら、先を続けた。

彼は、ホテルの部屋に入るとすぐ、シャワーを浴びに行き、中から「早くおいで」と、幸代を呼んだ。

「私、主人以外の男に裸を見せたことないから、恥ずかしくて。でも、1人でここから帰れないし。なら、もう行くしかないなって決心して、シャワーを浴びに行きました。恥ずかしかった、自分の裸をほかの人に見られるってことがすごく。でも、やっぱアソコに目が行っちゃいますね。〈わ、主人以外のをナマで見ちゃった!〉って。でも、そのときは、まだ彼、何の変化もなかったんで……」

幸代は目を輝かせながら、甘えた声を出し、幸せそうに笑った。

シャワーを浴び終えると、2人はベッドに直行した。すぐに彼の愛撫が始まった。

「主人と愛撫の仕方が、全然違ってました。主人は、ただ優しく触るだけなのに、彼は、優しいけどメリハリがあって、刺激的なんです。私にとって、ほどよい愛撫。でも私、恥ずかしくて恥ずかしくて……。顔を見られたくなかったから、手で顔を隠してたんです。そしたら『顔だけ隠すことないっしょう』って、私の手を摑んで……」

部屋に入ってから幸代は、夫のことをまったく思い出さなかった。頭の中は、夫以外の男を知りたい気持ちでいっぱいだったのだ。

「私〈この人、小さい〉って思いました。入れる前に、ちょっと触ってみたんだけど、〈これからもっと大きくなる〉と思ってたんですね。だけど、そのままだった。あんまり入ってる感覚ってなかったけど彼、一生懸命やってるから、悪いと思って感じてる真似をしてあげました」

なんて、ついてない。裏ビデオの男の大きなモノを見て目覚め、2ヵ月かかって、ようやく手に入れたというのに、夫のほうが大きかったとは――。彼が終わった途端に幸代は現実に戻り、子供が帰ってくるからと、あわてて帰り支度を始めた。

「ウチへ帰ってから〈やっちゃった、どうしよう〉って焦ってきました。でも案外、簡単にできるものだなとも思いました。主人が帰ってくる8時ごろまでには、すっかり落ちついて、今度は〈もっと大きいのと、したい〉って、気持ちが出てきちゃったんです」

4日後、幸代はもう一度、その小さい彼に会い、セックスをしている。

「でも、やっぱり小さかった」

以後、幸代は、その男に会っていない。そうして幸代は再び、「大きい男」を求めて、テレクラに勤《いそ》しむのだった。約1ヵ月後、35歳の工員と会い、ようやくラブホテルへ行った。幸代は、そこで初めて、女の歓びを知ったのだ。

「私、大きさなんて関係ないと思ってたんです。でも彼は、とっても大きくて、した途端、〈サイズは関係ある!〉と確信しました。少し長めのほうが私の場合、気持ちいい場所に当たりやすいって発見したんです。私、初めてイクってことを覚えたんですよね。〈これがイクってことなのね〉って、すごい良くって、うれしくて、その瞬間から、セックスにはまっちゃいました。もう、罪悪感のかけらもなかった。1回しちゃえば、同じなんですよ、何度しても」

以来、幸代はテレクラにはまった。1週間に1、2度、同じ人や違う人に会い、幸代はセックスに溺れていった。

「みんな違うから、おもしろいんです。みんな『かわいいよ』とか『アソコがすごく気持ちいい』とか、誉めてくれるんですね。主人、誉めてくれたことないから、うれしくって……。みんな大きさを気にしてて『ご主人のほうが大きいっしょう?』って聞いてくるんですよ。『主人のほうが小さい』って言うと喜んじゃって。でも、最初の人以外、みんな主人より大きかった」

幸代は半年間に20人以上の男性と、しまくった。

「もう止められなかった。とにかく、したかったんです。男の人とテレクラで喋ってると、すぐそっちに結びついちゃって、体が濡れてくるんです。だから、やめようと思っても、やめられなかった。『1時間しか時間ないけど、出てこない？』と誘われても行きました。完全に、するのが目的でしたから」

接客業のため、常にストレスの溜まっている夫は、帰宅後、幸代の話を聞いてやろうとはしない。いつも上の空である。2ヵ月に1回のセックスにも不満が溜まるばかり。そのうえ、近くに住む義母に、夫は頭が上がらない。だから幸代は、家庭内ストレスをテレクラ男たちにぶつけていたのだ。

「でも、はまりすぎて怖くなっちゃったんです。もう抜けられないんじゃないか……って、本当に怖くなってきたので私、ほとぼりを冷ますつもりでパートに出るようになりました。会う人の数も減らしていって……。私、結婚生活を維持したいんです。ばれて、夫婦関係が壊れてしまうのもイヤだし、子供と離れることになったり、今の生活を失うのもイヤ。主人に不満はあるけど、子供にとって、とてもいい父親だし……」

いたく反省をした幸代は、相手を減らしていった。そうして誰もいなくなった。4ヵ月前のことである。しかし、1ヵ月ももたなかった。ある午後、子供服を買いに出た幸代の目に、ふと公衆電話が入った。幸代は迷わず、慣れた番号をプッシュしてしまっていたのだ。繋がった相手は、仙台から出張できていたバツイチの営業マン（37）。幸代は翌朝9時に、会う約束を取りつけてしまった。

「しばらく遠ざかってたから、もう楽しみで、楽しみで……。だから、車に乗って『このまんま行っちゃっていいの？』って言われたとき、すぐに『はい』って答えちゃいました。ホテルに入るまで、運転しながらずっと手を握ってくれてて、ほんとに感じのいい人でした。主人のこと？　忘れてました」

営業マンにふさわしく、爽やか系で、体のガッチリした彼は、ホテルの部屋に入るなり、キスをし、愛撫をしながら幸代の服を丁寧に脱がせていった。

「主人ともしてなかったし、久しぶりだったから、ものすごく感じちゃった。〈今までで一番いい！〉って思っちゃった。彼が入ってきたら、もっともっとよくって、やめたくなかった。だから、終わった途端に〈また会いたい（したい）〉って、そればかり思ってたの。帰り際、彼に『また会ってくれる？』って言われたときは、ホッとしちゃって……。だって、こっちからは言いづらいでしょう？」

「やっぱり、やめられなかった？」

と、私が聞くと、幸代は丸い肩をすくめ「はい」と言って、頬をポッと赤らめた。

「みんなエッチが目的なんです。私が結婚してるから、遊びやすいんだと思います。そう思われても仕方ないな、私も体が目的だし……って思ってました。でも、今の人は違う。私、好きになりかけてるんですね」

営業で北日本を回っている彼には、月に1回ぐらいしか会えない。幸代は、我慢しながらも、数日に1回は彼に電話をしてしまう。体が欲して仕方ないときは、昔のテレクラ仲間に電話をし、テレフォンセックスする。

「困ってるんです。彼も私の気持ちを察したらしくて『家庭を壊してまで、つきあう気はないよ』って言うんだけど、会いたくて仕方ないんです」

取材の最中、幸代は、携帯電話を大事そうに手元に置いていた。彼からの電話を期待しているのだろう。あれほどテレクラにはまっていながら、体のみで、心がはまっていかない幸代を同じ女として私は、不思議に思っていた。体を許した男に、会えば会うほど心も動いていってしまうのは、女として自然の成り行きだと思う。けれども幸代は、あまりにもテレクラにはまりすぎた。夫一筋、まじめに生きてきた反動が、一気に出てしまったのだろう。無責任な視点で捉えると「会う男、会う男、違っていて楽しい」と言う幸代の気持ちは、私にも判る。おもちゃを次々と新しいものに替えていくような遊び心ではないだろうか。しかし、幸代には家庭があり、子供が2人いる。彼女はこれから、どう生きていくつもりだろう。幸代は、今、妻としての責任を問われているように思える。

「夫以外の人を知らずに死ねる人は幸せだろうなって、今は思います。でも私は、知ってしまった。知ってよかったと思ってるんですね。じゃなかったら、今も続けてないでしょう？」

夫は、今もまったく知らない。幸代は、夫が朝7時半に出かけた直後から、テレクラに電話をし、子供が帰ってくる3時までに必ず、情事をし終えて帰ってくる。幸代の夫も、まさか妻がそんなことをしているなんて、想像さえしていないだろう。仕事中、自宅にいるはずの妻に携帯でなく、自宅の電話に連絡してみることを、世の夫たちにぜひとも勧めたい。

case 14

「快感」は体で感じるものじゃない。

——松井季子（30）

女は脳で感じるもの。
技術は関係なくて、
今一番好きな人と欲望の赴くままに
体が繋がっている、
私の体のお陰で、
彼が気持ちよくなってる——
そう思うと、脳が気持ちよくて、
すごい幸せを感じるんです。

松井季子（30）

5年前、大学の同級生であり、
旅行代理店の同僚でもある夫と結婚。
婚約後、今日まで8年間、夫とセックスをしていない。
3年前から交際中の独身会社員（29）とは、
10日に1度のセックス付きデートをしている。

「主人と結婚してから、1回もしてないんです。婚約してからだから、正確に言うと、セックスレス歴8年になるのかな？」

松井季子（30）＝仮名＝は、まずそう言って私を驚かせた。季子は、早口で続けた。鼻にかかった色っぽい声は、女優の賀来千香子のそれに似ている。

「そう言っても、みんな信じてくれないんですよ。いつもみんなに『普通、男は耐えられない。離婚されても当然の女だ』と責められるのね。でも私、結婚前から、そんな（セックスをする）気さらさらなかったもの。道歩いてて、ウチの人に肩を触られただけで、ゾゾッ。〈うわぁ、やめてぇ〉ってカンジで、気持ち悪くてぇ……」

季子の赤茶色に彩られた唇は、よく動いた。着ているニットと同色だった。ショートヘアのよく似合う季子は色白で、目が大きく、美人系だ。まっすぐ上向きに伸びた眉は、彼女の芯の強さを表しているようだった。

旅行代理店に勤める夫と季子は、大学の同級生である。4年生のとき、つきあうようになり、何度も別れたが3年後、結婚した。しかし季子は、結婚4ヵ月前から二股をかけていた。

相手は、一族が銀行家という1歳年下のお坊ちゃんだった。

「家が違いすぎると思ったから、結婚の対象にできなかったんです。私、結婚と恋愛とは、全然違うものだと思ってるんですね。恋愛は直感で、好きという欲望の赴くまま。でも結婚って、愛してなくてもできると思うんです。必要なのは、条件とか、安定とか、釣り合い。弾みもあったと思いますよ、私の場合」

お坊ちゃんとつきあい出して1ヵ月後、季子は今の夫と婚約をした。結婚は3ヵ月後。季子は、お坊ちゃんに別れを告げたが「そんなのヤダ」と彼が泣き出し、結局、関係を続けることに。季子も、お坊ちゃんに惚れていたのだ。

「そのころから、ウチの人とセックスしなくなったんです。私、好きじゃないと、できないの。お坊ちゃんとやり始めたら、もうダメ。『結婚が決まったからってやりまくるのは、娯楽のない時代に生まれた人みたいで、私の美学が許せない!』って、ウチの人に言い続けたら、引いちゃったんです」

結婚後、それでも夫は、妻を求め続けた。季子は次に、重病で入院した父を利用した。

「父が苦しんでるっていうのに、不謹慎な!」

それで、しばらく夫は大人しくなるが、再び夜な夜な求め始めた。仕事が忙しく、ヘトヘトで帰宅するにもかかわらずである。次に季子は、交際中、夫の子供を中絶したときのことを使って対抗した。

「大学4年のとき、ウチの人、お金は出したけど、温情ある態度を取ってくれなかった。だから『今でも心の傷になって、妊娠が怖いのよ。もう二度と、そんな目に遭いたくない』って責めたの。そしたら『本当に悪かったと思ってる』って、大人しくなって」

季子は、感情を込め、怯《おび》えた表情までして、私にそう言った。相当な役者だ。これでは夫も手が出せまいと、私は思った。

夫は、いくらやりたくても、強引にするほど勇気ある男ではなかった。それで当てつけに、風俗店紹介誌を買ってきて、山積みにしてみたり、「妊娠のこととか、気をつけるから」と、買ってきたコンドームを見せてみたり、あの手この手で妻にアプローチした。しかし、季子は動じなかった。

「やらせて、それで済むんだったらいいですよ、別に。だけどダメ。体が拒絶するの。だって私、ウチの人のこと、好きじゃないもん。気持ち悪くて。どうしてって、生理的にとしか言いようがないです」

季子は、結婚後も会社を辞めず、事務の仕事をしていた。お坊ちゃんとの関係も結婚後半年間、平穏に続いた。しかし突然、季子は別れを告げた。会社の同僚で大阪から転勤してきた同い年の独身男性とつきあい始めたからだ。ハーフのように美しい顔をした彼は、会社の

エレベーターで2人きりになったときに、

「松井さんが結婚してるって知らなかったから俺、危なかったよ」

と言って、映画に誘ってきた。彼が赴任して、1ヵ月後のことだった。季子は「えっ!?」とドギマギしたが、ドアが開く前にOKの返事をした。2人は、その週の金曜日、映画を観に行った。

「理屈じゃなくて急に『好き』って気持ちが湧き出てきたんです。彼が、車で家まで送ってくれたけど、私『帰りたくない』って言っちゃった。そしたら『俺も』って。でも私、着替えとか化粧道具《メーク》がないと泊まれないんですよ。だから『お泊まりセット持ってくるから、待ってて』って。キス？　してない、まだしてない。あとで、まとめてやればいいと思って」

季子は、家から1分ぐらいの所に車を停めさせ、帰宅した。午後10時をすぎていた。夫は、テレビを観ていた。季子は「××ちゃん（女友達）ちに泊まる」とだけ言うと大急ぎで、お泊まりセットを用意した。

「ウチの人と話が始まっちゃったら一巻の終わりと思ってたから、とにかくスピーディに動いて、印象を残さないようにって。ウチの人？　全然、疑ってませんでしたよ。顔見ても、後ろめたさなんかまったく感じなかったし」

季子の口調は、ますます早くなった。きっとこんな調子で、嵐のようにまくしたてて、お泊まりセットを持ち、外出したに違いない。その間、わずか10分。これでは夫も、口を挟む隙さえない。季子は、ますます饒舌《じょうぜつ》になって話を続けた。

「車に戻ってすぐ、ラブホテルへ直行。とにかく〈うれしい！　よかった！　こうじゃなきゃ〉って内心、ワクワクしてた。彼は『大丈夫？』って、一言だけウチの人のことを言ったけど、あとはもう2人とも忘れちゃって、すごく自然にラブホテルに入っちゃった」

2人は部屋に入ると、まず別々にシャワーを浴びた。彼は経験があまりないらしく、けっして上手くはなかった。しかし季子の心は、それでも幸せでいっぱいだった。

「快感は、体で感じるものじゃないんです。女は脳で感じるもの。技術は関係なくて今、一番好きな人と欲望の赴くままに体が繋がっている。私の体のお陰で、彼が気持ちよくなってる——そう思うと、脳が気持ちよくて、すごい幸せを感じるんです」

季子は、両手の指を組み、力を込めて言った。右の薬指に、ゴールドの指輪をしている。

「縛りつけるのは、かっこ悪い」という季子の提案で、結婚指輪を夫婦ともしていない。翌日、2人は、会社の近くまで一緒に行き、時差を作って出勤した。彼は「愛してます。思いは募るばかり」と、仕事中にメールを度々送ってくる。季子にとって、ラブラブの毎日だった。しかし、その間も夫は「やりたい」一心で、季子にアプローチをし続ける。

「ウチの人の体を見るのもヤ。着替えたりするときに見ちゃったりすると、愕然《がくぜん》とするんです。太ってて、醜くて……。洗濯物だって、最初から私の物と一緒に洗えなかった。タオルでさえ共有できないし」

セックスしようとすると中絶の話を持ち出され、太刀打ちできないと思った夫は、今度は離婚作戦に出た。「好きな人ができたから、別れてくれ」と言い出したのだ。結婚3年目のことだった。

「半分は脅しだと思ってました。『別れないで』って泣きついて弱みを見せたら、やられちゃうし、どうしようと思って……。離婚するか、無理してやるか——でも、我慢してやらなきゃいけないぐらいなら、たとえ生活は苦しくなっても、1人のほうがいいと思って、弁護士のところへ相談に行ったんです」

季子は、財産の分け方について、弁護士から知識を得ると、夫に報告をした。すると突然、夫が「実は、好きな女なんかいないんだ」と言い出した。それで季子は、このときとばかり、「そういうふうに言えば『気持ちを変えて、やらせてくれると思った』って、はっきり言えば？　ほかに、あなたって考えることないの？」

と責めまくった。自分のことは棚に上げてである。夫は、ただ肩を落として黙っていたという。2人は、それを機に、別々の部屋で眠るようになった。それでも夫は、やりたがった。

「夜になると、逃げたくて逃げたくて。なら夜、いなきゃいいんだと思いついて私、会社を辞めて、クラブで働き出したんです」

今から4年前のことである。なぜ、季子は離婚しないのだろう。夫のセックスから逃れるために夜、働き出したなんて、普通ではない。ここまできたら、離婚したほうが精神的にも楽になると思うのだが。

「私の場合、楽な結婚でないと苦痛になっちゃう。ウチの人とは、別の絆があるんです。人間的なところで尊敬し合ったりもできるし、お互い、いれば便利なトコもあるし、信頼し合ってはいるのかな？　でも、空気じゃない。（夫の）存在を邪魔だとか、うざったいとか思うもの。一番の友達みたいなものかな？」

季子は、ウフフ……と意味ありげに笑った。とても艶やかだった。これでは、妻に男がいると夫が疑っても不思議ではない。しかし夫は、単に「妻はセックスが嫌い」だと信じきっている。一方、季子は、3年前、懲りずに3番目の愛人を作っている。相手は、店にきた1つ年下の独身会社員で、彼とは、今も続いている。

「出逢った翌日に私、彼の家に電話して『今から行きたいんだけど』って言っちゃった。日曜日で、ウチの人がいたから、携帯を使って私の部屋から掛けたのね。夫の存在なんか、意識の片隅にも置いてないのよ。彼を見た途端、直感しちゃったから、行動せずにはいられなくなって……」

少しびっくりした彼だったが、快諾した。2人は、彼の最寄りの駅で待ち合わせをし、1時間半ほど、近くの公園を散歩したりしてすごした。まっすぐ家へ連れて行かないところに、季子は女心をくすぐられた。訪れた彼の1DKのきれいな部屋を見て、季子はますます好きになってしまった。

「ウチの人って、がさつでズボラだから、カレとタイプが全然違うの。お茶もいれてくれて感激しちゃった私は、もう我慢できなくて、抱きついちゃうわ、キスしちゃうわ……でも、水商売してるから軽いって誤解されたくなくて一瞬、考えたのね。〈なんとか、この人を引き止め、私のこと好きだって言わせる方法は？〉って、キスしながら……」

その結果、とんでもない言葉が、季子の口から自然に出てきてしまった。

「信じられないかもしれないけど私、潔癖性が高じて、今までずっと男の人とできなかったの」

しかも年齢は、2歳さば読み25歳。季子の名演技を彼は、なんと信じてしまったのだ。2人が結ばれたのは翌週末。彼の家でだった。

「もう大変だった。痛がらなきゃいけないし、逃げ腰になったり、括約筋締めちゃったり……。よがったり、濡れるのもおかしいから、ばれないようにシーツ引っ張ってゴシゴシ拭いたりね。3回目から徐々に、よがっていくようにしたの」

季子は、恐ろしいほど美しい表情をして笑った。そんな季子の芝居にまったく気づかず、彼は今も10日に1回の割合で会っている。季子は1年前、夜の仕事も辞めた。夫が釣りという趣味を見つけ、精神的にも肉体的にも、忙しくなったからだ。季子もようやく、ぐっすりと眠れるようになり、落ち着いた夜をすごせている。これからも、この夫婦関係は続きそうである。ということは、夫婦間にセックスがなくても大丈夫ということだろうか。

「(セックスは)必要じゃないと思います。8年も経ってやったら、近親相姦みたいだし。ばれなければ、罪というもの自体が未発生なわけで、私、浮気をしてもいいと思うんですよ。で、良心の呵責《かしやく》に苛《さいな》まれる人は、しなきゃいい」

季子は、はっきりと言った。こうも堂々と言われると、「非」がこちら側にあるようにさえ思えてきてしまう。夫を含めた男たちは、このはったりを信じてきてしまったのだ。

季子は、現在、収入のすべてを自分の貯蓄に充てている。生活費は、すべて夫持ちだ。私は、この夫だからこそ、季子の浮気が成立しているのだと思った。

「そうよ。私の場合、夫以外の男とつきあうのは、趣味みたいなもの。趣味は、あったほうがいいでしょう？　それと、男がついてくるってことで、まだ女として大丈夫というバロメーターにもなるし……」

いつも開いている夫の部屋の扉が、たまに15分ぐらい閉まっていることがある。自分でしているのだ。それを見て「一生やりたくない」と季子は冷笑する。かわいそうな夫は「やるまでは離婚できない」と、目的達成のために次の作戦を考えているのかもしれない。この夫婦こそ、セックスが要因で、反対に強く結ばれているのではないかと私は思った。

case 15

若かったら、もう少し正直に生きた。

――安藤波子（56）

心変わりして去って行くんやったら、
どうっちゅうことない。
それは、最初から私が思ってたことやし。
いくら奥さんとうまくいってないゆうても、
離婚しないのは、
家庭が大事ってことなんよ。

安藤波子（56）

30年前、塗装業を営む夫と見合い結婚。
22歳の娘が１人。
25年間、弁当店を営む波子には、
９年前からつきあっている、電気関係会社を経営する彼（60）がいる。
夫は、若い女のところに入りびたり状態。

「もともとは、新聞の伝言欄で募集された山登りのサークルで、一緒だったんです。ある夜、山登りのあと、年配連中だけが集まって、飲みに行ったんですわ。その中に、その人がいたんです。どうっちゅうことのない普通のおっさんや。席が離れてたんで、個人的には話せんかったけど」

安藤波子（56）＝仮名＝は、ホテルのラウンジにいる周りの客たちを常に憚《はばか》りながら、小さな声で話し始めた。きれいなグリーンのVネックセーターを着ていて、白い首を惜しげもなく見せている。年齢のわりに皺が少なく、若い子によく似合う薄いピンクの口紅も、違和感がない。目の下の泣きボクロが、儚《はかな》げで、とても艶っぽかった。

大阪府内で25年間、持ち帰り弁当店を営んでいる波子には、塗装業を営む夫（62）と、OLをしている独身の娘（22）がいる。夫とは、30年前、見合い結婚をした。生来の女好きという夫には、結婚当初から、常に女の影がチラチラしていた。現在も、2回り年下の女のところへ入りびたりである。

「結婚当初からずっと主人の仕事が順調じゃなかったから、働きながら子育てするのに、必死でしたもの。主人の女好きは諦めてたし、不倫ドラマみたいに、ほかの男の人に目が行く暇もなかった」

波子は、ため息まじりに言って、苦笑いをした。9年前、波子は、若いころから好きだった山歩きのサークルに入った。冒頭の飲み会が行われたのは、それから3ヵ月後。その夜をきっかけに、飲み会に参加した約10名の熟年男女は、仲間づきあいをするようになった。が、飲みに行く程度で、いつもグループ行動だった。波子の言うその人（51）＝当時＝とは、特に進展もなかった。

「今、梅田にいるんやけど、飲みにこない？」

と、その人が波子の店に電話を掛けてきたのは、初めての飲み会から半年後のことだった。

「私も、お酒好きやし、『奢《おご》ってくれるおっちゃん』いうカンジで、行ったんです。飲んでいるうちに、優しくて頭のいい人だとは思ったけど、好きなんて気持ちなんか、ないない」

波子は、「ない」の部分を強調して言った。その人は、電気関係の会社を経営しており、家族は、8歳年下の妻と息子2人。息子は2人とも、父親の会社を手伝っている。その人は、その後、映画や寄席にも誘うようになった。やがて、波子の心の中に情が、ゆっくりと湧いていった。2人がラブホテルで結ばれたのは、飲み会から1年後、今から8年前のことだった。

「いつも、その人の車で移動してたから、そのときも車で、スーッと……。そのときのこと？　ずいぶん前のことだし、お酒飲んでたから、忘れたというよりも、特別に覚えてるようなことがなかったんとちゃうかな？　お互い、こういう年やから、甘い誘い言葉とかなしで、自然と……」

当時、波子は夫と10年ぐらいセックスレス状態だった。

「潔癖性なんかな、私。主人に、そういう人がおると思うたら、ヤですもん。見合いだから、嫉妬とか好きとかいう感情なんか、全然なかったのにね。なんでやろ？」

波子は、小首を傾《かし》げて私に聞いてきた。中間色のライトの下で、波子の白い肌と、時折見せるなよっとした体のひねり方が、かなり色っぽく私には見えた。

ホテルに入った熟年男女は酔った勢いで、そのままベッドに倒れ込み、始めてしまった。

「ここまできたら、感情のまま……。途中で引き返そうとか考えもしなかった。ただ、おばさんだからねぇ。どうってことしてくれないやろと思ってたのに、優しく全身を愛撫してくれたの。主人は、ただ排出するだけだったから、気持ちいいも何もなかったし。けど、優しいのは最初だけやと思ってました。女にチヤホヤ言う年代の人じゃないから、甘い言葉の類《たぐ》いなんて、最中もありません。けど、この関係は、続くって直感したわ」

セックスの前も後も、夫の顔は、まったく浮かんでこなかった。ただ、自宅まで送ってもらう車中、波子は娘のことばかり頭に浮かんできたそうだ。娘とはオープンで、いい母娘関係をこれまで築いていた。だから波子は、その人のことをどうやって娘に告白しようかと考えていたのだ。

「娘に告白するのは、どないなのかなぁ迷うてね。けど私、隠しごと嫌いだから。その夜、ウチへ送ってもらって、『××さんだから挨拶しなさい』と会わせといて、帰ってから『おつきあいしてるよぉ』言いました。娘は、特に驚きもせず『そう……』ってだけ言うてた。『パパはどうすんのぉ?』とか、私を責めたりもしなかった。けど、これが原因で、ひょっとしたら非行に走られるかなぁと心配した」

娘は、父親には女が途切れることなくいたということを、波子に言われなくても知っていた。娘が母親の不倫を受け入れられたのは、父親が他の女と一緒にいるところを外で偶然に何度も見かけてしまったりしていたからだろう。母娘関係は、その後も変わらなかった。

その人が電話をしてきたのは、翌日の午後だった。「昨日は、ありがとう」それが第一声だった。「いいえ。こちらこそ」と答えながら波子は、これから、つきあいが始まるのだと再確認していた。

「勇気が要りました。ほんとだったら、したらいかんことですよね。だけど……だけど、やっぱり、そうなってしまった。けど、この関係を、このままずっと大切にしようとは、思わんかった。別に切れたら、切れたでいいわぁって。おじさんと、おばさんでしょ？　お互いに立場をよく知ってますからね。最初がきれいにいったんだから、最後がきたら、そのときもきれいに収めなあかんと思うてました」

年の功だろうか。これまで一連の取材で出逢った女性たちと、考え方が、違う。そう感じる私の心を察したのか、

「私、『失楽園』読みました。よその家庭を犠牲にするなんて、ナンセンスやと思う。冷めた目で見てしまうんです、そういう生き方って。わざと一線引いて、つきあったほうが、ドロドロしなくて、楽しいんですよ」

燃え尽きるまで短い間つきあうよりも、波子は、自我を抑え、楽しさが長く続くほうを選んだ。しかしそれは、欲望のまま生きるより、女としてはつらいようにも私には思えた。

初デート以来、2人は週2回以上、会うようになった。その人は毎週、波子を映画や寄席、食事などに誘ってきた。ときには、両手にいっぱいの食品を買ってきて、波子宅に寄り、娘と3人で食事をすることもあった。特別に用がないかぎり、夫は帰宅をしないので、ばれる心配はなかった。また、2人だけで六甲山や白馬に、泊まりで山登りに行ったりもした。2人はラブホテルや、娘の帰宅する前に家の中で、週2回は体を重ね合った。週イチになったのが一昨年からということは、かなり元気な熟年カップルである。

「元気いいですよぉ、山登ってるから」

波子は、初めて相好を崩した。波子にとって、セックスも大切なウェイトを占めているようだ。

「男の人って慣れてくると、手抜きになるって、よく聞くけど、全然変わらないの、やり方が。ソフトな指使いで、動きも優しいしね。生理のときとか、体がしんどいときもありますやん。『今日、ごめん、ちょっとしんどいねん』言うたら、労《いた》わってくれる。主人なんか、プッと膨れるのに」

ということは、生理中もすることがあるほど元気なのだ。すごい熟男熟女だ。

「その人に出逢って、やっといいセックスを知った……。セックスでも何でも、相性が合うたら、それに染まってしまうでしょ？」

波子は、息を抜きながら言った。しているときのことを思い出しているかのようだった。

「私、セックスなんか、もう要らないと思ってました。でも、男の人は、セックス抜きじゃダメなんですよね。だったら、自分の体が大丈夫な限り、どうっちゅうことないと思って、応じてるんですけど」

しかし、週最低2回も毎週、優しい男に抱かれていたら、愛情を抱いていってしまっても自然だと私は思う。波子は、「一線を引いたつきあい」と言っていたが、独占欲や、あるいは会えない淋しさなど、コントロールしきれない気持ちが出てきて、苦しんだりしないのだろうか。

「ない。そしたら終わりだから」

波子は、強い口調で否定をした。それから、軽く息をつき、先を続けた。

「独占欲はない。女の人って、なんぼ化粧してても嫉妬したりしたら、醜い気持ちが、すぐ顔に出るでしょ？　私、もともと別嬪《べっぴん》じゃないのに、ようしてくれてる人に、そんな汚い顔なんか見せられません。心変わりして去って行くんやったら、どうっちゅうことない。それは、最初から私が思ってたことやし。いくら奥さんとうまくいってないゆうても、離婚しないのは、家庭が大事ってことなんよ」

だから波子は、8年間、一度も自分から、その人に電話をしたことがない。彼女は、ひたすら、電話が掛かってくるのを待っている。しかし、待つまでもなく、その人は、週に何回も電話をしてくる。

「私、(電話)掛けたら、終わりや思うてるの。会社にだって、奥さんと違う声やってばれるでしょう？　もし、掛かってこなくなったら、そこまで。後追いするような惨めなことは、しません。でも、年やから、死んで連絡が途絶えることもあるでしょう？　約束したんです。連絡がこなくなったら、1回だけ私が電話をするって。もし、相手が生きてて『元気です』

言うたら、お別れだと……」

そこまで遠慮して、都合の良い女になりきる必要があるのだろうか。それは、波子が若くないから割りきれるのか、悟りを開いているのか？　彼女は、その人に対し、どんな気持ちを抱いているのだろう。

「好きです、とっても。言わないけど、相手もそうでしょう。もし、若かったら私も、もう少し正直に生きたかもしれない。だいぶ、心殺してきたように、今、振り返ると思います。でも、心殺してきたからこそ、長持ちしたん違うかな？『年いくまで一緒にいようなぁ』って、その人は言うてくれてますけど、男の人の気持ちなんて、コロコロ変わるから、口約束なんて、あてになりませんもの」

波子は、突き放すように言ってから、顎を上方に向け、宙を見た。結局、波子は、その人の妻に勝ったのだ。私は、彼女の言葉から、そう読み取った。心を殺し、年月かけて勝負に挑む。もし、その妻が、波子のことを若い女でなく、自分と同年代と知ったら、どんなにショックで悔しがることだろう。女の心理として、相手が一目で敵《かな》わない女ならば、許せたり納得する部分が、あったりするものである。たとえば、それは若さだったり、美貌だったり、知性だったり……。けれども波子は、若くもないし、特別美人でもない。しかも常に冷静で、妻の座をけっして求めていない。これでは妻も、なぜ夫が波子を求めるのか、納得できないだろう。だから波子は、勝ったのだ。

私は、波子の言葉の裏に、女の執念めいたものを感じさせられた。

そんな波子に、娘は「もうママ、離婚してもいいんじゃないの？」と、20歳になったときに言ってきた。若い女のところに入りびたりの夫は、波子の私生活について、まったく知らない。年老いて、女がいなくなったら、いつか面倒見てもらうために戻るつもりでいるらしい。

「私、自分のことを考えたいくせに、娘がいつか結婚して子供ができたら……って、孫のことを先に考えるんですね。で、どないしたらいいんやろかなぁって思案中なんです。離婚は、その人が、おる、おらんは、関係ないんです。私は、生きてく仕事を持ってるんですから。年老いた主人を将来、1人にしてかわいそうなんて気持ちは、まったくありません。だって、主人の兄弟や、亡くなった姑に、さんざんいじめられてきましたもの」

波子は、高い声で上品に笑った。波子は最後まで、口にしなかったが、これが彼女の夫に対する、一生懸けての復讐なのかもしれないと私は思った。こうして、夫の知らない間に、妻が長い年月をかけて、熟年離婚計画を進めていく。最後に笑うのは、妻なのだ。とても若い妻にはできない芸当である。そう思うと私は、波子を目の前にして、ちょっとゾッとした。

case 16

初めて女になった。もう止められない。

——藤井貴子（28）

もう、ドキドキドキドキ、
ドキドキドキドキ……。
ダンナ以外の人との久々のキスで、
〈いやぁ、ラブラブ！〉
って感激しながらも、
ものすごくやましい気持ちもあったんです。
ダンナに対して、
割り切れてないんです、私。

藤井貴子（28）
静岡県在住で、食品加工業を営む夫（28）と、
6年の交際の後、2年前結婚。
1年半前、地元で同級生（28）の彼と出逢い、恋愛関係になる。

「結婚半年後に、中学んときの同級生に、地元でばったり会ったんです。『じゃあ、飲みに行こうか』って誘われて。その彼、実は、私が20歳のときから、ずっとアプローチしてくれてたんですね。でも、そのときはもうウチのダンナとつきあってたでしょ？　『結婚するまで諦めないよ』なんて、ずっと言われてたんです」

静岡県在住の藤井貴子（28）＝仮名＝は、地元で代々食品加工業を営む夫（28）と、6年の交際の末、2年前結婚した。交際期間が長かったのは、夫が、東京や海外に短期修業に行ったりきたりしていたからだ。

貴子は、美人女優タイプだ。切れ長の大きな二重の目は、女でもドキッとするほど魅惑的で、鼻が高く、声もイベントコンパニオンのように、よく通る。

そんな彼女だから、結婚前まで、よくもてた。今の夫を選んだのは、生活の安定と安心感からという。私も何度か、貴子の夫に会ったことがあるが、ポッチャリしていて、悪いことをけっしてしない、見るからに商人タイプで、貴子の言うように、安定と安心が、体から滲み出ている。

ところが、結婚半年後、実家に遊びに帰った貴子が、同級生の彼に再会してしまった。今から1年半ほど前のことである。2人は、何度か地元で顔を合わせていたが、結婚後に会ったのは、初めてだった。彼は、貴子の夫の同業者だが、会社の規模は、彼の実家のほうがかなり大きい。また、跡取り息子の彼は、仕事面でも地元での評価は高かった。彼は、30回ほどお見合いを繰り返していたが、「気に入った女性に出逢えないのは、貴子のせいだ」と、再会したとき、独身の理由を言い訳っぽく言った。彼はタレントの赤坂泰彦似で、インテリハンサム系である。

「価値観がすごく合うし、話は弾むし……。でも、楽しいなんて、思っちゃいけない、結婚したんだものって、自分に言いきかせ、引くようにはしてたんだけど……」

ところが、翌週から、携帯メールで交換日記もどきが始まってしまった。「会いたい。飯を食いに行こう」といった簡単なメールだったが、貴子は、ドキドキしながら、オフィスに誰もいないとき、コンピュータのモニターを見ては即座に返事を送っていた。夫は、パスワードさえも知らない。2人は、メールをやりとりしながら、週1回、食事や飲みに行くようになった。貴子は前から、頻繁に実家へ遊びに行っていたので、「実家へ行ってくる」と言っても、夫から少しも怪しまれなかった。

「私、仕事場で毎日、ダンナと義父母と一緒でしょ？　ストレスが、すごい溜まるんです。

つきあってるときって、わからなかったけど、結婚して初めて仕事しているダンナを見て、ショック受けたんですよ。〈こんなに仕事のできない男だったんだぁ〉って。だから、仕事上でのダンナとのケンカが増えちゃって……。私、人相変わるぐらい、毎日イライラしてたんです」

そんなとき、彼に出逢った。仕事のできる彼は、貴子の愚痴を聞き、経営者としてのアドバイスも、的確にしてくれた。ＯＬから突然、社長の息子の妻となった貴子は、会社内部のことを女友達に相談することもできず、一人ぼっちで、結婚を後悔することさえあったという。ところが、彼の出現によって、一挙に貴子は救われた。

「彼に会うと、〈また1週間、頑張ろうかな〉って気になれるんです。彼も、『貴子は僕のエネルギーだから、仕事を頑張れる』って言うし。なんか仕事を通じて、急接近しちゃった」

貴子は、色白の顔をピンクに上気させたまま、一生懸命な口調で言った。相当はまっているようだ。インタビュー中、大事そうに、手元に置いていた携帯電話のバッテリーの内側には、彼と撮ったプリクラが貼ってあった。

そんな2人の関係が、さらに友達の距離から近くなったのは、去年の9月のことだった。再会から、10ヵ月たっていた。映画「タイタニック」を観たあと、貴子の車の駐車してある所まで送ってもらう彼の車中でのことだった。彼が、貴子の手をそっと握ってきたのだ。そうして別れしな、彼のほうからキスをしてきた。

「もう、ドキドキドキ、ドキドキドキドキ……。ダンナ以外の人との久々のキスで、〈いやぁ、ラブラブ！〉って感激しながらも、ものすごくやましい気持ちもあったんです。私、ダンナに対して、割り切れてないんです。だから、その日は、キスだけで別れたんですけど、自分の車に戻って、携帯電話の電源を点《つ》けたら、もう、留守電の嵐。たった5時間の間に、ダンナと母が、大変なことになってて……」

好きな人と会ったあと、夫の顔を見るのが怖くて貴子はその夜、「女友達と飲んだあと、実家に泊まるから」と言って外出していた。ところが、貴子は実家に連絡し忘れていたのだ。夫が貴子の携帯に電話すると、留守電になっていたため、実家に電話をしたら、母親は「聞いていない」と言う。それで2人して心配し、貴子の携帯に掛け続けていたのだ。

「実家に帰ってから、ダンナに電話して『友達と飲みに行ってたぁ』って言ったら、それで終わったんですけど。何か、ゾーッて感じでした。あの（留守電の）嵐を聞きながら、動揺しちゃって、〈ゲーッ。悪いことは、するもんじゃない！〉って、反省しました。普段、友達と1時すぎまで飲んでたって（夫から）電話は入らないのに、なんで彼といるときに限って……」

この騒動に懲りた貴子は、しばらく自粛し、彼と会っても食事だけで、早々に切り上げるようにしていた。ところが、それだけでは治まらないほど、お互いに気持ちが盛り上がってきてしまった。だから、去年の10月に「次は、いつ会える?」と彼が聞いたとき、「今度の日曜日、一日あげる!」と、貴子は言ってしまったのだ。その日、夫は東京へ日帰り出張だった。それで2人は、「日帰り大阪ふぐデート」に車で出かけた。夫には、地元の友人とテニスに行くと言って、貴子は前夜から実家に泊まっていたのだ。

ふぐを食べ、地元に戻ってきたら、午後8時になっていた。彼は、高速を下りると「まだ時間いいの?」と聞いてきた。「いいよ」と貴子が答えると、「じゃあ、行ってもいい?」と言って彼は、車を迷わずラブホテルへと向けた。

「時間がないから、部屋に入るとすぐにお互い、シャワーを浴びて、始めちゃったんです。気持ちが入っちゃってるから、夫以外の人の肌が触れること自体、ものすごい良かった。彼の何が——じゃなくて、ものすごく新鮮で、今までとはまったく違った感覚。だから、なんか燃え上がっちゃって、カーン! と……。初めて女になったみたいな、主人とはなかった感覚で、もう止められない! と思っちゃった」

そんな盛り上がりも束の間。2時間でホテルを出、実家の近くまで送り届けてもらった貴子が、携帯の電源を入れると、捜し物をしていた夫から「早く電話くれ」というメッセージが3回も入っていた。あわてて、「今、留守電聞いたの。ごめんねぇ」と携帯電話に掛けると、すでに夫は友人宅で、酒盛りの最中。何事もなかったように、そこで合流した貴子だったが――。

「ダンナの目を見て喋れないの。〈なんでこんなに、やましい気持ちがあるんだろ?〉と思うくらい、やましくて、ダンナの顔が見られないの。こんなに、ヤな思いするんだったら、〈もう会うのやめよう。もう二度と、セックスしないどこう〉と思ったんだけど、やっぱり終わらなかった」

翌日、彼からメールが届いた。そこには、「今日だけは、言わせてほしい。愛してる。でも、貴子の空いた時間だけを共有できればいいから、ムリしないで」と、初めて愛の言葉が入っていた。

「大好き! 会いたい! って思いました。気がついたら私、仕事してるときも、家にいるときも、四六時中、彼のこと考えてたんですね。何か思いつくと『今、仕事中。ダッシュで』って、皆がいないのを見計らってメールを送信したりしてる。はまっちゃいけない、冷静でいなくちゃいけないとは思ってるんだけど、私、はまっちゃってるのかもしれない」

いいしれないでなく、どツボにはまっていると私が言うと、貴子は困ったような、うれしいような顔をして笑った。恋する女の表情そのものだった。

以来、2人の関係は今日まで、ますます熱く、そして深まるばかりである。今回貴子が、取材を受けることを電話で告げると、彼は、「俺たちは、ただの不倫じゃない。不倫という下品な言葉で縛られたくないな。2人にとっては、これがいい関係なんだから」と口添えをしたほどだ。

「今の私にとって、彼は、生活のエネルギー。私には、すごく必要な人なんです。でも主人も、大切な人なんですね。主人って、のほほーんとしていて、お人好しで、欲があまりなくて、人生一緒に生活していくに、ふさわしい人。彼は、エネルギッシュで野心もあるけど、結婚生活には、ちょっと激しすぎるかもしれない。だから、こういう関係が私にとって、一番良かったのかなぁって……」

そのあとも、週イチデートは続いている。2人がホテルに行くのは、平均月1回。しかし、そのときに限って、留守電に夫からのメッセージが入っている。

「悪いことやってるときに限ってなんて、やっぱり神様はいるんですね。着信サインがついてると、ゾッとするの。その度に〈こんなに怖いなら、やめよう〉と思うんだけど、やっぱり、やめられない。彼が、『一生離れられないよ』って言うんですけど、私もそうなんです。老いても一緒にいたいって。でも、主人にばれたら『ごめんなさい』じゃ済まないし、やめたほうがいいのか、でも、やめられないしと、日々、心の中で格闘してるんです」

夫は、妻の秘密にまったく気づいていない。貴子のイライラが少なくなり、笑顔が戻ったことをむしろ、単純に喜んでいる。しかし、彼とホテルに行った翌夜あたりに、不思議と偶然に夫は、貴子を求めてくる。

「まだ、体に余韻が残ってるんです。だから、とてもじゃないけど、そんな気になれない。でも、ここで抵抗して拒否しては、妻である以上、いけないと思い直して、必ず主人を受け入れるようにしてるんです。彼のことを思い浮かべながら、主人と……。不思議ね、彼としてるときには、カーッとなったままで夢中だから、主人のことなんかまったく浮かばないのに。私、彼ほどセックスの合う人っていないと思う……あんないい、セックスってないわ」

貴子は、両手の指をしっかりと握り締めて、そう言ってから、高い声で笑った。長い髪の毛が、華奢な肩と一緒に揺れている。満たされた女の表情が、そこにあった。

「彼と別れて、ドキドキしながら帰宅して、テレビの前でいつものように寝ちゃってる主人を見る度、〈かわいそうだなぁ〉とか思うんです。でも、やっぱり、やめられない。まさか、この私が結婚してから、ほかの人と燃え上がるなんて、思ってもみなかった。しかも、こんな身近な人となんて……。でも、私にとっては、大切な2人なんです」

貴子は、真剣な表情で言った。根が正直な貴子は、咄嗟《とっさ》の言い訳ができず、彼と会っている間は必ず、留守電にしてしまう。バッテリーの裏に貼っている彼とのプリクラだって、取ったほうがいいのではないかと、真剣に悩みながらも、やっぱり剝がせないでいる。

「今回、こういうことになって、どうして携帯電話なんか持ってたんだろうと憎くなることありますもん。携帯とメールがなきゃ、連絡は取り合えないけど（彼と）会ってるときは、なんて不便な物なんだろうって」

２人は目下、沖縄日帰り旅行を計画中だ。欠航を考えると、新幹線も走っている所がいいと私は勧めたが、ゴールデンウィーク前後に決行するつもりで、彼は準備しているようだ。そんな話を貴子は、ビクビクしながらも、とても幸せそうに私に話して聞かせる。私は貴子のようなタイプが不倫のノーマルな姿勢と思っていたが、実際、多くの不倫妻に会ってみると、ビクビクしている女性は、ほとんどいなかった。それほど昨今、妻の不倫が当たり前化して、罪悪感が減少しているということなのか。だからだろうか、私には、そんな臆病な貴子が、妙にかわいく思えてきて、応援さえしてあげたくなった。

case 17

やっぱり男の人が好き。

――末吉和実（41）

部屋に入ったら、
いきなりキスして私の体を舐めるの。
汗でベトベトしてんのに、
その人、歓んでね。
で、そのまま……。

末吉和実（41）

大阪在住の夫と、7年前、「紹介結婚」する。
衣類の仕入れ業をしている夫（67）とは、26歳違い。
2年前、病気の夫の代わりに稼ごうと、デートクラブに入会。
現在、お客（50代）の1人と、交際中。

大阪生まれの末吉和実（41）＝仮名＝が、20年ほど京都で開いていたスナックを閉め、たった1人の身内である叔母と暮らすために、生まれ育った大阪へ戻ってきたのは8年前のことだった。1年後、叔母の経営する衣料品店に出入りする業者を紹介され、和実は結婚した。衣類の仕入れ業を個人経営していた夫とは、26歳も違う。夫は、先妻に先立たれ、再婚だが、和実は初婚だった。

「布団、横に敷いてくれて、『イヤか？』言われて、（しょうがないなぁ）いう感じでしたんやけど、60（歳）のわりに、そのものは立派やったね。病気になるまで4ヵ月間、毎日してたわ。けど、手術したら、男としての欲求が、なくなってしもた」

今から、6年前のことだった。夫が食道ガンの手術をして、3ヵ月の入院をした直後から、肉体関係が消えてしまった。

加えて病後の夫は、仕事のほうもうまくいかなくなってしまった。和実も夫の仕事を手伝っていたが、収入は減っていくばかり。そこで和実は、2年前、お金のために仕方なく、スポーツ新聞などに載っているデートクラブを選び、何軒も面接に行った。

「デートクラブってトコは、どんなトコなんかなぁ思って。あそこの目的は、ズバリ、セックスやから、めんどくさくなくていいしね。そりゃ勇気、要りましたよ、プライドが邪魔してね。水商売してたころは、お客とするいうたら、大金に繋がるって意味だったから、お客さんと軽くできんかった。〈こんなこと……〉って思ったけど、この際、どん底から這い上がるような経験をしてみようと……」

和実は、少し嗄《か》れた声で、そこまで言って、小さな目を細めた。色白で、ポテッとした印象の和実は、まさにマザコン男が大好きなお母さんタイプだ。

「京都時代、お酒で紛らわしてまで、堅くしてきた反動かな？　なんか、吹っ切れたみたい。1回したら、バッと崩れて……」

60代の女性オーナーの抱えているデートクラブの客は、自営業者、中小企業の社長が多く、「良質な男」ばかりだった。1回3万円。1万円をオーナーに戻し、2万円が和実の懐に入る。彼らのセックスは、和実にとって「まあまあ」の類いの出来だった。ところが、今から1年前、和実はとんでもなくいい男に出逢ってしまった。センチュリーに乗ってきた萩原健一タイプのロマンスグレーは、スポーツ関係の店を経営しているバツイチで50代だった。喫茶店で会った2人は、すぐに意気投合した。

「その人、『あとで、女優のような気分にさしてあげるわぁ』言うて、デパートの食料品売場の紙袋を持ってはった。そのあと、ラブホテルへ行ったら、お風呂にお湯をためて、その紙袋を……。デパートでレモン100個買うて、店員さんに、スライスしてもらったんだって。レモン風呂に入れてもらったんですよ。『うわぁ！』って感激して……」

バスタブの中は、一面、レモンスライスで埋まっていた。長身で同志社大卒のその人は、和実の全身をレモンで、ていねいに洗ってやった。それから2人は、ベッドに行った。その人は、レモンの香りのする和実の体をくまなく舌で、2時間にわたって愛撫したのだ。

「けど、その日は私、させへんかったの。趣味か何か知らんけど、2時間、舌でサービスされっ放しや。また、してもらいたいと思ったから、私『あとの楽しみは今度ね』って。だって、エクスタシーなんか一瞬やろ？　プロセスがいいの」

和実はこれまで、火照る体を自分で処理していた。ネタは、「週刊ポスト」「アサヒ芸能」などの男性週刊誌。わざわざ買って、グラビアの女性を見ながら、手だけを使ってする。ある日も、「アサヒ芸能」を片手に、指を動かしていたら、夫がいきなりドアを開けて、「何してんのぉ」と聞いてきた。咄嗟に「痒《かゆ》いから、自分でちょっと掻いてたんやぁ」と、和実は誤魔化したが、どうやらばれてしまったらしい。しかし夫は、それについて、何も触れてこなかった。

「去年かな？（夫が）『朝、アソコが固くなって、イッてしまった』言うのね。決まり悪がってた。そのとき、思うた。〈ああ、かわいそうになぁ〉って。けど、お父さんは、もう欲求がないからね。風呂に入ったときに体洗ってあげるだけで喜んでる。罪悪感？　全然ない」

和実は、突き放すように言った。

その人と、2度目のデートをしたのは、1週間後の夕方だった。電話番号を交換し合った2人は、クラブを通さずに会って、しゃぶしゃぶを食べに行き、そのあと、バーに飲みに行った。午後11時になっていた。ビールを呷《あお》るように飲んだ和実は、トイレに入った途端、ひっくり返ってしまった。和実が意識を取り戻したのは、午前5時。ラブホテルのベッドの上でだった。和実の着ていた服は、ソファの上に脱ぎ捨てられていて、隣には、その人が裸で眠っていた。和実の下半身に、したあとの心地良い余韻が残っていた。しかし和実は、したことさえも覚えていなかったのだ。

「朝、喫茶店へ行って、コーヒー飲みながら、その人が『もう、ムチャクチャやった！　あんなん初めて。もう、びっくりした』言うて。10回以上やったんやて。私、サッサと服脱いだことも覚えてないのに。タイプの男やったし、最初のとき、レモンでサービスしてくれたから、余計そうなったのかなぁ。5年間、発散してなかったいうのもあるし。『500人ぐらいしたん違うかぁ』言われてね。それくらいうまかったって意味やろ？　うれしかった、そんなに喜んでくれて」

和実は、うれしそうに丸い顔を綻ばせた。肉感的な唇がウズウズしている感じだ。

「私、好きや、セックスが」

和実は、つけ加えるように言ったが、言わなくても、表情から読み取れた。

午前9時、和実は、二日酔いでガンガンする頭を抱え、帰宅した。「寝てへんかった」と心配顔の夫に和実は、「ガンガン飲んで、潰れて、サウナ行って、朝まで寝てしまった」という嘘を言い、布団に倒れ込んだ。夫は、信用したらしかった。

「二日酔いがとれたら、すぐその人に電話したくなって……」

私が、

「体が（欲求した）？」

と尋ねると、和実は、

「まあ、ねぇ」

と、スケベ笑いを口元に浮かべ、言葉を濁した。

1週間後の夕方、2人は、寿司を食べたあと、ラブホテルへ直行した。

「部屋に入ったら、いきなりキスして私の体を舐めるの。汗でベトベトしてんのに、その人、歓んでね。で、そのまま……。私のこと『よく濡れる』言うのね。それで、その人、ものすごう燃えたらしいわ。その人、これまでインポだったんやて。『私で治った』言うて。けど、あれは普通より小さかった。まあ、その人が気持ちようならはったらええと思って……」

その人は、1回終えると、

「この間、一晩中、介抱させられたうえに、腰もくだけて、3キロ痩せさせられた罰だ。毛を剃らせてくれ」

と言ってきた。和実が、「浮気させせんために言ってんの？」と尋ねると、その人は「そうや」と言う。和実の脳裏に、夫の顔が一瞬浮かんだが、〈まあ、いいわぁ〉と承諾した。その人は、石鹼もつけずに、ホテルの備品の剃刀で、和実のヘアを剃っていった。

「その人のこと、好きやったんやろうね。剃りかけたら、興奮してきた。でも、痛かったわぁ。ただ、その人の独占欲がうれしくて、その日も朝帰りした」

デートは、毎週のように続いた。泊まりは、3回に1回。和実は、そんなとき、夫に電話をし、「サウナ」や「深夜喫茶」にいるといって言い訳をした。「あんまり外泊をするな」と夫は、灯のようにささやかな嫉妬心を表すが、妻を満足させられないという後ろめたさからか、半分公認状態になっていた。

「私にとっては、(夫は) 父親という感覚よね。『でも、お父さんのことは、死ぬまでずっと面倒みるから』って言うてる。〈かわいそうになぁ〉とは思うけど、〈悪いなぁ〉とは思ったことない。けど、外泊するようになってから、お父さん、私の体に絶対触れないなぁ」

その人とのセックスは、ますますエスカレートしていった。ある日は、朝8時に、呼び出しの電話が掛かってきた。和実は、すぐに近くのスーパーでお惣菜を買うと、10時から、昼食持参でラブホテルへ行った。

「その日も、夕方までずっと……。で、帰り際、裸のままで、お惣菜を食べ始めたんだけど、その人が、片足をソファの上に上げろと言うの。で、箸で挟んだ里芋煮を私のあれにつけて……。『いやぁ、やめぇ』言うたけど、『何言うてんの！　散々、そこ舐めさせて今さら、恥ずかしいもクソもあらへんわぁ』って。うれしいわねぇ、そんな人、初めてだった。ほんで、『美味しい、美味しい』言うて」

和実は、顔じゅう皺くちゃにして、笑った。話がセックスのことに及ぶと、和実の白い顔がピンクに染まり、何とも言えない満ち足りた女の表情になる。そんな妻の変化に夫が気がつかないわけはないが、若い妻をもらって非常にいい思いをしたのだから、晩年の辛さは仕方あるまいと、私は思った。

実は和実は、今年になってから、別の男ともセックスをするようになった。「その人に、マンネリを感じてきたから」だ。その人も、同じ気持ちらしく、会うのは、月平均1回程度に、減っていった。

1月に、クラブの紹介で、和実がデートした相手というのは、30代半ばの独身だった。内装関係の仕事をしている彼は、関取のように大きな体をしていて、業務用ワゴン車に乗って現れた。2人は、そのままラブホテルへ直行した。

「若いせいか、そのモノも元気で、立派でね。それを後ろから、いきなりお尻の中にグーッと入れられて、敏感なトコを指でいじられたら、もう私、ボーンと、イッてしもた。その状態でイッたの私、初めて。すごいよかった。そしたらもう、はぁ……」

和実は、深いため息をついて、顔を下方に向けた。彼女の顔が、テカテカしている。余韻を楽しんでいるかのようだった。

「強烈やったね。けど、私の嫌いなタイプの人だから、イッてしもうたら、あとはもう触れてもあかん。その人とは、それ1回だけだったけど、女って、好きな男じゃなくても、テクニックがよかったら、イッてしまうんやな。それで、そのあときた生理が、ものすごう長く続いてね。ホルモンの働きがよくなったんかなぁ。うまい人に当たるいうことは、大事なんやね。けど、それと会いたいとは、別や。サルやないんやから」

ちなみに、和実の好きな男性は、野球選手タイプだ。顔は、3歳のときに別れた父親のイメージのまま、ハンサム系が好きなのだそうだ。テクニシャンの彼は、そのあとも何度か会いたいと、ラブコールをしてきたが、和実は応じなかった。

「私、ものすごい相手を歓ばせるからねぇ。前に、産婦人科の先生に『旦那さん、歓んではんのんちがうのぉ？』と言われたことがあるんやけど、入口の締めつけが強いんやて。レモンの人も、それ言うてはった。理想としては、おじいさん死んでから、レモンの人と結婚したい。自分の好みの人って、そんなに現れるもんちがうしね」

いつのまにか、和実は夫のことを「おじいさん」と呼んでいた。男でなくなった夫というのは、彼女の中で、すでに、そんな程度の存在になっているのだ。かわいそうな気もするが、もし和実の実態を知ったら、もっとかわいそうになる。それこそショックすぎて早死にしてしまう。和実は現在、その人と1ヵ月に1回ぐらい会いながら、ほかの男とも浅くつきあっている。最近は、もっぱら年下専門になっているそうだ。

「私、やっぱり男の人が好きや」

インタビューが終わってから和実は、ニコニコして、そうつけ加えた。その堂々たる姿に私は、セックスに自信を持っている女はすごいと、圧倒させられた。これでは老夫も、ただ指をくわえて大人しくしているしかないのではないだろうか。セックスのできなくなった男の末路って、はかないものである。

case 18

二度と離婚はしたくないけれど――。

――佐山留里（39）

中学のときに、家帰ったら、
母親が若い男の人としてて、
すごいショックで、
あんなんはなりたくないって思ってきたのに、
今、自分がそんなんなってる。

佐山留里（39）

大阪府内の役所で働く留里は、11年前、6歳年下で、
デザイン会社を経営する夫（33）と結婚。
小5と小2の子供が2人。
彼（50）とは、5年前、友人関係から恋人関係にステップアップする。

「私、わりと、アレが好きなのかもしれない。家系かも。中学のときに、家帰ったら、母親が若い男の人としてて、すごいショックで、あんなんはなりたくないって思ってきたのに、今、自分がそんなんなってる」

佐山留里（39）＝仮名＝は、いきなり、そう喋り出して笑った。メチャメチャ明るい。細面で、目も小ぶりな和風美人的顔立ちをしているのに、太いアイラインや、ブロンズの口紅のせいだろうか、すごく華やかに見える。オレンジのジャケットに黒のミニを着た留里は、子供の入学式のときからすごい派手で、ＰＴＡの間でも有名だという。

大阪府内の役所で働いている留里は、地方公務員だ。小学5年と2年の子供が2人いる。結婚11年目。ハンサムな6歳年下の夫は、デザイン関係の会社を経営している。実は留里は、再婚である。20歳のとき、ひと廻り上の上司と不倫関係になり、2年後、相手が離婚したのを機に、6年間同棲をした。けれども入籍をした直後に、今の夫と友人を通じて出逢い、留里は、はまってしまった。わずか8ヵ月で離婚し、半年後、すぐに式を挙げた。留里が28歳のときである。

最初の夫とは、今でも食事に行ったりする、いい友人関係を続けている。

5年前からW不倫をしている彼(50)は、最初の夫の部下だった。なぜ留里は、その人とW不倫関係に陥ったのだろうか。モト冬樹似の彼には、妻と大学生の息子が2人いる。

「もともとの原因は、主人の浮気なんです。2回とも私が妊娠したときでした。1回目は、22歳のOLで、2回目は、25歳のバツイチ子持ち部下。主人って、女子高生みたいに、彼女の予定まで手帳に書いてるんですよ。2人目を出産して退院したら、家にコンドームの外袋が落ちてるし。女と旅行までしてたんです」

鞄の中に、使い捨てカメラを見つけた留里は、すぐにコンビニに行き、同じカメラを買ってすり替え、現像した。京都の旅館で、ニコニコしている大人しそうな女性が写っていた。

また、女を近所に住まわせるという夫の癖を熟知している留里は、女のマンションの合カギを作り、友人と、しのび込んだ。ベッドがあるだけの小さなワンルームマンションだった。友人は、彼女の服を切り裂き、留里は、夫のゲーム機と服に水をかけた。あとで、留里の仕業ではと、探りを入れる夫に、

「私の性格なら、堂々と乗り込んでいくに決まってるでしょ」

と、しらを切った。留里は、それでも夫に対して、直接怒ったりはしなかった。

「主人は、年下だし、プライドが高いから、私が合わせてあげないといけない。女にのぼせ

てるとき、何言うても聞かないしね。〈もう、ほっとこかな〉と思った。それに私、セックスでは、絶対私のほうがいいって自信があるから、いつか戻ってくると思って……」

夫の浮気でセックスもだんだん減り、今では数ヵ月に1回になっている。浮気している夫を必ず受け入れてあげるというのは、なぜだろう。しかも留里は、セックスのとき、一生懸命サービスするという。

「主人は自分本位で、私を楽しませようとしてくれないから、あんまりしたくない。それにアレが大きいから、切れて痛いんです。なのに、するのは、義務かな？　主人は、したくて（私と）してるんですよね。私の体は、悪くないって言ってるから。でも、もうひとつね。『ちょっとお外で遊んできて、うまくなった』と言うものだから、『どうかなぁ』って言ってるんですけど」

留里は、高い声で笑った。浮気発覚以来、夫は、なんでも平気で留里に話すようになった。たとえば、「初めてと言うわりに彼女、フェラチオが上手だったけど、ほんとかな？」とか、「僕が行って抱いてやると、泣いて歓ぶ」とか。そんなひどいことを言われても、留里は、その度、顔で笑いながら、「よかったね」と、普通に答えてやる。私なら、とっくに殴って別れている。

「いくら頭にきても、1度離婚してるから、もう二度とって気持ちが、私にあるんです。主人は主人で必要なのね。経済的な面もあるし、子供の父親だし。〈男の人の遊びは、しゃあないな〉って、むしゃくしゃしながらも、諦めるよう努めてたんです」

合カギ事件から3ヵ月後、男友達から電話がきた。交遊関係の広い留里には、電話がたくさん入る。彼も、その1人だった。「彼女、紹介してぇ」と彼は、いつもの調子で言ってきた。そのとき、留里は「私じゃダメなの？」と返事をしたのだ。

「それは、ずっと前から思ってたけど、先輩の奥さんだったし……」

と当惑しながら言う彼に、

「でも、もう離婚してるから、いいやんか」と、留里は軽く言って笑った。

「不倫って、一番落ち込んでるときにすると、引きずられる。お互いに、いい方向へは行かない。でも、むしゃくしゃしてるときをちょっと越えたとき――つまりハッピィになってきたときにするといいんですよ。いい方向へ行く、私みたいに」

2人は、1週間後のゴールデンウィーク明けに会う約束をした。それでも留里は、半分冗談だと思っていた。しかし、彼は電話をしてきたのだ。

「シャワーを浴びて、これから迎えに行くからねぇ」

これが、くどき文句の代わりとなった。

「ほんとかな？　ほんとかな？　って、半信半疑で車に乗ったんです。いつもの楽しい、とりとめのない会話をしながら、でも車は、ラブホテル方向へと向かっているから〈まあ、いいかぁ〉って思ったんですよ。で、部屋に入って、シャワーして、すぐベッドに入って、体が触れ合った瞬間、〈うわぁ。すごい合う！〉って。彼が入ってきたら、もう〈うわぁ。こんなにセックスの合う人なんて、いてたのかな。うわぁ！〉って。これは続くなって、すぐに思いました」

彼も、終わった途端、驚いた顔で「合うよな」と、つぶやいた。以来、2人は少しの時間を作ってでも、頻繁に逢瀬を重ねている。終業後、会ったり、仕事を早退して会ったり、歯医者に行くと言って会ったり、夫が帰ってこない夜は、子供が眠ってから深夜に会ったりもした。最低週2、3回、この回数は、5年経った今でも変わらない。最高記録は、月に24回。

「何回しても、飽きないの。『やりすぎだねぇ』『倒れるよねぇ』なんて言いながらも、会えば、またエッチしちゃう。彼が『若いときに、そういう関係にならなくて、よかった。もう、とっくに家庭崩壊してるよね』って。今、この年だから、お互いに捨てられないものが、いっぱいあるでしょ？　そりゃ心理的にも、はまってはいきましたけどね」

留里が不倫を始めてから数ヵ月後、夫が愛人のために、「別れてくれ」と言ってきた。しかし留里は、同意しなかった。彼とラブラブの最中にもかかわらず、

「どんなことがあっても、あなたが大事。私はあなたを愛してる。大好きなの」

と、夫に言い続けた。その結果、離婚話は、なんとなく消えていってしまった。そのうち、夫も女に飽きたらしかった。

「本当のところ、主人のこと、愛してるかって言ったら、どうかなぁ……。嫌いじゃないっていう程度です。でも、愛してるって言って、うまくいくんなら、それでいいでしょ？」

留里は、体を揺さぶりながら、高い声で笑っている。明るくてサバサバした性格の彼女を見ていると、交遊関係が広いというのも頷ける。美人タイプではないが、聡明で、味のある魅力的な女性だ。しかし夫は、堂々と、自分の女の自慢までも留里にする「モラルなしの女好き」だ。なのになぜ、留里は離婚もしないで、「愛してる」と徹底して言い続けるのだろうか。私には理解しがたいものがある。

「私が、常にどんなことでも有利でいたいからだと思います。私は、いつもあなたのこと愛して、あなたのことだけ見てきたのに、あなたは勝手なことしてる――その優越感に浸りたいから」

だから彼のことも、絶対にばれてはならないのだ。しかし、それほどまでに体が合い、はまっていても、彼も留里も、離婚して一緒になる気は、まったくない。

「彼と私、同じ匂いがするんです。だから、ずるいトコも一緒。『泊まってこ。一晩一緒にいたい』と口で言ってたって、必ず私たちはウチに帰るんです」

どうして？　と尋ねる私に、

「そこまでして、得るもんはない」

と、留里は、自信を持って、言い切った。

「そりゃ、家の中がゴチャゴチャしてたり、イヤなことがあると、すべてを捨てて逃げたくもなりますよ。でも結局、逃げたところで、また同じ生活の繰り返しだから。彼も、このまで楽しんでいるのがベストだと思ってるんですね。大切なのは、不倫だから、うまく行ってるってこと。でも、不倫するからには、モラルを守らなきゃいけない。嘘をついたら、最後までついて隠し通さなきゃね」

留里は、早口でまくしたててから、私を見、意味深な笑いを浮かべた。

「やめられない。〈もう、潮時かな?〉って思っても、ベッドに入ると、〈ああ、やっぱり、あかん〉って、フラフラになるまでやっちゃう。私、淡泊だと思ってたのに、いつも2時間以上、やっちゃうんです。エッチには相性があるって聞いてたけど、こんなに合うとは……」

1年ほど前から、2人のセックスにSMプレイが加わってきた。それは、彼がアダルトショップで買ってきた黒いロープを見せて「縛らして」と、手足を縛るところから始まった。

さらに、黒のボンデージファッション、SM用乳首クリップ、局部穴開き網タイツ……など、彼は次から次へと「こんなん買ってきた」と言っては試したがった。全身緊縛も、技術を上げた。以来、数回に1回は、SMプレイを楽しんでいるが、エスカレートしていくばかりだ。最近では、全身ロープの跡や、ひっかき傷を残す程度のSMプレイでは満足できず、言葉責めも始まった。

「とても恥ずかしくて言えないような卑猥《ひわい》な言葉を言えとか、××が好きやと言えとか言われると、〈うわぁ!!〉って思うけど、そんな恥ずかしいのも、いいのよね。痛いの我慢してたら、快感になるのも不思議だなって。彼も、全身緊縛した私の髪を持って、引きずり廻したり、今までやったことのないことをやると、すごい興奮するの。『こんなに自分がワクワクできるなんて思わなかった』って。主人と? そんなこと、できないなぁ。外の男だから、できる」

留里は、声を大にして言った。それから、少し声を落とし、説明口調で言い始めた。

「主人は、お父さんだもの。結婚すると男は、夫になってお父さんになる。男としての魅力を感じなくなって、ワクワクもなくなる。夫はただ、いてるだけ。妻もそう。結婚して妻になると、つまらない妻なのかな？ って。女でいたい。愛されていたいのに。でも彼は、ずっと愛してくれる。だから今の関係がいいの」

留里は、家に戻った途端、良妻賢母になる。PTA役員もしっかりやり、子供会にも積極的に参加し、清掃なども率先してやる。仕事をし、良妻になりきり、母をこなし、学校のことも率先してする。なおかつ、睡眠を削ってでも、彼とフラフラになるまでセックスもする。タフな女性であるには違いないが、留里は、とにかく何に対しても、一生懸命なのだ。

「私の人生、一回きりだから、楽しんでいかなくちゃ。母親の部分と、女の部分を、両方持ててる私は、幸せなほうですよね。そうでない人は、私のこと羨ましいんじゃないかな？私は、彼とたまたまエッチのほうも抜群に合うから、すごく幸せ。やめられない」

不倫というものは、どちらかが離婚や結婚を求めたら続かない。留里たちのように、短時間に集中して、おいしい部分だけを一生懸命貪るから、続いていくのだ。けれども、そんな激しいことを結婚生活でしていたら、息切れしてしまう。となると、結婚生活を不倫のように楽しくエキサイティングなものにするためには、どうしたらいいのだろうか。

case 19

キスから始まる、
ふつうのセックスがしたい。

——弘田吉美（29）

昼間のラブホテルなんて、
初めてで、恥ずかしいけど、
すごい新鮮。
だって、
ダンナと行くことってないでしょう？

弘田吉美（29）

建築会社の次期社長と4年前、結婚。
子供は1人。夫（29）の仕事は忙しすぎる。
1年前、ベビー用品宅配会社の配達人と恋愛関係に。
現在は、20歳のフリーターと交際中。

「(札幌の)ススキノの飲み屋に友人と行ったら、今の主人が、飲みにきてたんです。ジャニーズ系で、すっごくカッコよくてぇ。もう絶対、ゲットしよう！　って思って、私から話しかけていったんです」

　弘田吉美（29）＝仮名＝が、ＯＬをしていた20歳のときのことである。同い年の夫は、当時、大学生だったが、建築関係の親の会社を継ぐという将来も決まっていた。面喰いな吉美は、積極的にアプローチした甲斐あって、わずか2週間で夫をものにした。しかし、それからが長かった。男づきあいを優先する夫に、吉美は、いつも二の次扱いにされ続けてきた。4年経って、ついに吉美が「いい加減に、結婚する気あんの？」と尋ねたことをきっかけに、あっけなく翌年、ゴールイン。4ヵ月後には、妊娠した。

「結婚前は、それなりに遊んでました。でも1回、エッチしちゃうと、その人のこと、飽きちゃうんです。主人が一番よかったみたい。だけど、やっぱり構ってくれなくてぇ。結婚記念日も、誕生日も、何もしてくれないんです」

　吉美は、澄んだ甘えた声で、よく喋る。小柄で大きな目をした、ロングヘアの吉美は、アニメ「キャンディキャンディ」を思い出させるほど、かわいい。彼女は、とても家庭的で、料理を作ったり、ケーキを焼いたりすることが、大好きだ。しかし、夫は、無感動で、ケーキに手もつけなかったりする。仕事が忙しく、出張がちで、3年前の出産も、1人出産同然だった。しかし、出産2ヵ月後、彼女の心に、春のような暖かい日差しが突然、差し込んできた。

「業者がレンタル契約してたベビーベッドを取りにきたんです。『××ベビーセンターです』って、反町（隆史）君のようにカッコいい男性がね。〈いやぁ、爽やかぁ！〉って。それに、子供をあやしてくれるし、〈いい人だなぁ〉って、感激しちゃって。それから、彼の笑顔見たさに度々注文をするようになったの」

吉美が26歳のときだった。前述の「××ベビーセンター」というのは、電話で注文すれば、配達をしてくれる赤ちゃん専門の店である。吉美は、平均2週間に1回、彼（当時24歳）見たさから、紙おむつや、ベビーフードを注文していた。

「彼に『気がある』と思われるのヤだから、日にちのあけ方を考えながら、電話を入れてたんですよ。配達の日は、朝から髪もビシッと決めてね。でも、ときにはわざと、口紅だけにしてみたり、ナチュラルメークにして、『今日、お化粧してないの』って言ってみたりね。『主婦に見えないですねぇ』って言われるのが、一番うれしかったんで」

　やがて、ゆっくりと、2人に恋心が芽生えていった。そうして、出逢ってから2年後、初めて吉美は、彼を飲みに誘った。「友達の結婚式のあと、どこか行きたいんだけど、いい店知ってたら、一緒に行かない？」と。彼は、「お客と飲みに行くのは、禁止だけど、吉美さんとなら」と、すぐにOKした。去年の2月のことである。

　そして日曜の午前零時、ススキノの居酒屋に、女2人、彼を含めて男4人が集まった。その夜は、子煩悩な夫が子供の面倒を見ていた。

「主人のこと？　まったく思い出しませんでしたね。彼、飲みながら『僕、ダンナさんの愚痴を聞く係でいいから』って言うんです。そんなこと言われたら、期待するじゃないですか。なのに、（解散すると）すぐにタクシーに乗せられて、バイバイって。〈チェッ〉って思いましたよ」

　時計は午前3時になっていた。3分後、タクシーの中で吉美の携帯が鳴った。彼だった。ススキノの町を歩きながら、いつもの元気な声で、

「今度は、朝まで帰しませんから、覚悟しててください」

　と、いきなり愛の告白をしたのだ。

「もう、参りますよねぇ。照れるじゃないですか。タクシーの中じゃ、返事に困っちゃう……」

吉美は、赤い唇を両手で隠すようにして笑った。左薬指で大粒のダイヤモンドが輝いていた。

2人が、再び会ったのは、初デートから2日後のことだった。吉美が紙おむつを注文したのだ。彼が商品を届けにくると、吉美は、手製弁当を玄関先で渡した。ちょうど子供は、奥の部屋で、キッズコンピュータに夢中になって遊んでいる最中だった。

「彼が『じゃあ、お礼の代わりに手品を』って、ポケットからハンカチを取り出して、細く折ると、『人間の顔って縦と横の長さが一緒だって知ってました?』と聞いてきたの。『まさか』と言ったら、『じゃあ証明します』って、ハンカチを、縦にして私の顔の長さを測って、それから、横を測って、『じゃあ、次』って、私の目の上にハンカチをおいていきなりキスしたの。ほんの1、2秒よ。体の力が抜けるって、こういうことを言うのね」

あっという間のフレンチキスだった。吉美が下を向いていると、「恥ずかしいですよね」と、彼も恥ずかしそうに言った。それから「ちゃんとしても、いいですか?」と彼は、唇を近づけて、思いっきり吉美の体を抱き締めたのだ。今度は長いキスだった。唇が離れると、彼は、爽やかな笑みを浮かべながら、「そろそろ行きますね」と、言って走り去っていった。

「キスなんて、結婚以来、してくれないから、朝も夜も、主人が眠ってる間に勝手にしてたんです。彼のキスは、上手かった……。気が抜けちゃいました」

それを機に2人は、配送の度、キスを楽しんでいた。ところが、関係が深まることへの不安を吉美が感じ始めた矢先、彼が自己破産してしまったのだ。初キスから1ヵ月後のことだった。

「何もかもちゃんとして、就職し直してから、必ずスーツ姿で会いに行くから、半年間だけ待ってて」

と、電話で言っただけで、彼は姿を消してしまった。それは、吉美にとって、相当のショックだったが、わずか2ヵ月で、その気持ちも萎えてしまった。

テレクラのサクラというアルバイトを始めたからである。金銭的に何不自由ないのに、バイトを始めたのは、単に家族全員で東京ディズニーランドへ行くためだった。購入したチケットは懸賞で当選したことにする。そうすれば夫が、もう少し構ってくれるかもしれない――細やかな妻としての願いからだった。

しかし、そのバイト先で受け付けをしているカレに出逢ってしまった。カレはSMAPの草彅剛似の、長身でスラッとした20歳だった。その日を境に、2人は飲みに行ったり、メールをし合ったり、プラトニックデートを始めた。半年後、吉美が、「カレとキスをしている」夢を見たことから、2人の間が急接近した。吉美は電話で、夢の内容をカレに告げた。すると、

「僕、あんまり経験ないけど、今度、どっか行こうか」

と、カレは、ストレートに誘ってきた。

「かわいい！　それに若い子だから、(セックスのとき) 上に乗ってくれるんじゃないかと思ってぇ。私、正常位が好きなんです。キスから始まる普通のエッチがしたいのに、ダンナには求められないんで」

吉美は、かわいい顔のまま、突然、そう言って私を驚かせた。「あ、あのね」と、吉美は不釣り合いなほど明るく、話を続けた。

「出産以来、ダンナとは2ヵ月イチなんです。『ねぇねぇ』って言うと『したいのぉ？』と言われちゃうし。仕方なく上に乗ったら『勝手に乗って』と、翌朝言われて、すごい惨めになっちゃったし。最近、主人は突然、顔にアレを押しつけてきて、『口でやれ』って言うの。ヤダッて言っても、寝たフリしても、口こじ開けられて、むりやりウ——ッて、強要してくるんです。終わったら、すぐ寝ちゃうし、私、ずっとヘルス嬢やってるんです。昨夜だってそう」

最近では夫が、「セックスレス記録を更新するか？」とまで言って、ふざけるようになったそうだ。夫が、吉美の上に乗ることは、まずない。めんどくさいそうだ。だから、週イチで妻を「家庭内ヘルス嬢」にする。よっぽど気が向いて、セックスする気になっても、夫は寝ているだけ。だから吉美は、どうしても乗っかって欲しかったのだ。

20歳のカレが、電話で誘ってから3日後、ゲームセンターで遊んだあと、2人は、ススキノのラブホテルへ入った。その日、子供は、吉美の妹に預けていた。

「昼間のラブホテルなんて、初めてで恥ずかしいけど、すごい新鮮。だって、ダンナと行くことってないでしょう？　でも、部屋に入ったら、彼が緊張しまくっちゃって、ちっとも先に進まないんです。別々にシャワーに入ってから、2人ともソファに座ったまま、ビールを少しずつ飲んで……。私、ひたすら待ってたんですよ。『ちょっと、ベッド行ってみるかぁ』って彼が腰を上げるまで、1時間もかかっちゃった」

20歳のカレは、一生懸命だった。1時間以上、吉美の体を舌と指で愛撫し続けた。吉美がお返ししようとするのだが、「吉美さんだけ、感じればいいから」と、カレはけっして吉美に触らせなかった。

「若い肌って、ツルツルで、すごいかわいい。でも、してみて、すごかった。やっぱり若いって、体力がすごいのね。ダンナと大違い。1回終わってすぐ、そのまま始めちゃうの。『抜かずの3発』なんてこと、あるのね。気がついたら、もう（午後）4時。4時間もしてたの。ほんとに若いって、すごいのね」

吉美は、感心しながらも、ちょっと自慢げに言った。2人は、その後、月イチの割合で、デートをくり返している。電話は、カレのほうから毎日必ず入る。吉美は、すっかりカレを虜《とりこ》にしてしまったのだ。吉美が電話で夫のことを愚痴る度、カレは、

「だったら別れれば？　俺、大事にするよ。子供好きだし」

と軽く離婚を迫る。

「でも、私は、離婚する気がないんでぇ。だって主人って、父親としては、満点パパなんです。それに生活の保証もあるしね。私、カレには、エッチしか求めてないの。向こうは真剣だけど、ただ、上に乗って欲しいだけ」

吉美は、恐ろしくなるほど、淡々として言った。かわいい顔と声の奥に隠された彼女の二面性を見てしまった。

ところで、自己破産した「爽やか系の彼」だが、去年の11月に、突然吉美に電話をしてきた。

1週間後、約束の場所へ行くと、営業マンになった彼は、ロン毛にスーツ姿で、花束を持って立っていた。

「でも、爽やかさが全然、感じられないし、ときめきすらないんですよ」

それでも、吉美はカラオケに行き、彼に誘われるまま、ラブホテルへ行った。彼は部屋に入ると同時に、獣のようにガバッと吉美に飛びついてきた。

「ダンナは、上に乗ってくれないから、代わりという意味では、満足できたんだけど、（コンドームを）つけてくれたかどうか、ばっかり気になっちゃって……。だけど私、結構エッチ好きなんで、盛り上がってきちゃうと、〈もういいやぁ〉になっちゃうんです。でも、1回したら、満足しちゃって、〈もう、帰んなきゃ〉って、現実に戻っちゃったのに、彼がやめてくれないの。結局、3回しちゃいました」

しかし、その彼と吉美は二度としなかった。

「恋愛気分を楽しめたし、今は、20歳の子のほうがいいんで……。私、結婚してからダンナと、カラオケや飲みに行ったこと、1回もないんですよ」

吉美は、家事と育児をしっかりこなし、夫のために家でも化粧をし、常におしゃれを心がけている。しかし、夫は妻に対して無関心なままだ。

「私、主人のこと、今でもすっごい好きなんです。顔も、すごくきれいで、大好き。どうして、私のこと見てくれないの？　って、いつも思うの。でも最近は、ダンナに求めすぎちゃいけないって思えるようになってきたのね。浮気したせいかな？」

つまり、吉美にとって、浮気は必要ということになる。

「人妻が、ほかの人とエッチするのって、それぞれ理由があると思います。お金が欲しい人、女でいたい人、私みたいに上に乗って欲しくて、してる人も……。時々、主人の寝顔見て、申し訳ないって思うんですよ。でも私、ストレスを溜めず『いい妻ブリッ子』をしていたいんです」

仕事一筋で、子煩悩な次期社長の夫。しかも美男子で、生活は安泰。これほど好条件がそろっていても、まだ吉美は「上に乗って欲しい」と不満を言う。妻の欲望は、留まるところを知らない。しかし、ばれたときに、「上に乗ってもらう」引き換えで、吉美が失ってしまうものは、あまりにも大きすぎる。そのとき、吉美は、どうするのだろうか。

case 20

妻というビジネス。

――畠山里加子（28）

ギューッと抱き締めてくれたの。
〈ああ、キスって、こんなんだったんだ〉
って、気が遠くなるようなキス。
うれしかった。
今まで生きてきた中で一番ステキなキス。
一生忘れられないキス。
私、こんな幸せ感じたことなかった。

畠山里加子（28）

5年前、内科医（36）と結婚。
子供は3歳。夫の愛人は、小児科医（33）。
結婚半年前までつきあっていたバー経営者（32）と、
子供が生まれて9ヵ月後に再燃。
現在も細く長く交際中。

「珍しく主人が、零時前に帰ってきたと思ったら、ソファに座って、いきなり泣き出して、『俺は悪い男だ。お前にふさわしくない』って言うんです。私がピンときて、『どうしたの？彼女でもできたの？』と聞いたら図星だったんですよ。『俺は、則子（彼女）＝仮名＝も好きだけど、お前も好きなんだ』って。〈うわぁ！〉と、腹は立ったけど、不思議と嫉妬はなかったのね。むしろ、これまでの怪しい素行の原因が判って、すっきりしたというか……」

畠山里加子（28）＝仮名＝は、よく透る甘い声で、一気に喋った。長身で、目鼻立ちが整っていて、スーパーモデルのような女性だ。里加子は、8歳年上の内科医と結婚した5年前、大学に通いながら、雑誌などのモデルをしていた。大阪にある夫の実家は、代々医師で、総合病院を営んでいる。兄2人は、外科医と内科医で、内藤剛志似の夫だけが、東京で2年前から開業している。

夫が泣いて、愛人の存在を告白したのは、今から2年前のこと。則子という愛人は、里加子より5歳年上で、夫の病院に勤めている小児科医だ。夫は、告白以来、里加子の前で堂々と電話をしたり、病院の仮眠室で、週2、3回、則子と泊まってくるようになった。それでも夫は、週最低1回は、里加子を求めてくる。

「私、イヤだから、横向いて、時計を見ながら〈まだかなぁ〉って、終わるのを待ってるの。そしたら、『則子は、俺を気持ちよくしようとして、一生懸命がんばるのに、お前は、努力のかけらもない』って主人が怒るの。私は妻で、〈仕事なんだから、しょうがない〉と思って応じてあげてるのに、『則子は、膣がいいから、離れられない』って言うんですよ。『悪かったわね。じゃあ、則子とすればいいじゃん！』って怒ったんですけど」

実は、夫の女遊びは、則子に始まったことではない。愛児・研太（3）＝仮名＝がまだお腹の中にいるころから夫は、

「俺は遊ぶし、女も作る。それだけもてるダンナがいるってことは、お前にとってもいいだろ」

と、浮気公認を里加子に強要していたのだ。

「最初のうちは、ヤダヤダ言ってても、潜在意識の中に組み込まれてくるのか、だんだん慣れちゃうんです。嫉妬して、ギャーギャー言う前に、子供を育てなきゃいけない。そしたら、まずお金って思っちゃったんです。子供には父親が必要だし、私が我慢して、うまくいくんだったら、それでいいだろうと思って……」

里加子と夫は、燃え上がって結婚し、新婚半年間は、毎日セックスをしていたという仲の

良さだ。しかし、すぐに夫の「女好き」という病気が再発した。そして、則子という特定の女まで作ってしまったのだ。子育てに没頭し、浮気夫のことを忘れようと努める里加子の心に、やがて1人の男性のことが蘇ってきた。

4歳年上の彼は、TOKIOの長瀬智也似のショットバー経営者。実は、夫と出逢う半年前まで、1年間、つきあっていたのだ。といっても、数ヵ月に1度しか会えず、恋人とは呼べない関係である。サーフィン友達の紹介で知りあった彼のことが、それでも里加子は大好きだった。が、彼から電話がこない半年の間に、夫と知りあい、求愛され、婚約してしまった。彼から電話がきたのは、その直後だった。

「私が、『結婚するの』って言ったら、『里加子ちゃんには、幸せになってもらわなきゃ困る』って、本気で言われたんです。で、『今度、お茶でもしようね』と言ったきり、プッツリ。でも、ず――っと、彼のことが常に頭にあったの。それで、子供が1歳になったころ、私から電話しちゃいました。留守電ばっかりだったのに、あるとき、彼が出ちゃって……」

「里加子で――す」

と、ドキドキしながらも里加子が、いつもの明るい調子で言うと、彼も緊張気味で、

「僕も、里加ちゃんのこと何度も何度も思い出してね、会いたかったよ」

と、優しい口調で言ってきた。少しも変わっていなかった。里加子は、それからも電話を

1ヵ月に何度か、し続けた。「会いたい」とお互いが口にしながらも実現しなかったのは、育児に追われる里加子が彼と会うには、子連れになってしまうからだった。が、まもなく件《くだん》の愛人発覚事件が起こった。その夜を境に里加子は、ピタリと、彼に電話をするのをやめてしまった。

「もし、彼と喋ったら、きっと私、主人に女がいるってこと愚痴っちゃう。結婚したのに、うまくいってないって負い目を感じたくなかったんです。そしたら、しばらくして彼のほうから電話があって……」

今から1年ほど前のことである。彼から電話を貰ったというれしさから、はたして里加子は、夫のことを言ってしまった。

「なんで、里加ちゃんが、そんな目に遭わなきゃなんないの⁉」

ショックを受けた彼は「明日ゆっくり話そう」と、結婚後、初めて具体的に誘ってきた。夕方5時、横浜駅前で待ち合わせした里加子と子供は、彼のベンツに乗って、八景島まで出かけた。

「やっぱり、カッコよかった。こういうことは、素直に口にすべきと思って私、『カッコいい!』って言っちゃった。夜9時ごろ、家の近くまで送ってくれたんだけど、別れしな、我慢できなくなっちゃって、私から飛びついちゃった」

当時2歳の研太は、里加子の座っている助手席の前に立って、正面を向いたまま、オモチャに熱中して遊んでいた。だから、2人が抱き合い、キスをしていても、振り返らなかった。

「ギューッと抱き締めてくれたの。〈ああ、キスって、こんなんだったんだ〉って、気が遠くなるようなキス。うれしかった。今まで生きてきた中で一番ステキなキス。一生忘れられないキス。もう彼以外、何も考えられなくなっちゃって〈このままずっと、一緒にいたい。時間がとまっちゃえばいい〉って……。私、こんな幸せ感じたことなかった」

里加子は、両手を固く握り締め、スベスベの顔を紅潮させながら、興奮して言った。結局、

「研ちゃんの前で、チュッチュしてるのもまずいから」

と言う里加子の提案で、彼は、自分のマンションに誘い入れた。

研太をテレビの前に座らせ、2人は、その後ろのソファに腰をかけ、キスを始めた。彼の手が、「もう我慢できない」と、里加子の体をまさぐり始めた。もう、どうにも抑えられなくなって、2人して隣のベッドルームに行こうとした途端、

「ママぁ」

と、研太が振り返るのだ。

「やっぱり子供が起きてると、私、できない」

と、ションボリ言う里加子が、自宅に送り届けられたのは、午前零時半だった。夫の帰宅

は、決まって午前2時すぎ。ばれる心配はまったくなかった。が、布団に入った研太が眠りにつく直前、「研太ねぇ。ママのこと、ずっと待ってたんだよ。ママ、お兄ちゃんと、チューしてたでしょ？」と言ったのだ。びっくりした里加子が、

「でも、研ちゃんが、世界中で一番好きだよ」

と言うと、研太は、

「あのお兄ちゃん、あんまり好きじゃない。ママ盗《と》っちゃうから……」

と、小さい声で言いながら、寝入っていった。

「私、もう彼とは会っちゃいけないんじゃないかって、すごい思いました。〈一生会えないと思って別れたのに、こうやってまた会えたんだから、今日を糧に、頑張っていける〉そう自分に言いきかせたの。なのに1週間後、彼から『会いたい』って電話がきちゃって。〈うれしい！うれしい!!〉って、私また研太を連れて、会いに行っちゃった」

しかし、その夜も研太が眠らず、目的は達成できなかった。2人が、4年ぶりに結ばれたのは、再会から2ヵ月後のことだった。ようやく研太が眠ってくれたのだ。

「セックスって、こんなにいいものだったんだって、初めて思いました。私、言葉でとても表せないほど気持ち良かったの。このまま終わらないで欲しかった。終わってから彼が、私のことギュッと抱き締めて、『里加ちゃんと、こういう風に、もう一度なれるとは思わなか

った。ずっと離れたくない。ずっと入ってたい』って。私も、ずっと入ってて欲しかった。一生で一番いいセックスだったのよ、忘れられない」

しかし里加子は、家に帰らなくてはならない。帰り道、「離婚しようかな」と、どさくさに紛れてつぶやいてみたが、「しないほうがいいんじゃない？　焦らなくても」と言った彼の科白が、里加子の心をグサリと刺した。

「彼は、私を背負った人生を考えていないんです。独身主義なんです。生活を共にせず、たまに会うから、いいのかもしれない。好きで好きで、何もかも投げ出しちゃおうって、何度も思うけど、彼に拒否されそうで……。会えないのは、すごい淋しいし、ずっとずっと彼のこと考えてるのに、『ママぁ』って、すぐ研太が邪魔して、1週間も経つと、普通の生活に戻っちゃうんです」

しかも里加子が寝ている間に、夫が襲ってくる。研太と一緒に別の部屋で眠っていると、夫が朝方忍び入ってきて、舐め廻すのだ。

里加子が目覚めるころには、全身、べチャべチャになっている。そのうえ、里加子の頭を押さえつけて、無理やりフェラチオをさせる。

「もう、ヤダーッてカンジ。でも、妻だからしょうがない。諦めて、勝手に下半身を使ってもらうんです。下はいいんですよ。ただ、キスと、感じやすい項《うなじ》は、彼のものだから。項にべチャッてくると、『ヒッ』って、鳥肌立っちゃう。なのに主人ったら、私のこと『大穴だ』って。『じゃあ、則子にやってもらえばいいじゃん』って言ったら、『溜まるから』って。私は、いわゆる性の捌《は》け口なのね」

そこまで言われながらも、「妻業」をしっかりする里加子の気持ちが、私はよく判らない。華やかで一見、自由に強く生きている女性に見えるのだが。

「私って、けっこう我慢できる人なのかもしれない。でもそれは、主人に対して、愛が微塵《みじん》もないから。私にとって、妻というのは、ビジネス。毎月何十万ってお金を主人に貰うには、こうやってお家にいるってことなのかなって、自分で割り切るようにしてるんです」

そんな里加子にとって、彼は、「心のオアシス」。母親として、妻として、「仕事」をしなければいけない里加子が、唯一、女となって甘えられる場所である。けれども、その彼に、いつも会えるわけではない。会えるのは、仕事で超多忙な彼が、息抜きしたいと思ったときだけだ。それは、せいぜい1、2ヵ月に1回。約束していてもドタキャンもある。それでも里加子は、文句一つ言わず、電話も、負担になってはいけないと、10日に1回にまで抑えている。

「彼とは、もっと会いたいけど、一生こうやって会い続けるためには、これ以上望まないのがいいのかも。ずっと一緒にいたら、壊れちゃいそうな気がするの。たまにだって、会えるだけでいいの」

燃え尽きて、すぐに終わってしまうぐらいなら、細く長く、心のオアシスを抱き続けたい——それが、里加子の選択だった。

ところで夫だが、最近、愛人と別れたらしく、毎日、家に帰ってくるようになった。

「俺は、去年の暮れに則子と結婚したかったのに、お前が離婚してくれないから、結婚できなかった」

などと、気に入らないことがある度、夫は里加子に八ツ当たりする。〈バッカみたい〉と聞き流す彼女だが、結局、夫のことを一番理解している。私が、それを言うと、

「お義母さんがいますよ、極度のマザコンなんです。『女で認められるのは、お袋以外いない』って、よく言ってますから」

里加子は、すぐに否定をした。

その母親は、息子と孫が第一。金銭感覚も、価値観も一般的な里加子には、ついていけない部分ばかりで、夫の実家から孤立している。しかし、里加子と夫は、けっして仲が悪いわけじゃない。先日も家族3人でディズニーランドに行って、大はしゃぎしてきたところだ。

「恋愛とセックスさえ除いたら、主人は、何でも言いやすい友達なんですよ。端《はた》から見たら、いい家庭かもしれませんね。主人は、『お前も研太も好き』と言うけれど、私は『嫌いじゃ

ないよ』としか言えない。『好き』なのは、彼だけだから……」

この先も、夫の浮気は続くことだろう。けれども、この2人は、何か奇妙な絆で結ばれている。2人とも、外で恋愛をしても夫と妻の責任だけは、キチッと守っているのだ。私は、この夫婦は、これからも末長く続くのではないかと思った。

case 21

もう1回、
夫と結婚し直すって決めた。

——風間影子（29）

カレは、主人にないものを持ってる。
それは、
「手に入れたくても入れられない」
ってこと。
ということは、家庭を捨てたら、
その価値がなくなっちゃうわけでしょう？

風間影子（29）

大阪在住で、高校の先輩である夫と10年前、結婚。
9歳男児が1人。
夫（33）は、喫茶店経営。
1年半前、ＰＴＡの合コンで出会った
アパレル会社員の彼（32）にはまってしまう。

「主婦4人、独身男性7人が集まって、カラオケボックスで合コンをやったんです。みんな独身ってことにしてね。そこに、郷ひろみ系の彼がいたの。〈なんか、魅かれるなぁ〉って思ってたら、『踊ろう』って誘われて、4曲も一緒に踊っちゃった。あとで、独身って嘘ついた罪悪感が出てきちゃってね。翌日、彼の携帯に電話して、『私だけ主婦です。電話ください』って、留守電に残しておいたの」

大阪在住の風間影子（29）＝仮名＝は、とてもかわいい女性だ。取材した日は「PTAの集まり」帰りにふさわしく、紺のミニスーツにきれいな黄色のシャツを着ていたが、独身のイベントコンパニオンに見える。

影子が、高校の先輩である夫（33）と2年の交際の後、結婚したのは、今から10年前。影子が19歳のときだった。硬派系の夫は、実家の仕事を継いで、手広く喫茶店を経営している。子供は、9歳になる男児が1人いる。

影子が、PTAの友達から、その類いの合コンに初めて誘われて参加したのは、1年半前の冬だった。合コン慣れしているその友達が「人数が足りないから」と誘ってきたのだ。影子もたまには飲みに行きたいという軽い気持ちで参加した。ところが、一目で彼に魅かれてしまったのだ。

「彼から、数日後に電話が、私の携帯に入ったんです。で、皆、人妻だってことを暴露しちゃったら、『え——!? 結婚してるのぉ?』って。すごいびっくりしてたけど、結局、『ご飯食べに行こう』って話になって。もちろん、行く以上、〈何かある〉と、多少、私も下心は……」

影子は、声のトーンを落として言った。愛らしい丸い目が、甘えるような視線を投げかけてくる。セミロングのウェイビィヘアが、とても、柔らかそうで、男好きのするタイプだと思った。

初デートの夜、影子は夫に、「友達と飲みに行ってくるから遅くなる」と断って出かけた。アパレル会社に勤める彼(32)と、午後8時すぎに待ち合わせをし、2人は、てっちりを食べに行った。

「結婚後、初めての主人以外の人とのデートでしょう? もう、緊張のしっ放し。だけど、てっちりを食べたあと、彼に『どうする? ほか、ちょっと廻る?』と聞かれたとき、『ちょっとぐらいなら、いいけど』って、私、返事をしちゃってたんです。その人、家が遠いから、あと1軒行ったら、『大阪泊まり』になっちゃうってこと、判っていながらね」

2人が、ショットバーに行き、外へ出たときには、午前1時になっていた。彼は、言葉もなく歩を進めた。はたして、そこは、連れ込みにも使えるビジネスホテル。終電に乗り遅れた彼が、たまに泊まる所だった。

「彼が先に入って行くのを見た瞬間、〈もう、これは……〉と、覚悟をしなければならなかったんですが、それでも、〈ビールをちょっと飲んだら、すぐ帰ろう〉って、強い意志もあったんですよ。主人の顔？　パッとは過りましたけど、それっきり」

ホテルの部屋に入って、2人はすぐに、飲み直し始めた。話題は尽きなかった。ところが、時計が午前2時を廻った途端、彼が突然、抱きつき、キスをしてきたのだ。

「私、〈どうしよう、どうしよう〉って思いながら、『ちょっと待って、ちょっと待って。私の立場、判るでしょう？』って、言い訳をバーッて言って、抵抗したの。それでも彼が、『抱きたいと思ったのに、抱いちゃいけないの？』って、迫ってくるの。ここまできたんだから当然よね。私、ショットバーで飲みながら、迷って悩んで、やっと〈いざとなったら、割り切ろう〉って、心の準備をしたのに、臆病になっちゃって……。だけど、ここまできて拒否したら、彼に恥かかせちゃうし、結局、〈もう、いいや〉と思って……」

影子は、自分からシャワーを浴びに行った。そうして、室内をまっ暗にして始めた。

「子供、産んでますし、ちょっと太ってたし、体に自信がなかったんです。だから、ものすごく恥ずかしくて。主人とするときって、全然、恥ずかしくないのに」

結婚10年、新婚期に比べて減ったとはいえ、風間夫婦は、今も、最低週1回は、セックスをしている。けれども影子は、せっかくの新鮮なセックスなのに、初めての浮気ということで緊張しまくり、十分感じることができなかった。だから体は、けっしてセックスに溺れたわけではなかった。

ところが、午前4時。ホテルを出た瞬間、影子は、1人部屋に残してきた彼に、すでに精神的に、はまってしまっていることに気づくのだった。

好きになってしまったのだ。これまで子育てに追われ、夢中で母親をやってきたのだから、恋愛に免疫がなくても当然である。

何の疑いも抱かず、気持ちよさそうに眠っている夫の寝顔を眺める影子の心の中で、彼に対する淋しさと、恋心が、抑えきれないほど湧き上がっていた。

「会いたくて、会いたくて、何をしてても、四六時中、彼のこと考えてたんです。会いたくて、淋しくて、電話をして『会いたい』って言うんだけど、彼は出張ばかり。電話しても、彼には、私に会うための暇がないし『お前もフラフラしてないで、ちゃんと働け』って、お説教までされちゃうし……。なのに私はもっともっと、好きでたまらなくなるばかり。ところが、連絡も私からばかりの一方通行で、会ってももらえない。私、毎日毎日、泣いてました」

彼は、それほどまでに影子がはまっているとは知らず、気軽に「会いたいんなら××って店にこいよ。飲みに行った夜は、俺、その店に必ず寄るから」などと言う。彼はきっと、あの夜のことを「人妻とのお遊び」としか思っていなかったのだろう。第三者には、いかに気のない彼の返事かと判るが、はまっている影子には、それさえ判らなかったのだ。

影子は、なんとか、その店へ行こうと考えた。しかし、影子は、主婦である。毎夜、その店に行って、くるかこないか判らない彼を、あてなく待つわけにはいかなかった。それでも、女友達を誘って、何度か影子は、その店へ行ってみたが、彼には一度も会えなかった。初デートから4ヵ月間、そんな苦しい日々が続いた。

「私が勝手に、一方的になっているだけで、相手には、何にも気持ちが伝わってないの。私だけがしんどい思いして、いっぱい泣いて、ついに自分で自分がかわいそうになってきちゃって……。もう、これ以上『会いたい、淋しい』だけではダメだと決心して、彼に電話して、『もう電話しない。会うこともないと思うから』って、わざとカラッと言ったの。彼、ひきとめてもくれなかった。『バイバイ』って明るく言って、電話を切った途端、ワァーッて、涙が噴き出して、止まらなかった」

翌日、影子は、長かった髪を切った。夫は、「暑くなってきたから」という影子の言葉を信じて、何も言わなかった。それから3ヵ月間、影子は、女友達と旅行に行ったり、病院のパートに出たり、彼を忘れることに努めてきた。

ところが、今度は、夫の浮気が発覚した。相手は、夫の喫茶店でアルバイトを始めた21歳の金髪ヤンキー娘。今から、1年近く前のことである。彼女のシフトに合わせて、夫が店に出ていることや、近所に住む彼女の送り迎えを毎日、夫がしていることが影子の耳に届いたのは、従業員らの公認の仲になってから、1ヵ月も経っていた。「飲みに行く」と、夜、出て行く機会が頻繁になり、不審に思った影子が、夫の日記を盗み見した。そこには、こと細かに彼女とのデートの予定が書かれていた。その夜、帰宅した夫と、大ゲンカになった。土下座して、

「お願いだから、彼女を辞めさせて、別れて」

と、懇願する影子に、夫は、「彼女は必要や。お前とは、もう嫌や。出てけ！」とまで言い出した。すぐにこの大ゲンカは、身内に知れ、大騒ぎとなった。が、離婚には至らず、周りの説得で、もう一度、やり直そうということになった。が、その日を境に、夫の朝帰りは、連日、堂々と続くようになっていった。ところが1ヵ月後、その彼女が病気で1ヵ月、入院した。これを機会に彼女との別れを考え始めた夫に向かって、影子は、

「女を舐めたら、あかんで！」

と、啖呵を切った。

「今まで、あんたを頼ってついてきてんのに、女は急に、別れられるもんやない。あんたが今、土下座して謝ったら、私は、何も言わないから。最後まで、彼女の面倒をみてあげなさい」

泣きながら、彼女の元に行かせようとする妻の前で、夫は何も言えず、ただ頭を床につけていた。これで影子は、夫の浮気を公認したということになってしまった。影子は、さらに、

「私は子供のお母さんだけじゃないのよ、女として見て。『お母さん』って呼ばないで、ちゃんと名前で呼んで」

と、条件をつけることも忘れなかった。なぜ、影子は、そこまで物判りのいい妻に徹したのだろうか。無理してでも、別れようとしている夫に、「それでは、彼女がかわいそうだ」と怒っているのだ。影子の気持ちが、私には判らなかった。

「多分、一度、悪いことしてしまったっていうのが、あったからだと思うんです。不思議と、彼女に嫉妬しなかった。女とのケンカって好きだけど、もめると自分が辛くなるでしょう？　私、『待ってる』妻になりきろうと思ったんです。だけど、辛くてね。女のところへ出かける主人捕まえて、『はっきりしてよ』って、首を絞めたこともあるんですよ。でも子供が見ていて、『僕がいるから、お母さん大丈夫だよ』って。私には、大切にしなきゃいけない家

庭があたって気がついたんです」

彼女が退院するころ、影子は、友達と飲みに出かけるようになった。すると、そんな夜に限って、夫が家で留守番しているのだ。影子は聞かなかったが、別れたらしかった。

そんなとき、影子は、飲み屋で、モデル系のカッコいい男（33）と出逢った。大手自動車会社に勤めるカレは、バツイチで、彼女と同棲中だった。話題が豊富で、爽やかな笑顔をする彼に、影子は、たちまち魅かれ、デートをするようになった。カレが、「覚悟はできてるな？」と誘ってきたのは、3度目のデートのときである。

「いいよ」

影子は、迷わず、そう答えていた。

「私って、一途なほうだから、好きになると、しょっちゅう電話も欲しいし、会いたくなるでしょう？　でも、最初の経験で勉強したから、今回は、割り切って、あまりカレのことを知らないようにしたの。心底好きになったら、自分がしんどいでしょ？　でも、知らなければ、深く入っていかずに済む。そう決めたんです。楽しければいいやと、割り切って……」

出逢ってから8ヵ月。影子は、カレとのデートを月イチペースに抑えている。カレも、同棲相手との生活を壊すつもりはなく、2人とも、いい関係を保っているという。しかし、そこまでして、夫以外の男と会う必要があるのだろうか？　たしかに連絡先も教えあわず、つきあわないでおけば、もっと深く入らずに済む。しかしそこまでしても、カレとつきあう価値があるのだろうか。

「カレは、ときめきを与えてくれて、私を女にしてくれる。今のカレには、頼るものも期待してるものも何もないし、そのとき、そのときが楽しければいいんです。私、後悔したくないんです」

影子は、高い声で淡々と言って、瞳を輝かせた。

「主人のこと、今は好きです。離婚騒ぎのときは、本当に嫌で、愛って冷めるものだなって思いましたけど」

よくも、そこまで寛容になれるものである。それとも、自分も同じことをしているから、夫を許せるということなのだろうか。

「もう1回、（夫と）結婚し直すって、自分で決めたから。それに離婚したら、今の生活はできないわけでしょう？　〈給料さえもらって、今の生活を続ければいいのよ〉とも、思ったりね。楽を選んでるのか……。でも、一度辛い勉強した私は、家庭を捨てて……なんてこと、二度と考えたりしません。カレは、主人にないものを持ってる。それは、『手に入れたくても入れられない』ってこと。ということは、家庭を捨てたら、その価値がなくなっちゃうわけでしょう？」

影子の笑顔は、生き生きと輝いていた。それもそのはずである。夫との絆を確かなものにしたうえで、美味しいところだけを摘んで楽しめる、カッコいいカレも手に入れたのだから。

case 22

私を最優先してくれる彼が好き。

——原田令奈（33）

結婚後も、常に私、
恋人がいるんですね。
ダンナプラス１。
でも今回は、
ルックス的に最悪のタイプなの。

原田令奈（33）

広告代理店勤務の令奈は、10年前、
出版社勤務でひと廻り年上の夫と結婚、６歳女児１人。
以後、常に彼がいる状態。
今の彼は、９歳年下、同じフロアで働く男子社員。

「これまで私は、『これが私の彼よ』って、友達に紹介して、見せびらかすタイプの彼をいつも連れて歩いてたんです。結婚後も、常に私、恋人がいるんですね。ダンナプラス1。でも今回は、ルックス的に最悪のタイプなの。身長も私とほぼ一緒だし、ドラえもんを2、3発叩いた顔してるし、収入も少ないんです」

都内大手広告代理店に勤務している原田令奈（33）＝仮名＝は、キャリアウーマンらしく、力強い口調で澱みなく話す。長身で彫りの深い美人顔をした令奈は、黒いスーツを着ていても、とても目立つ。ちょっと、女優の眞野あずさに似ている。

私立4大を卒業後、就職した令奈は、友人の紹介で出逢った出版社勤務の男性（45）と1年の交際の後、結婚した。実は令奈は、ずっと二股をかけていた。もう1人は、夫の学校の後輩。夫を選んだのは、「ダンナのほうが、スピーディに結婚まで進めていったから」という理由だけだった。しかし令奈は、結納を済ませ、結婚式の日が近づいてきても、夫の後輩と別れるつもりはなかった。2人は、式の1週間前まで、セックスをしていた。夫側の友人として結婚披露宴に招待された彼は、半ば呆れた顔で令奈を眺めながらも、堂々と出席していたという。もちろん夫は知らない。

令奈が、婚前のように、彼の部屋に行ったのは、挙式からちょうど20日後だった。1週間のアメリカ新婚旅行から、2週間しか経っていなかった。

「ダンナに悪い？と、思っていないから、彼と会えてたんです。2人とも、結婚前と同じように、『そんじゃ、いってみようか――！』って軽いノリで、エッチを再開させて……」

商社マンだったその彼は、3ヵ月後、関西に転勤になった。最初のうちこそ、出張にかこつけ、会いに行っていた令奈だったが、やがて東京で新しい彼が見つかった。それから約10年間、令奈は、常に多くのカッコいい男性とつきあい続けてきた。夫だけだったのは、7年前、妊娠、出産をして、職場復帰するまでの、わずか1年3ヵ月間だけ。所帯じみていない令奈からは、想像さえつかないが、6歳になる女児の母親でもある。

そんな令奈が、これまで好きになったことのないタイプの男性に目を向けた。会社の同じフロアで働いている9歳年下の男性だった。白いTシャツを着て、一生懸命、荷物を運んでいた彼の汗に、ドキッとしてしまったのだ。

「だから私、『たまには飲みに行く？』って誘ったんです。なのに、『僕、これ終わったら、彼女と飯行く約束ですからぁ』って断るのよ。私が断られるなんて、思わず『うーん』って、唸《うな》っちゃった」

まもなく2人は、同じプロジェクトで仕事をするようになった。自然と、2人で一緒にすごす時間が増えてくる。そうして、イベントの迫った去年7月、ついに仕事帰りに飲みに行くことになった。

「私、凄くお酒を飲んでたの。で、2軒目に行くときに私がふざけて『手、繋いで移動しよっ』って言ったら、彼、ずっと次の店に行くまで、手を繋いでいてくれたんです。その手の感触がものすごく心地好くて、〈私、彼のこと、きっと好きになるんだろうなぁ〉って、思ってたの。主人？　繋ぎ心地好かったことは覚えてるけど、もう今や、どんな手だったかっ……」

令奈は、ホホホ……と、マダム調で笑った。ブラウン系に染まった髪が揺れて、左右2個ずつついているゴールドのピアスが、見え隠れしていた。令奈は、仕事調で歯切れよく、パワフルに喋るが、育ちの良さは、隠しきれない。現在、住んでいる世田谷の高級住宅地の家も、令奈の実家で、今や夫は、マスオさん状態なのである。

さて、初めて手を繋いでから2人は、急接近した。翌日から彼は、毎日、車で会社から令奈の家まで送って行くようになった。令奈のほうが年上だけあって、残業も多い。しかし彼は、ひたすら令奈の仕事の終わるのを待って、送って行くのだ。令奈が車で出勤したときでも、彼が先を運転し、先導をする。

そういう毎日が1ヵ月ほど続いた。ついに令奈は「行ってみる?」と、仕事帰りに誘ってみた。彼は、すぐにシティホテルに予約を入れた。令奈はラブホテルが大嫌いなので、いくら収入が少なくても、ラブホテルに連れ込むわけにはいかなかったのだ。彼はなんとか安めのシティホテルを確保した。

2人は、部屋に入ると、シャワーを別々に浴び、ベッドへ行った。

「1回目は、彼に抱かれてみようかなと思って、リードしてもらうつもりでいたんです。だけど体を見たら、ベリィ・グー! 若いだけあって、きれいなの。主人とは、イルカとトドの違いね。それで私、うれしくなって、上に乗っちゃった。私イクときは、上って決まってるの。一応、『お先、失礼しま——す』って、先にイカせてもらっちゃった。彼? 『いいよ』って」

令奈は、カラカラと高い声で笑った。ちなみに令奈は、3ヵ月に2度程度、夫とセックスをしているが、そのときは、「ダッチワイフ然」としているという。自分が楽しむことなど、まったく令奈は欲していない。令奈が上に乗ってイクのは、恋人とのセックスのときだけである。

「彼とひとつになれた——って、私、夢のようにうれしかったのね。だけど、大変。元気がよすぎちゃって、1時間に1本勝負で連続3本。私、『もう、ご勘弁ください』ってカンジなんだけど、体力がある、ある。

　私は、白いシーツをギュッと握り締めたり、ワイングラスにチャリーンと結婚指輪を入れるようなドラマチックなエッチシーンに、憧れてるんだけど、そんな雰囲気じゃないの。でも、年齢の差があるだけに、彼とエッチできるのは、実はすごく贅沢なことなんじゃないかなって私、思うんですよ」

　肉体関係ができてからも、彼の車での送りは、現在まで毎日、続いている。かつてつきあっていたはずの彼女だが、たまに電話が、彼の携帯にかかってくるが、どうやら別れたらしかった。毎夜、遅くに令奈を自宅まで送って行き、土日も会っているのだから、彼女とつきあえるわけがなかった。しかし、令奈は、たとえ気になっていても聞いたりしない。

「聞きたくないし、言いたくないじゃないですか。でも、私だけに決まってるでしょ？　私以外の女なんて、絶対、私の目の黒いうちは、許しません！」

　令奈は、自信を持って言い切った。それから少し、声のトーンを落とし、大きな目を細めた。

「とっても、彼のこと愛してる。私を最優先してくれて、広い心で包んでくれる、こういう優しさって、初めてなの。今までは、お金をかけてくれればくれるほど、愛されてるって思ってたのね。でも彼は、収入が少ない分、お金で買えないもので私を愛してくれるから、はまっちゃったの。そういうことに飢えてるのかもしれない。主人は、私がいなくても生きていける人だから……」

けれども令奈は、昨年8月に彼と初めて結ばれてから今日まで、毎日会っていながら、まだ彼と5回しかセックスをしていない。彼は、幾度となく「合体！　合体！」と、誘いをかけるが、その度、令奈は「ダメ！　ダメ！」と断る。割安なラブホテルにどうしても行ってくれない令奈のために、彼がシティホテル代を貯めなくてはならないのだ。

「私、ラブホテルのスリッパと空気と、トイレが、許せないの。彼のこと、とっても愛してるのに、ラブホテル嫌いのほうが、勝っちゃうの。私は、金銭的に助けたりしないから、5回しかできなくても、仕方ないわよね」

ところが、令奈には、妙な癖がある。それは、彼とセックスをすると、必ず翌夜までに夫とセックスをすることだ。しかも、5回とも、令奈のほうから夫に求めている。

「主人への罪悪感かなぁ。彼とエッチしたら、すぐにダンナと、エッチしないといけないっていう形態になってるの。律義っていうか、そういうときだけ、いい子になってるのかもしれない。1度、その夜にダンナとしたことがあってね。彼と3回してきたあとに、またダンナと1回。連チャンで頑張っちゃったけど、ばれないかなって、ちょっとドキドキしてた」

夫は、妻のことを疑ったことがない。仕事柄、妻は携帯を24時間オンにしっ放し。その相手についても、妻の外出や帰宅時間についても、夫が干渉することはない。年が離れていることもあって、夫は妻の要望を何でも呑んでくれるという。夫のほうも毎日、仕事が忙しく、休日も、接待ゴルフと留守がちなので、家族が一緒に過ごすのは、外食に行くぐらいしかない。それでも原田家は、うまくいっている。「ネズミ男を太らせた」タイプの夫のことを令奈は、「あって、あたり前のもの」という。そして彼は、令奈にとって「リラクゼーション」である。

「私、肉も好きなら、魚も好きってカンジで、主人と彼とは、常に別腹なんですね。愛と恋とは、違うじゃないですか。私、（彼とは）恋を楽しんでるんだと思うんです。だけど、どんなに今の彼のこと好きになっても、私の中で、『好き』って気持ちは、歴代の彼と変わらないの。種類は、ちょっと違うけど、位置的には同じ。いつも『彼』の入る枠が私の中にあって、彼は、そこから、どんなに好きでもはみ出したりしないの。常に主人プラス1（彼）で2になっているのが私にとってのパーフェクトな状態。普通の妻は主人1人でパーフェクトなんだろうけど……だから、主人が0で彼が2になったり、主人が1・5で彼が0・5になったりはしないの」

令奈は、自分のことをよく知っている。だから、自分の感情をコントロールできるのだ。彼女は、切り替えもうまい。

「それは、玄関のドア一枚です。開けると同時に気持ちを切り替える。もう家では、彼のことを思い出しません。恋心に浸ったりしないの。あとは、母親と妻を一生懸命やるだけ」

令奈は近々、「子づくりタイム」に入ろうと思っている。実は子供が大好きで、2人目が欲しくなってきたそうだ。しかし、もし妊娠したら、彼は、傷つくに違いない。現に彼は、「ダンナと楽しくやってるんでしょう?」と、令奈に何度も聞いてくる。その度、令奈は、聞いていないフリをして、ごまかしてきた。いくら彼が令奈に夢中だからといっても、妊娠、出産まで受け入れてくれるものだろうか。

「私が好きなら、待っててくれるでしょう。待っててくれるもんだって思うのは、自信過剰? でも、待ってるかどうか、楽しみよね。もし、2人目生まれたら、すごいうれしい」

令奈は、興奮しながら両手を握り締め、夢見る少女のように言った。すさまじいまでの自信である。けれども、令奈の言葉には、なぜか説得力がある。令奈に調教された彼なら、もしかして、待っているかもしれない——私も、そう思えてきた。

「私、彼とエッチできるのは、すごく贅沢なことかなって思うんです。外で、若い体を〈ありがたい、ありがたい〉って味わって、おいしいこと尽くしをされた分、家に帰って、ダンナに優しくできる自分がいいなぁって。もしかしたら、私の中で『彼』は、家庭を守るための一つの素材なのかもしれない」

そう言って令奈は、またマダム調で笑った。

最初の取材から1ヵ月後、私は再び令奈に会って、取材をさせてもらった。彼女は開口一番、

「実は、罪悪感が出てきたんですよ。あのあとすぐ。よくよく考えると、子供はいるわ、主人の前では普通の奥さんしてて、では忙しく仕事してるかと思えば、若い兄ちゃんと、いいことしてて——一般的に、けっしていいことじゃないと。そんなこと、百も承知だったんですけど」

しかし、令奈は、彼と別れる気も、恋心をトーンダウンさせる気もない。が、一生、今の彼だけを思い続けるつもりもないという。

「〈ダンナが死んじゃったら、彼と結婚したいなぁ〉なんて、ときどき、悪魔が囁《ささや》くんです。でも、違う人が現れる可能性だってないとは言えません。『私のプラチナの籠に入ってくれるのは、だぁれ？』ってね」

令奈は、くったくなく笑った。細くて美しい指先には、まっ赤なマニキュアが、きれいに塗られていた。連日、夜遅くまで働き、そのあと、彼と10分から3時間程度のデートをしているにもかかわらず、女として、きれいであることもけっして怠らない。そして家では、よき母親や妻をする。

不倫は、健康で器用な人妻こそ楽しめる行為である——そんな結論が私には、少しばかり見えてきたような気がした。

case 23

自立するなら主人といたほうがまし。

――宮部梨花（28）

主人を失うことは、いいんです。
でも、生活が——。
自立するよりは、
イヤでも主人といたほうがいいって
思っちゃうんですね。

宮部梨花（28）

札幌在住で会社員の夫（30）とは、3年前に結婚。
1年前、町で声をかけて来た彼（30）と
恋に落ち、現在もラブラブ状態。

この本以外にも、私はこれまで「人妻」と呼ばれる女性たちを幾度となく取材してきた。すべてのテーマが「不倫」ということではないが、その数は300名を越えると思う。

私は、機会あるごとに彼女たちに「不倫に至った理由」について尋ねてきた。

なぜ、妻たちは夫以外の男を好きになり、抱かれたがるのか——。多くの女性は「女として扱ってもらいたかったから」「好きになったから」「夫とのセックスに満たされていない」と語っていた。そして、おもしろいことにその中の8割に近い人妻が「離婚を考えたことがない」と答えている。人妻にとって今ある家庭は「失いたくないもの」なのである。

ところが、札幌在住の宮部梨花（28）＝仮名＝の場合は、結婚1年後から、真剣に離婚を考えている。なのに、3年たった今でも、離婚届が出せないでいる。なぜだろうか。紺のミニスーツで現れた梨花は、「ベルサイユのばら」系の巻毛ロングヘアで、脚がとても美しく、まるで和製バービー人形のようだった。

「タクシーに乗ってから、携帯電話で、彼の自宅に『今から、行くわ』って、電話したんです。そのときはもう、〈会いたい！（彼の家に）行こう〉って気持ちしかなかったんですね。

お店を出るまでは、決心つかなかったんですが、『絶対きて！』っていう彼の言葉が、心の中に強く残ってたんですよね。主人のことなど、全然考えてませんでした。アパートに着いた途端、『本当にきてくれたんだね。すごいうれしい！』って、私《わたくし》をギュッと抱き締めてくれて……」

今から1年前のこと、その夜、夫（30）＝会社員＝は、東京に出張していた。梨花は、市内で女友達が経営するスナックへ、夜10時すぎ1人で向かっていた。信号待ちをしていると、突然、隣から男性が、

「ご飯食べに行きませんか？」

と、声をかけてきた。梨花が、声のほうを見上げると、長身で、眩《まぶ》しいほど爽やかな笑顔をした男性（30）が立っていた。梨花は、彼の笑顔をもっと見たくて、誘われるまま居酒屋へついて行ってしまった。抜群のスタイルをした梨花は、町を歩けば、よくナンパされる。けれども、こうしてついて行ったのは、初めての経験だった。

「主人は、いつも怒った顔をしてるんです。優しかったのは、結婚前の8ヵ月間だけ。籍を入れると同時に、180度、人が変わっちゃったんですよ。外面はいいくせに、ウチでは、優しい言葉一つかけてくれないし、会話だってしてくれない。『俺、もともと冷たい性格だから、直せないよ』って言うくらい、思いやりのない人なんです。だから毎日、息の詰まる

生活でした」

丸っこい体をした夫と、当時ＯＬをしていた梨花は、4年近く前に、飲み屋で出逢った。その後、わずか2ヵ月で、夫がプロポーズ。さらに半年後、入籍というスピード結婚だった。梨花が、夫の性格のせいで離婚を決意したのも、婚後1年という早さである。しかし、彼女が離婚を口にする度、夫は、「お前に不満がないから、離婚する必要はない」と、つっぱね続けてきた。

久々に梨花が男性の笑顔にふれた、前述の夜というのは、2年間の結婚生活での不満が、爆発寸前の状態で溜まっていたときだった。男の笑顔に慣れていない梨花は、内心、戸惑いながらも、結局は、その彼を友人のスナックまで連れて行ってしまった。梨花は、人妻であることを告げるチャンスを逃していた。だから「僕のウチにくる？」と誘われたとき、「判らない。友達の店だから、もう少しいたいし……」と言って、彼を先に帰してしまった。けれども、1人になった梨花の頭には、もう彼のことしかなかった。

〈会いたい。もっと一緒にいたい〉

芽ばえたばかりの恋心が、梨花を彼の元へと走らせていた。

「キスされたまま、ベッドに倒されて……。でも私、『会ったばかりで、できないわ』って言ったんです。彼は、『どうして？』って続けようとしたんですけど、『私、そんな軽い女じゃないし、できないわ』って。私、会ったその日に、男の人としたことって、本当にないんです。そしたら彼が、『俺、むりには、しないから』って、判ってくれて。そのあとは、腕枕をしてもらって、眠りました。久しぶりの安らかな気持ちでした」

翌日の昼すぎ、目を覚ました梨花は、携帯電話の番号だけを彼に渡し、最寄りの駅で別れた。彼から「会いたい」と電話が入ったのは、その夜のことだった。まもなく出張から帰宅する夫のことを気にかけながら、「今夜はダメ」と答える梨花に彼は、「同棲してる彼氏でもいるの？」と聞いてきた。

「ごまかすこともできたのに、私、そこで『結婚してる』って、告白したんです。また彼に会いたかったから、正直に言わなくてはと思って。彼、びっくりしてたけど、『それでもいいから会いたい』って。うれしかった。あの夜、軽い気持ちで私に声をかけたに違いなかったはずなのに……」

2人が結ばれたのは、2週間後の3回目に会ったとき、1LDKの彼の部屋でだった。

「彼のこと、すごく好きになっていて、抱かれたいって、私が思ったんです。そうしたら、彼のほうから先に、手を伸ばしてきてくれて……」

梨花は、そこまで言って、色白の顔を下に向けた。聡明そうな顔に、うっすらと汗をかいている。梨花は、何かを言いたそうに口元を動かしながら、ゆっくりと顔を上げた。そして、小さな声で言った。

「彼。すごく……よかったんです。体も、すごく合って、〈こんなにセックスって、よかったの?〉って。もっともっと、彼のこと好きになっちゃいました。私、主人とは、最初から(体が)まったく合わないんです。結婚して10キロ以上太ったら、体力が急激に落ちて、数分しか持たなくなっちゃったし、大きなお腹も引っ掛かっちゃって、まともにできないんです。したいとも思わないから、私はいつもお人形さんですし……」

結婚当初は、毎日のようにしていた宮部夫妻だったが、今は、夫が誘うのが、せいぜい月1回。それも、梨花が「イヤ」と断り続ける。私が取材したとき、宮部夫妻は、セックスレス歴5ヵ月になっていた。2人は、婚後1年ごろから、布団を別々に敷いて寝ている。

「彼、ほんとに優しいんです。前戯もすごく長くしてくれて、イカせてくれたんです。私、主人がイカせてくれなくても、結婚生活には、問題ないと思ってたんですね。でも、彼は、すごくよかった。ずっと、一緒にいたいと思いました。だって彼、終わってからも優しくて、腕枕してくれて、私の顔を撫でながら、『きれいだね』って言ってくれるんですもの」

梨花は、初めての浮気によって、これまでむりやり忘れてきた女の部分を呼び起こされた。優しさに飢えていた梨花は、すっかりはまってしまった。ところが彼も、梨花にはまってしまった。「帰りたくないわ」「このまま、ずっと一緒にいよう」「でも私、帰らないと……」

と、2人は、昼メロのような世界へと入っていった。

その夜を境に2人は、最低週1回、会うようになった。電話やメールは、1日3回以上。夫が出張のときは、必ず彼宅で泊まる。そんな生活が、1年近く続いている。夫は、梨花の浮気に気づいていない。ただ、梨花に「あなたは冷たいし、私のこと、もう好きじゃないんだから、離婚して」という表向きの離婚理由を言われる度、「不満は何もない」と、離婚をつっぱねるだけである。

「彼がときどき言うんです。『ウチでは、ダンナと仲良くして、セックスもしてるんでしょ?』って。私、『してないし、好きって感情もまったくないから』って言うんです。そしたら『じゃあ、どうして一緒にいるの? 離婚に同意しなくたって、別居とかあるじゃない』って、彼が。でも私、主人が怖いんです。暴力をふるわれたことがあるんです。きっと追っかけてきて、彼の前で暴れると思うんです。『だから、ちゃんと別れてからじゃないと、あなたの元へ行けないわ』って、彼に言うんですけど……」

結婚2年目に、夫婦ゲンカで興奮した夫は、梨花の腕を摑んで振り廻したり、腹を蹴とばしたり、体中痣《あざ》だらけにしたことがあった。以後、暴力はセーブされるようになったが、気に入らないことがあると、夫は物に当たって、壊してしまう。そんな夫だけに、浮気がばれたとき、彼に迷惑をかけるのではと、梨花は心配で、次の行動ができないでいた。

「彼、すごく『結婚したい』って言うんです。〈最初だから？〉とも思いますけど、私のことをとても考えてくれてるんですね。『俺に迷惑かかってもいいから（家を）出ておいで。もし、俺と住むのが、まずいんなら、マンションを見つけてあげるから』って。本当に優しいんです」

梨花は、大きな目で瞬きもせず、私を見つめたまま、訴えるように言う。女の私でも、手を差し伸べたくなってしまうような悲しく、はかなげな表情をする。彼もきっと、この表情に感化され、「俺が守ってやらなければ」という気持ちになっているのだろう。けれども、そこまで彼に愛されていながら、また、離婚を夫に申し出までしておきながら、なぜ、梨花は、行動を起こさないのだろう。離婚届を区役所に貰いに行き、家を出てから夫に送りつけてみるのも、一つの離婚へのアピールになると思うのだが——。

「私、悩んでるんです。今の生活って、楽な面もありますよね？　主人に、食べさせてもらってるっていうか。安定しちゃってる。私、今、仕事をしてませんから、経済的な面で、甘えてる部分があると思うんです」

しかし、彼の元へ体ごと移動してしまえば、今度は、彼が梨花の生活を保証してくれる。こんなに梨花にとって都合のいいことはない。けれども、梨花は、細く描いてある眉を曇らせる。

「もし、彼のところに飛び込んで、再婚して……。でも、また離婚することになってしまったら？　両親は、『離婚は、あなたが決めることよ』と、私の気持ちを尊重してくれてるんですが、『離婚後、後悔するかもよ』とも言われてるんです。でも、やっぱり私、別れたい」

生活の保証は欲しいし、彼との保証も欲しいし……と、彼女には、欲しいものがたくさんある。しかし梨花は本当のところ、彼を愛し、結婚までしたいと思っているのだろうか。どうも梨花の本心が、隠されているような気がしてならない。

「好きです、とても。でも、もし、このまま、あと1年でも続けたら、彼きっと、疲れ果てちゃうと思うんです。今だって、私を思うあまり、吐いたり、食事ができなくなったりして……。早く、離婚しないと、彼が去って行っちゃう。そんなの、すごいイヤ。あとは、どう離婚するかなんですけど……」

梨花の口調から、だんだん力が抜けて行く。先日も、夫に、「会社から、区役所が近いんだから、離婚届貰ってきてちょうだい！」と、梨花は言った。しかし、夫は、貰ってこない。

「主人って、世間体を気にする人だから、愛情がなくても、離婚したくないんですよ」

ならば梨花が、離婚届を貰いに行けばいい。しかし、話がそのことに及ぶと、梨花はきまって力なく目を逸らす。

「多分、今の生活、楽っていうのがあって……。今なら、生活も安定してて、愛する人もいて、全部ある……」

それを聞いたとき、梨花が離婚することはないだろうと私は思った。自立する勇気がなく、男の殻から殻へと宿かりのような生き方を望む梨花にとって、何だかんだ言っても、愛より生活の保証のほうが大切なのだ。

「主人を失うことは、いいんです。でも、生活が――。自立するよりは、イヤでも主人といたほうがいいって思っちゃうんですね。もう3年も働いてないので、余計に怖いんです。今、スムーズに主人が離婚に応じてくれて、彼の元へ行くか、彼が『遊び』と割り切ってくれて、この生活を続けるかが、理想なんですけど」

それは、あまりにも虫が良すぎると思ったが、理想の結婚を待っている女性が多いように、理想の離婚を夢見る人妻がいても、おかしくはない。しかし、すべてを手に入れておきたい彼女は、所詮、男の手の上で、もがくことしかできないのだ。いつか、すべてに捨てられるときが、こなければいいが――私の心に一抹の不安が残った。

case 24

何があっても夫婦って糸で繋がってる。

——下田若子（38）

ポカンと桜見てるうち、
なんか春って、
スケベになりますやん。
桜の木の下で、
初めて手を繋いで……。

下田若子 (38)

14年前、大阪で有名なプレイボーイと結婚。
事業家の夫（43）の友人である彼（43）は、
京都の歯科技工士。
しかし、交際から９ヵ月後、夫にばれてしまう。

「映画に誘われたんですよ『恋におちて』に。その日も主人が出張だったから、『ほな行きましょか』言うて。で、そのあと飲んでから、お花見行って……。ポカンと桜見てるうち、なんか春って、スケベになりますやん。桜の木の下で、初めて手を繋いで……。酔ってたし、なんか判らへん間に、ラブホテルへ。主人のことなんか、もうスカーンと忘れてたわ」

そこまで言って、下田若子（38）＝仮名＝は、爆笑した。長めのショートヘアで、大きな目をし、ラメ入りピンクの口紅をつけた若子は、見た目も華やかだが、性格も明るく、話し方も豪快だ。

今から15年前、当時アパレルメーカーに勤めていた若子は、10代のころ、ミナミで名を馳せていたプレイボーイと道端で再会した。23歳のときである。雑貨輸入業をしていた彼は、28歳になっていたとはいえ、千葉真一似のカッコいい容姿も衰えていなかった。2人は、1年の交際の後、結婚し、大阪市内にマンションも買った。夫は出張が多く、勤めを続けていた若子にとっては、かなり自由な結婚生活だった。ただ、夫の交遊関係が広く、いつも多くの男友達が、家に遊びにきていた。歯科技工士をしていた冒頭の彼も、夫の中学時代の同級生の1人だった。妻の愛に絶対的な自信を持っていた夫は、酒好きで、暇をもて余している若子の相手を、独身で時間のある彼に頼むことが多かった。それほど仕事が忙しかったのだ。だから、お祭りや映画、居酒屋など、1人で行きにくい場所へのエスコートは、その友人が夫に頼まれ、代役を務めていたのだ。新婚というのに、そんな生活が1年間も続いた。

「彼といると、いつも楽しかった。でも、〈この人、いったい何考えてんのかな〉と思うことが、何度もあったの。ウチで、2人だけで主人の帰りを待つってこともあったし。けど、絶対に手ぇ出してこんかったし、〈変わった人やな〉と思ってた。ところが、桜を見てるうちに、2人とも、おかしくなって……」

当時も今も、夫とのセックスは、週イチ程度である。しかし、「わが道を行く」という夫のセックスは、簡単で短く、ひどいときには、テレビドラマのCMに入った途端に始めて、CMタイム中に終わっている。

「あの彼は、一生懸命、私のこと、楽しませてくれはる。私、彼に初めて、エクスタシーっていうの教えてもらったんです。〈こんなもんが、あんのんか⁉〉って、はまりましたよ。もう、2人とも、止められへんかった。とことん、まっすぐ深みに入っていってしもた」

京都の三十三間堂の近くの歯科医院で働いていた彼のために、若子は、仕事が終わるとすぐ、電車で35分かけて会いに行った。夫が出張のときは、京都に必ず泊まった。夫は、妻が酒好きなので、同僚や女友達と、飲みに歩いているのだろう程度にしか思っていなかった。

「ちょっとの隙間を縫って、いつも会ってたの。景色は京都でムードあるし、誰でもはまるわ。あるとき、円山公園を散歩しながら、独身でいる理由を聞いたら『お前のような女がタイプや』って。もう、やめられへんねん。私、その人の柔らかい羽毛布団の上に乗せられてたんですよ」

掠れた声で陽気に笑いながら、若子は、メンソールタバコに火をつけた。左手には、大きなサファイヤのリングが光っていた。

こうして2人にとって、刺激的で、熱い恋愛期が続いた。ところが、つきあい始めて9ヵ月後、夫にばれてしまったのだ。

その夜も、いつものように彼が平然と、夫に会いに、家に遊びにきた。いつものように泊まっていくことになったのだが、その夜に限って夫が、「先、寝るわ」と、2人を残して、ベッドルームに行ってしまった。炬燵のコーナーを挟んで隣に座っていた若子と彼は、ドアの向こうが静かになった1時間後、キスを始めた。その途端、バン！　とドアが開き、

「やっぱりお前ら……。一体、何してんねん！」

凄まじい形相の夫が、部屋に入ってきた。次の瞬間、若子の顔に平手打ちが飛んだ。

「いつからや――！」

夫が、喚きながら、若子の体をボコボコに殴り出した。彼は、床に手をつき、

「下田、すまん」

と、謝ったが、夫の手は、ひるまなかった。悲鳴を上げながら殴られ、体ごと投げられたりしている若子の側で、

「頼むから、どつかんでくれ」

と、彼は、何度も止めようとしたが、夫は大暴れしていた。ようやく1時間後、殴り疲れた夫は、「出て行ってくれ。俺ら夫婦の話をするから」

と、彼に言った。それが、若子が彼を見た最後となった。

「次の夜、いきなりバッと脱がされて、主人がむりやりしてきたんです。『お前のこと信用してたのに、裏切られた』って。私、嫌やねんね。けど、『やってきたこと、全部、お前の親に言う』って脅かすから、『それだけは、頼むから』って、我慢して、しょうがなくしたの。主人が要求してくる回数も増えたしね。『どんなことされててん』って、彼のこと聞きながら、むりやり……。いろいろ想像してしまうんやろね」

若子にとって、針の筵《むしろ》の毎日が続いた。ちょうど新しく店を開いたこともあり、若子は会社を辞め、夫の店で働かされるようになった。機嫌の悪い日は、

「お前は、俺の奴隷やねんから」

と、理由なく若子を殴ったり、食卓をひっくり返したり、皿を投げたりする。それでも、客商売をしている以上、若子は、外では笑っていなければならなかった。もちろん、彼のことを若子は、けっして忘れたわけではない。しかし、監視されているため、電話やメールがせいぜいで、会うことは不可能だった。

「でも、あの人のほうから、逃げはったんです。『ドロドロの世界には、入りたくないから、今から裸で出てこいって、言われへん』って。もし、『出てこい』って言われたら、そうしてたかもしれへんけど……。しかたないわね。〈罪を償わなあかん〉って一生懸命、妻業と商売をやるようになったんですよ」

発覚事件から1年半後、若子は妊娠した。それで夫も、暴力をふるわなくなり、再び「友達のような夫婦関係」に戻ったのだが――。子供が幼稚園に入り、自分の時間ができ始めると、若子は〈こんなんでええんかなぁ。私の人生……〉と、考えるようになった。そして、娘が小学生になるのを待って、ブティックで働き始めた。

「私、自律神経失調症になったんですよ。〈主婦という平凡な世界で、我慢でけへんし、子供にも人生かけられへん。自分の人生のほうが大事や〉って、1年前まで悶々としてたんです。〈こんなんで、ええんかなぁ、私の人生〉と思い詰めていたら、ちょうど花見のころになって……。この花見が、あかんねん」

そこで若子は、ウフフと意味ありげに笑った。実は若子は、昨年の春から、ひと廻り上のカレと、つきあっている。銀縁眼鏡をかけて、犬顔をした優しいカレは、若子が昔働いていたアパレルメーカーの社長だ。

若子は、大好きな花見だけは、毎年欠かしたことがなく、その夜も、女友達を誘うつもりで、弁当を4人分作った。ところが、その日に限って、たくさんいる友人の誰もが忙しく、断ってきたのだ。そこで、ふと浮かんだのが、かつて勤めていたアパレルメーカーの社長。若子は、「花見弁当作ったけど、皆に振られてん」と、10年ぶりに電話をした。社長は、喜んで花見にやってきた。

「私が知ってたころの社長さんは、バリバリやったから、目も吊り上がってて怖かった。けど、仕事がうまくいってるせいか、丸くなって、ステキになってはった。お花見は、何事もなかったけど、翌日から電話がかかってくるようになってね。『マメ男』やから、毎日、しょっちゅう『何してんの？　若ちゃん』って。だんだん、はまっていくわねぇ。で、会うようになって、自然と……。セックスのほうも一生懸命やってくれはるから、私も心地いいし」

やがて、2人は、頻繁に会うようになった。前回と、同じパターンである。昼だけでなく、夜も週2回ぐらい「友達と飲みに行く」と、子供に嘘を言って、若子は出かける。

「もう、止まらないっていうヤツね。会いたい、とにかく会いたい。安らぎというセックスが、おまけでついてくる。けど、4ヵ月ぐらい経ってかな？　子供から『いったい、何してんの？　お母さん』って、チェック入ったんです。そのときに〈こんなことしてたら、大変なことになる。これじゃあ、前と同じ〉って気がついたの」

つきあって5ヵ月目、若子は、自分の気持ちを静めるために、電話することも会うこともやめた。携帯電話にも、ほとんど出なかった。

「今回は、2人とも子供がいてる。のしかかってきますよね、責任がどうしても。電話してこないから『何してんの！』と、カレは怒ってはりましたけど、おかげでカラッと不倫をプレイとして捉えて、楽につきあえるようになったわ。4ヵ月後に会うたら、また新鮮でね。本当の恋人になれた」

若子は、アーチ型した眉を下げて、カカカ……と笑った。今回は慎重なだけに、夫にはばれていない。

ところが、若子がカレと会っていない4ヵ月の間に、今度は夫が、20歳年下のOLと浮気していたことが発覚したのだ。これまで、お金を遣って遊ぶことには、若子も寛容で、夫も正直に「ちょっと行ってくるわ」と許しを得ていたが、素人遊びは初めてだった。若子は、その浮気を女友達から教えられた。夫は「一緒に部屋には入ったけど、酔ってベロンベロンで、何もでけんかった」と平謝りした。それが嘘であることは、若子は百も承知である。

「怒りましたよ、もうカンカンに。私、自分が過去にしたことはコロッと忘れてた。けど、若い女に魅かれるのも、しょうがないわね。ピチピチしてるし、綺麗やし。悶々として、大酒もくらったけど、私、1週間で忘れちゃうから。主人？　別れたみたいですよ。家庭壊してまでとは、思ってへんから」

浮気がばれたときも、若子は、普通に夫とセックスをしている。最近、多少だが、夫が丁寧にするようになってきたそうだ。

「だいぶ、よそで練習してきはったんかなって思ってるけどね。私、ギブ・アンド・テイクかなって思ってます。〈あんたも好きなことしてんねんから、私もさせてよ〉って。男の人は、下半身で遊んで、女の人は遊ばれへんっていうけど、ひょっとしたら女の人も、下半身で遊べんのんちゃうかな。お互い家庭があって、家庭を大事にし合って、どっかで繋がってたら、それでええと……」

先日、娘と同じ劇団に通っている45歳の母親と話をしたとき、「まだまだ女捨てられへんな」と、彼女が言ったそうだ。若子は迷わず、

「そうなんですぅ。50歳までは」

と答えたという。

「世の中のお母さんてねぇ、皆、夫のことなんて、ほったらかしですやん。世の中の夫もそうやけど、そうなってくるの、結婚してたら。好きとか、愛してるって状態じゃない。でも、夫婦って、どっかの糸で繋がってるんやな。世の中に男と女がいてる以上、何があるか判らへんけど、家庭を持った以上、簡単には、切り離されへんわね」

若子は、豪快に笑った。とはいうものの、夫も妻も外で好きなことをして楽しんでいるという夫婦にとって、家庭とは、どんな意味があるというのだろうか。嘘にうまくつきあうことが、夫婦の絆なのだろうか。取材を重ねれば重ねるほど、夫婦というものが判らなくなってくる。

case 25

不倫をやめない。多分、死ぬまで。

――北野一恵（33）

高1のとき、初体験してから6年間、
慣れ親しんでたわけでしょう？
ダンナより、よかった。
〈やっぱり、いい男だった。
もったいないことしたなぁ〉
って思ったけど。

北野一恵（33）

11年前、郵便局員と結婚。
夫（33）との間に、10歳男児1人。
彼（47）は、14歳年上、デザイン関係の仕事をしていて、
妻（40）も、三角関係を公認している。

「最初の浮気は、出産して半年後かな？　実家のほうの元許嫁《いいなずけ》とね。電話すれば、いつも車ですぐ、きてくれるの。妊娠中も、ダンナの留守中に『淋しい。すぐきて！』って電話すれば、夜中でも駆けつけてくれてね。その夜も、ダンナは研修旅行でいなくて、『ウチの子供も見せてないし、ご飯作ってあげるから、おいでよー』って、3人の友達と一緒に呼んだの」

北野一恵（33）＝仮名＝には、中学1年のときから、親同士の認めていた許嫁がいた。ところが、つきあって8年後、当時ＯＬをしていた一恵は、同い年で、藤井フミヤ似の郵便局員を友人から紹介され、すぐに同棲を始めてしまったのだ。

「この長いつきあいは、どうなるんだ」

と、怒る許嫁に、むりやり納得してもらい、半年後、郵便局員と結婚する。一恵が22歳のときだった。結局、長身のいい男で、2歳年上の許嫁とは、郵便局員と同棲を始めてすぐ、ただの友人関係になってしまった。一恵が妊娠したのは、入籍と同時だった。現在、10歳男児の母親である。

交遊関係の広い一恵は、10年前も冒頭のように、夫の留守宅に友人を呼び、飲み会をしていた。ところが、終電前に友人たちは、「お前ら、今日は、ゆっくりやれよ」と、元許嫁を残して帰ってしまったのだ。2DKのマンションに、0歳児と元許嫁、そして一恵だけが、酔ったまま残された。

「まもなく、おしめがグチャグチャになって、赤ん坊が起きたのね。で、お風呂入れてあげてたら、『入っちゃお』って、元許嫁が入ってきたの。『うわぁ、信じられない』って言ったんだけど『いいじゃん、長いつきあいだし、見慣れてるし』って。結局、元許嫁に、赤ちゃんをお風呂に入れる練習をさせたんだけど、怖かった。(ダンナが)帰ってきたら、どうするんだろうみたいな……」

入浴後、子供を隣の部屋に寝かし、2人は、体にバスタオルを巻いただけの姿で、「暑いねぇ」と、またビールを飲み始めた。そして、そのまま「自然にすぅ——っ」と、2人は床に倒れ込んでいったという。

「高1のとき、初体験してから6年間、慣れ親しんでたわけでしょう？　ダンナより、よかった。〈やっぱり、いい男だった。もったいないことしたなぁ〉って思ったけど、ダンナのことも好きだったから、思い出したときに『きて！』って呼ぶだけで、それからも、それ以上の関係には、進展しなかったの」

元許嫁は、今も独身である。「別れたら、いつでもおいでよ」と彼は言っているが、一恵は、「セックス宅配友達」程度にしか考えていない。

実は一恵には、2年前から、14歳年上で、デザイン関係の仕事をしている恋人がいる。一恵は、26歳のときから1年前まで、週4日、夜8時から午前2時まで、ホステスをしていた。現在は、OLに戻った一恵だが、彼は2年前、店に常連とやってきた客なのである。しかも、その不倫は、彼の妻(40)公認というのだ。私は、さらに詳しく、一恵の話を聞いてみることにした。

一恵は、コーヒーカラーのスーツのよく似合う「大人」の雰囲気を持った女性である。目が、とても涼し気だ。

「当時、彼には、彼女がいたんだけど、うまくいってなかったの。で、毎日のように飲みにくるようになって、帰りはいつも、食事とかしたあと、彼のベンツで自宅まで送ってくれたのね。私、父親を早くに亡くしてたから、ファザコンなの。同い年の主人は無口だから、包容力があって会話の上手な彼に、徐々に魅かれていっちゃった」

2ヵ月後の午前3時すぎ、その夜もベンツで送ってくれた彼が、一恵の自宅近くまできて、急に涙を浮かべ始めた。つきあっていた彼女から、正式に別れを言い渡されたのだという。

「私、抱っこして、介抱してあげたの。〈この人が誰を好きでも、私が好きなんだから、いいじゃない?〉って気持ちでね。しばらくして彼が落ちついて、『じゃあ、ちょっと』と、また運転を始めたのね。もう1軒飲みに行くのかなと思ったら、ラブホテルへ入っちゃった。〈あっ。とうとうきたかぁ〉って……」

毎日、職場から直帰し、セックスは週1回。日曜日は、決まって家族と食事に出かけるという「良夫良父」で、いい男系の夫に一恵は、特に不満もなかった。しかも、専業主婦のできない一恵が、夜働くということも、最初こそ文句を言ったが、結局、許している。なのに一恵は、ほかの男とホテルへ行ってしまった。

「ダンナも好きだけど、その人のことも好きなんだから、しょうがないわね」

一恵は、低い声で言って、両エクボをへこませた。

「あの夜は、ホテルに入ったのが(朝の)4時近かったから、『5時までには帰らないと!』って、もう大変。時間がないから、彼からだけのサービスで、もうパッパッパ――ッと、あわただしくね。終わって、ようやく〈しちゃったぁ〉って実感が湧いてきてね。でも、ダンナの顔が浮かんで、現実に戻れたのは、彼に送ってもらう車の中。そしたら、〈ばれたら、どうしよう〉とか〈石鹸使わなかったけど、匂いはしてないかな?〉とか、心臓がバクバクしてきちゃった」

帰宅すると、夫は高イビキだった。夫は、1回眠ってしまうと、起きることはまずない。

一恵は、恐る恐る夫の体をつついてみたが、反応はなかった。一恵はホッとして、いつものように子供の部屋に行き、何事もなかったように眠った。

その夜を境に、彼とは、ほぼ毎日、会うようになった。オフだった水曜日と土曜日も、「女の子が辞めちゃったから、定休日以外は、出ないと」と嘘を言って、彼と会っていた。店が終わるのが午前2時ごろ。それから彼と会い、連日、帰宅が、4時5時になった。そのうえ、「長野にいる友達が、彼氏のことで悩んでるから、行ってあげなきゃ」と、嘘を言って月1回、長野に1泊旅行もしていた。夫が、不審を抱くのも当然である。ある水曜の夜、夫が店に電話をしたところ、

「水曜日は彼女の公休だよ」

と言われてしまった。ついに夫は、みずから張り込みに出た。一恵が彼とつきあい始めて半年後のことだった。

「彼と2軒目の店を出たら、近くにダンナの車があったの。〈あぁ、ばれた！〉って、すぐにウチに帰ったわよ。怖かった。殺されるかもしれないから、子供連れて実家帰っちゃおうかな——でも、認めることになるからおかしいし……って、寝たまねしてたの。そしたら、帰ってきて、『おい！』で始まって、あとは、何も言わずにバーッと、気を失う寸前まで殴られた」

普段、大人しい夫は、酒の力を借りて、一恵を殴りまくった。起きてきた息子が、「パパ、やめて！」と、一恵の前に立ちはだかったが、夫は、息子まで突き飛ばし、半殺し状態になるまで殴り続けた。一恵がぐったりすると、ようやく夫は、救急車を呼んだ。

体中痣だらけになった一恵は、働きに出られないこともあって、1週間、自宅で監禁状態になった。夫は、帰宅すると毎日、

「ごめんねぇ。痛いよねぇ」

と、一恵に謝り続けた。酒が抜けると、ただの優しい夫になる。一恵は、顔から痣の消えた1週間後から、再び店に出ることを許された。その夜、彼が友人を連れて飲みにやってきた。

「いきなり『ダンナ呼びなよ。一緒に飲みたいから』って言うの。ダンナを信用させるために、飲み友達を何人も集めてくれてね。で、ダンナに電話して店に呼んだの。彼の顔を見た途端、キッとなったけど、『あなたが、散々疑ってた人よ』って紹介して、一緒に飲ませたら、『すごく、いい人だ。疑ってごめんね』って、芝居に引っかかって、信用しちゃって……。けっこう、抜けてるんですよ」

それから、一恵は、堂々と彼に会えるようになった。

「すごく優しくて、いいダンナじゃん」

と、褒めた彼に一恵は、

「別に私は、ダンナと、別れてもいいんだよ」

と言ったが、

「いや、別れることはないよ。なんとか、ばれないように、うまくやっていこう」

という調子いい返事が戻ってきた。彼には、妻と一人娘を捨てる気持ちがない。実は、浮気の常習犯なのだ。

発覚事件からまもなく、彼は、美しい妻を連れて、飲みにやってきた。

「私が席に座るなり、彼が『こいつ、今の……』って奥さんに言うの。『えー!? 何を言ってるの!?』って言ったんだけど、奥さんが、『この人は、女ができたら、いつも紹介するのよ。わがままな人だけど、よろしくね』って。すごい奥さんだなぁと思って。私、最初、怖かったのね。ニコニコしながら、殺されちゃうのかなって。でも、嫌味じゃなくて『あなたに会いたかったの。家庭も大事にね』って言うのね」

彼の一人娘も偶然、一恵の一人息子と同い年だった。以来、本格的に、家族ぐるみのつきあいが始まった。妻は、「近くにきてるの」と言って、気さくに電話をしてきて、一恵を食事に誘ったり、セーターを買って、夫に預けたりする。また、2家族そろって、食事に行くこともある。

「怖いといえば怖いのよね、できすぎた奥さんで。彼は『家庭を崩すことだけはダメ』とだけ、言われてるそうなの。奥さんが『私、セックスが嫌いなの。その分、かわいそうだから……』って、私に言うのね。奥さん、自信があるんですよ。『あんたは捌け口なんだよ』ってね。だから、絶対、離婚しないし、夫は家に戻ってくるって、確信してるんです。セーターもらったときに、『私、何お返ししたら……』と言ったら『お返しは、してもらってるから』って言うの」

相手の妻が協力しているのだから、一恵の夫が疑うはずがない。彼の妻は、

「何かあったら、いつでも電話してきていいのよ」

とまで言っている。彼女は夫のことより、子供のことで、精神的に手いっぱいなのだそうだ。

一恵が、昼間の仕事についてからは、終業後に会ったり、夫が寝てから家を抜け出し、彼と会うようになった。

「家の近くに車を停めて、彼が待ってるんです。『どうしても会いたい』って、電話がくれば私、どんなことでもするの。ダンナが、ちっとも寝てくれないときは、ビールの中に睡眠薬を砕いて入れたり、早く酔いが廻るように、目薬入れちゃったりとか。『変な味がする』って言われてからは、睡眠薬入れるのもやめたけど」

私には、想像もつかなかった不倫関係である。彼の妻と、うまくやっていくうえでのルールは、「下半身のことに触れないこと」と一恵は言う。家族ぐるみで会っているときに、夫に判らないよう、3人で目配せし合うのは、スリルがあっていいと、一恵は笑っているが、公認なだけに、かえって夫に対して、罪悪感とか、出てきたりしないものだろうか。

「かわいそうとは思いますよね。3人で騙してるわけだから。ばれたときは、3人とも大変。『俺だけ騙して！』って、ダンナのプライドが傷つくわけでしょ？　でも、知らないほうが幸せだろうしぃ。奥さんが割り切って、協力してくれている以上、私もキチッと切り替えて、ばれないようにして、このままいくしかないのよ」

一恵にとって夫は、子供の父親。離婚することなど、今はまったく考えられない。

「お互い、どっかで、我慢したり、妥協すればいいんであって、友達感覚の夫婦関係は、失いたくないの。それで、好きな人ともつきあう。W不倫は、奥さんの協力があれば、絶対にうまくいく。しょうがないじゃない？　好きなんだから。私、やめないわよ。多分、死ぬまでね」

一恵は、タバコを喫《す》いながら、艶っぽい笑いを浮かべた。私は、「すごい関係……」という科白を、インタビューの間じゅう、ただただ連発していた。ここまでくると、不倫によくあるドキドキ、ハラハラのご愛嬌などなく、「プロの不倫」という気がしてくる。

いつのまにか私の心にも、共犯意識というのだろうか、秘密を共有してしまったという罪悪感が生まれていた。

case 26

恋と生活だったら、
生活を取るしかない。

——山岡華子（33）

先生の肌が触れた瞬間、
すごく合うと思いました。
やり方は、いたって普通なのに、
サイズも、肌も合うんです。
先生もそう思ったんじゃないかな？

山岡華子（33）

9年前、高校時代の先輩と結婚。
夫は会社員（35）。子供は8歳。
彼（53）は、陶芸教室の先生で、華子は、そこの生徒だった。

「陶芸教室の先生が教室に入ってきた途端、〈どこかで会ったことある〉って、運命的な出逢いを感じたんです。親父系で、タイプじゃなかったけど。教室のあと、先生や生徒と毎週、ご飯を食べに行ってたんだけど、3回目に『今度、2人でご飯食べに行こう』って誘われたのね。私、先生にいろいろ陶芸のこと教えてもらえるから〈ラッキー！〉って思っちゃった」

大阪在住の山岡華子（33）＝仮名＝は、今から10年前、当時働いていた靴店にやってきた高校時代の先輩と再会し、1年のつきあいのあと、結婚した。夫26歳、華子24歳のときだった。華子は、結婚と同時に仕事を辞め、1年後、男児を出産した。

まじめな会社員で、いい父親の夫と6年間、華子は、平和な家庭を築いてきた。ところが2年前、陶芸教室に週1回行くようになってから、華子の毎日はすっかり変わってしまった。

キャイーンの天野ひろゆきを細くしたような先生（53）が、初デートで華子を連れて行った先は、蕎麦屋だった。「ご飯を食べに行こう」と、華子を誘った科白どおり、先生は、陶芸の話をしながら、蕎麦を平らげると、帰ってしまったのだ。ところが翌日、華子の携帯に電話してきた彼は、3日後、シティホテルのラウンジを昼食の待ち合わせ場所に指定した。

「〈遂にきたな〉と思いました。『部屋を取ってあるから』って、言われたとき、まだ先生のこと好きになっていなかったのに、〈メリットがあるかなぁ〉と思いながら、ついて行ったんです。罪悪感？　だって怖いと思ってたら、できないと思うしぃ」

先生は、ビールを飲みながら、45歳になる妻と、大学生の息子が2人いること、婿養子で、鉄工所を経営している奥さんの実家に、同居させてもらっていることなどを1時間にわたって話し、それから「シャワーを浴びといで」と華子を促した。

「先生の肌が触れた瞬間、すごく合うと思いました。やり方は、いたって普通なのに、サイズも、肌も合うんです。先生もそう思ったんじゃないかな？　サイズ？　主人より大きいに決まってるじゃない？」

2時間ほど愛し合うと、午後5時になっていた。華子は、急に現実に戻ると、あわててホテルを出、家路を急いだ。帰り道、家の近くのスーパーで食料品を買うためである。

「スーパーに寄って、買い物をしていると、さっきまで女だったのに私、主婦に戻っていけるんですよ。頭の中は、〈早く帰って、夕飯の支度をしないと〉ばっかり。主人の帰宅は、いつも午後9時すぎなので、それまで私が何してようと、夕飯さえできてれば、判らないんです」

3回目のデートあたりから、2人とも、好きという感情が募り、はまっていった。先に変化が現れたのは、先生のほうである。セックスにかける時間が、どんどん長くなり、インサートしてから10分ほどで終わっていたのが、1時間ぐらい頑張るようになった。やがて華子は、先生によって初めて、エクスタシーを経験した。

「主人は、1ヵ月に1、2回、一方的に、簡単に済ませるから、私、満足したことがなかったの。でも、先生が私の体を開発してくれたのね。5回目かな？　全身が総毛立って、鳥肌が立つくらい気持ちいい……っていうの？　それから私たち、憑かれたように、数日に1回ずつ、ラブホテルで体を重ねてたのよ。やっと運命の人に出逢えたってカンジ、お互いにね」

華子は、私の目を見つめながら、太い声でそう言い、豪快に笑った。顔も体もポッチャリ系、態度もドテッとしがちで、年齢以上に「おばさん」が入っている。しかし、色気が少なくポッチャリした女性が、先生のタイプなのだという。ちなみに先生の妻は、お嬢さんが、そのまま奥さんになったような、高級品のよく似合う美人だとか。しかし、気が強く、夫への猜疑《さいぎ》心も、はんぱではない。

「先生の携帯に、ジャンジャン奥さんから『今、どこにいてるのぉ？』って、電話が入るんですよ。先生、すごい恐妻家でね。若いころ、陶芸をやるのに、随分、義父《おとう》さんに援助してもらったから、奥さんに頭があがんないんだって。かわいそうに。萎縮しすぎちゃって、奥さんと、セックスもできないの」

先生は、海外で女を買ったという経験は、何度か持っていたが、素人に恋をしたのは、華子が初めてだった。だから、一気にはまってしまった。先生が、自宅でウキウキしすぎたり、華子のことを考え、ボ――ッとしていれば、妻が怪しむのも当然である。

はたして妻は、探偵を使い、証拠写真を手に入れた。2人がつきあい始めて、1年経っていた。先生は、

「昨日、君と一緒にしてたこと、みんな妻にばれてたよ」

と、こわごわ電話してきた。妻は、探偵に依頼したとは言わなかったが、前日、午前10時半にミナミで待ち合わせをし、デパートでファッションリングを先生に買ってもらい、映画を観たあと、食事をして、ラブホテルに行ったということが、すべてばれていたのだ。しばらく距離を置いたほうがいいということになり、翌日から先生の電話がピタッと止まった。妻が四六時中、監視していたし、盗聴マイクまで仕掛けていたので、電話できなかったのだ。

その日を境に、華子の自宅には、先生の妻から無言電話が頻繁に掛かってくるようになった。再び先生から、

「家のほうが落ちついてきたから、また会ってくれるかぁ?」

と、うれしそうな声をして電話が入ったのは、3ヵ月後のことだった。「スポーツジムに行ってくる」と言って抜け出してきた先生は、大きなスポーツバッグを抱えたまま、ラブホテルへと直行した。

「奥さんに気がねしてるんやなぁって思ったら、ちょっと、ムカついたけど、やっぱり好き。全部好き。私、主人とは、すべてにおいて合わないのに、先生とは、性格も、価値観も、似てて、飽きないの。先生、私のこと『生きがい』って言ってた。地位もお金もある人が、私と会うなんてことが生きがいやねんなぁって、びっくりした。旅行とか、クルージングしたりすることが、先生の楽しみやぁって思ってたんですよ」

2人は、妻に気をつけながら、それでも週1回は、ラブホテルで、真昼の情事を重ねていた。

「先生？　永遠の恋人。先生もそう思ってはると思う」

即答する華子だが、実は、2人にはクールな面もある。それは、結婚と恋愛とを別に考えているということである。

「離婚してまで？　ありませ――ん。先生もすごく体面とか、重んじる人だし」

華子は、あっさりと否定した。しかし、今でも胸がキュンとするほど、先生にはまっているそうだ。

「前に私が『結婚したいねぇ』って言ったら先生が、『絶対、いつかは、そういうふうになれるときがくる』って言うの。でも、これは、お互いの言葉の遊びね。だって、結婚したら、どんな男でも女でも、一緒だもん。なら、今の関係を続けていったほうがいいって、2人とも判ってるの。私だって、離婚されたら、生活費に困るもん。この年で、仕事探して1人で生きてく自信なんかないから」

華子にとって夫は、「なくてはならないもの」だという。

「先生がいなくても私は生活していけるけど、主人がいないと私は、生きていかれないもん。『恋と生活とどっちかを取りなさい』と言われたら、生活を取るに決まってる」

それほどまでに生活が大切ならば、わざわざ危ない橋を渡ってまで、先生とつきあう必要もないのに。現にまだ無言電話は続いているし、いつ先生の妻が、乗り込んできて、夫にすべてをばらしてしまうか判らない。

「相手に妻がいるから不倫なわけで、妻がいるから燃えるって部分もあるじゃないですか。妻がいるから、会えないときは、淋しくて、妻がいるから、会うときは、ドキドキできる。だから、先生の奥さんに感謝しないとね。いつでも自由に手に入ったら、刺激がないじゃない？　だから、先生とのつきあいをやめようなんて考えたこと1回もない。不倫なんて、いつまでも続くもんじゃないから、いかに長く続かせようかってほうにしか気はいってないもん」

ふてぶてしささえ感じられる華子の発言だった。これでは、先生の妻も、たちうちできないかもしれない。華子は、見栄っぱりな先生の妻が、自分の家庭をぶち壊しにまでくるとは思っていないのだ。

「ばれたときは、ばれたときで、自分の範囲内で治められるっていう自信もあるし、それで離婚になるとは思いません。だって主人は、何でも私の言うことを聞いてくれる人だから。先生にも『絶対に迷惑をかけへんといてね』って言い聞かしてるんだけど、奥さん1人、抑えられない先生は、ちょっと情けないわね。楽しむために不倫をしてるんであって、ビクビク苦しんだら、何の意味もないわけじゃないですか」

華子は、よほど自信があるらしく、声の調子を上げて言った。そうして、アイスカフェオレをストローで音をたてて、すすった。粒ダイヤのイヤリングのきれいさと、店頭で大量に均一料金で売られている類いの時計とが、妙に不釣り合いだった。イヤリングが、先生のプレゼントで、時計が生活？　聞かなくても明らかだった。つまり華子は、自分の持ち物の中に1個、このイヤリングみたいなステキな物が加わっているように、生活にキラリとした刺激が加わればいいのだ。それが彼女の理想の結婚生活というものなのだろう。

「主人と子供を送り出してから、化粧して、身支度するでしょう？　それをしながら、徐々に自分を盛り上げていくの。で、午前中から先生に会って、4時ぐらいに別れて、帰りにスーパーに寄って、お買い物をすませて、5時までには必ず帰宅する。私にとって、女から妻に切り替わる場所は、スーパーなんです。でも、恋って楽しい！　大好きな先生と手を繋いで歩いたりすると、ドキドキするの。やっぱり女は、恋をしてないとダメって、結婚して初めて判った」

しかし初めは、好きで夫と結婚している。その愛情を貫き通すことはできなかったのだろうか。妻に気を遣い、ビクビクしながらも、会いにくる先生は、華子が言うように、端《はた》から見たら、とても情けない男性に思える。ならば、いくらセックスがよくなくても、良夫良父を大切にしたほうが、華子のためだと私は思う。この先生は、とてもじゃないが責任を持ってくれるようなタイプではない。

「もし、私の行動がおかしいって気づいてくれるような主人だったら、浮気になんか走ってなかったと思うの。主人、心の襞《ひだ》とか判るような繊細なタイプじゃないのね。でも先生は、『髪を切ったね』とか、『その色、似合ってるよ』とか、いちいち言ってくれる人。そんな先生も、家では、そういうこと一切言わないんだって。夫っていうのは、家で妻のこと、あまり見てないんですよ。だから、先生に言われたときは、うれしかった。だって、独身のとき以来、久々に言われたんだもん」

家で夫が妻を見ていない——ドキッとするような華子の発言だった。それゆえ、妻が、夫のいない間に、ほかの男の美味しい部分だけを楽しんで味わっていても、気がつかないということなのか……。

「そうよ。だから妻の不倫なんて、なくならないのよ」

無愛想に言ってから、とってつけたように大声で笑う華子は、どうしてそこまで？　と思えるほど、自信に満ちていた。独身女性は、恋人に愛されてきれいになるが、不倫妻は、浮気男に愛されて強くなる——この時、私には、そう思えた。

case 27

「私はもてる」。
結婚前のときめきが戻ってきて……。

――藤井朋美（40）

結局、夫にしがみついてるしかないの。
子供を悲しませたくないし、
私１人になったって、
今さら働けないし、生活していけない。
夫と一緒にずっと生きてくしかないんです。

藤井朋美（40）

宮城県在住で外科医の夫（40）とは、11年前結婚。
長男10歳、長女７歳。
３年前、エッチ電話がきっかけで、
テレクラデートにはまってしまった。

「主人が、早漏なんです。結婚前から不満でしたけど、結婚は、セックスだけじゃないから、平気だと思ってたんです。でも、ずっと不満で、37歳の誕生日に〈このまま女として、花開かないまま終わっちゃうのかな？　40になったら、すぐ、おばあさんだし、私の青春も、もう終わりだなぁ〉って、突然思ったんです。主人の仕事を考えると、絶対、やっちゃいけないことだけど、やるとしたら今しかないって……」

藤井朋美（40）＝仮名＝が、そう思ったのは、今から3年前。彼女が、同い年の夫と結婚して、8年後のことだった。長男が7歳、長女が4歳で、ようやく母親の手を離れた時期でもあった。

宮城県在住の朋美の夫は、総合病院に勤める外科医である。2人は大学3年のときに、ダンパ（ダンスパーティ）で知り合い、8年の交際後、結婚した。まじめで口数の少ない夫は、仕事に明け暮れ、海外や、ほかの病院の短期研修にも積極的に参加し、家にいないことが多かった。結婚前は、それなりに遊んでいたが、医者夫人になってからは、貞淑で良妻賢母になりきっていた朋美を、女として走らせたのは、3年前の1本の電話が原因だった。

「主人の出張中に、エッチ電話が1本入ったんです。その場で切ればいいのに、子供たちが寝たあとで、私も暇だったから、『ハアハア』言ってる若い男に、『あなた学生でしょ？　こんなことしてないで、勉強しなさい』って、話をしちゃったんですよ。そしたら、翌夜もかかってきたの。私、相手に乗せられて、テレホンセックスしちゃったんです。そのあとも、断りきれなくてズルズルと何回も。そのうちに、他人と話をすることが、すごく楽しくなって」

ある日、朋美は、マンションの郵便受けに、テレクラのチラシが入っているのを見つけた。朋美は、悪戯《いたずら》気分で電話をしてみた。相手のノリは、とても良かった。が、セックス目的で誘われた瞬間、朋美は受話器を置いていた。翌夜も、そうだった。ところが、朋美は、翌々夜にも、電話をしているのだ。

「エッチしたいとかじゃなくて、本当に会話をしたかったんです。でも、3人目の人は、これまでと違って、話してるうちに、すごくステキそうに思えたの。男らしくない主人と、違うものを持っていそうで、『会おう、会おう』と言われたとき、会いたくなっちゃったんです。でも私、当時、太ってて醜かったから『おばさんだし』って断ったの。そしたら相手が、『年上の人が好きなんです』って。私、ウチのドア開けて、出かける前まで、〈会うの、やめよかな〉って、迷ってたんだけど、〈えーい〉って飛び出したんです」

夫は、研修のため、県外の病院に長期出張中だった。朋美は、家から歩いて10分ぐらいの所で、午後10時に待ち合わせをした。車に乗って、迎えにきた相手は、26歳の地方公務員だった。

「会った瞬間、〈ああ、ステキな人！〉って、ドキドキしちゃった。すぐに『どこ（のホテル）へ行く？』って聞かれて、〈私みたいなのでも、誘ってくれるんだ〉って、うれしくなってね。〈もう1回、恋ができるかな？〉って、期待とか、ときめきとか、それから、ちょっと、怖さもあって……」

甘い言葉や、抱擁もなかったが、することは、暗黙の了解だった。ラブホテルに入ると、すぐに2人は、交代でシャワーを浴びた。午前0時になろうとしていた。2人は、すぐに始めた。

「裸になって、〈あっ〉って、あわてて出てるお腹を隠したの。恥ずかしかった。私、年上だから、リードしてあげなきゃいけないのかなと思って、一生懸命、口でサービスしてあげたんです。若い子の体って、やっぱりすごいのね。瑞々しいし、強いし。彼が入ってきた瞬間、〈若いって、違う！〉って感じたの。〈なんか久々に、おいしいのを味わったなぁ〉って、すごく彼のこと、気に入ったのに、彼、私のこと、『おばさん』を見る目で見るんですよ。やっぱり、別れ際、『また、会いたい』って言ってくれなかった」

そこまで言った朋美は、細い目を線のようにして笑いながら、照れをごまかした。小柄でショートヘアの朋美は、年相応の皺こそあるが、聡明そうなシャープな顔つきで、けっしてオバさんっぽくない。スカイブルーのスーツも、高級そうな腕時計も、とてもよく似合っていて、いいところの奥様風だ。朋美は、テレクラにはまり、次から次へと、見知らぬ男を渡り歩くうち、女として洗練されていったのだという。いったい、その後、何があったのか、私は、朋美に続きを急かした。朋美は、照れ笑いを浮かべながら、ハスキーな小さい声で、続けた。

「ウチへ戻ってきてから、子供の寝顔見て、すごい落ち込みましたよね。〈なんてことしたんだろう〉。そういえば、してるときも、ずっと、頭の後ろに子供の顔が、へばりついてたなって……。きっと、主人と離れてて、淋しかったんでしょうね。主人に対しても、ほんと悪いことしたって悩みました」

ところが、朋美の電話ぐせは、直らなかった。午後10時、子供が眠ってしまってから、伝言ダイヤルを聞いたり、テレクラに電話してみたり、朋美は、人と話をしたくて仕方がなかったのだ。しかし、話す人、話す人、「会おう」と誘ってくる。結局、テレクラ初デートから2週間後、28歳の会社員と会い、ホテルへ行ってしまった。

「若い彼に『とても30代に見えないよ』って言われて、すごい快感だったんです。その彼が

『また会いたい』って言ってくれたとき、うれしくて、〈ああ、自分はまだ、女としていけるんだ〉って。結婚前のもててたころみたいに、女としてのときめきが、戻ってきた。こういうときめきは、結婚したら一生持たないで、妻に徹しようと思ってたのに……。それからバタバタバタッ……と」

朋美は、テレクラにはまった。夜10時をすぎると、目が爛々《らんらん》と輝き、布団の中にじっとしていることができなくなった。それで、週5日は電話をし、「信用できそうないい人」と判断できる度、家を抜け出し、会いに行った。

「平気になっちゃったのもあるし、『かわいいね』とか『また、つきあってね』って言われるのが、快感になってきて、〈今度の人は、私のこと、どう言ってくれるかしら〉とか、期待するようになったんです。だから、下着も『おばさんパンツ』じゃなくて、レースのついた高級そうなヤツや、キャミソールとかも買ってきて、見つからないように、隠しておいたり……。次から次へ会ううちに、いつのまにか、〈私って、もてるんだ〉って、錯覚を起こしてたんです」

しかし、会う人、会う人、けっして当たりだったわけではない。朋美の好みは、夫とはまったく逆の「背が高くて、ガッチリした体型で、話し上手の男らしい人」だったが、はずれの男性のほうが、圧倒的に多かった。しかし朋美は、相手を前にして断ることが、どうしてもできないのだ。だから、昼にテレクラデートをし、不満足な場合は、寝る前にテレクラで新しい男性を見つけデートをする——といった「ダブル日」も少なからずあったという。

「タイプじゃない人がきても、『ごめん、私、帰る』って、どうしても言えなくて、〈1回、がまんすればいいんだ〉って思っちゃうんです。よくよく話もせず、会ってしまって、〈やっぱりこんな人と、ホテル行きたくないよなぁ〉って思いながらも、〈まあ、いいか……〉って。40歳と偽って60代のおじいちゃんがきたときも、かわいそうだったから、ホテルへ行ってあげたんです」

人のいい朋美は、気に入ると、携帯番号を相手に教えてしまう。単発以外に、常連もでき、男の数は、30人ぐらいに増えていった。そして2年前、ついに朋美は躓《つまず》いた。テレクラを始めて1年後のことだった。車の会社をやっているという25歳の男の子と知り合い、朋美は恋をしてしまった。会話上手で魅力的な彼に、どんどん魅かれていくうち、朋美は夫が、医師であることまで信用して話してしまったのだ。3ヵ月後、「1週間後に、必ずお金を返すから、悪いけど20万振り込んでくれないか。期日までに、どうしても支払いをしないといけないんだ」と、彼に頼まれ、すっかり信用していた朋美は、20万円、振り込んでしまった。以後、彼は、朋美に会うことをしなくなった。朋美が、返金のことを持ち出す度、「医者のダンナに本当のこと言って、お前の家庭をメチャクチャにしてやる」と脅されるのだ。朋美は、

20万円も彼のことも、諦めるしかなかった。

「ウチのお父さんが稼いだ20万円、とんでもないことしてしまった。取り返さなきゃ……と反省した私は、〈じゃあ、援助交際して、男に取られた分、男から取り返してやろう〉って思ったんです。でもね、皆、ずるいんですよ。伝言ダイヤルには『○万払います』って言っておきながら、お金くれないんです。くれても1万とか……。そのうち虚しくなってきて、援交はやめちゃいました。お金、困ってるわけじゃないのに、私、何やってるんだろう……って」

そんな矢先だった。朋美が、伝言ダイヤルで、「1回につき、5万円払います」という34歳の単身赴任男性のメッセージを聞いたのは。朋美が単発の援交を並行し始めて、2ヵ月が経っていた。

「すっごくステキな人で、セックスのほうも、すごく私に、肌もサイズも所要時間も合うんです。体に入ってから、ほどほどの時間だから、主人とでは得られない快感があるんですね。それに、慶大卒で、一流企業に勤めてるって、彼のレベルも自分に合ってたし……。会ってすぐ、好きになりました。だけど彼、『今日は、持ち合わせがないから』って、お金くれないんです。いつかくれるんじゃないかって、思いもあって会ううち、もっともっと好きになっていって……」

彼に「もうほかの男と会うな」と言われたことで、朋美は、一切、テレクラやツーショットをしなくなった。東京に妻がいるという彼と、毎晩のように喋り、週イチの割合で、映画やカラオケつきデートをするうち、朋美の心はずい分、落ちついていった。この交際は、1年4ヵ月ほど続いたが、2ヵ月前、彼が東京へ戻ったことによって、自然消滅した。

「なんか、憑き物が落ちましたね、すっかり。次から次へ……のころが、嘘みたいに。断りきれずにエッチしちゃったときなんかは、〈もうやめた〉って思うのに、癖になっちゃってたんです、受話器持つのが。気がついたら、電話してた。睡眠薬のようなものよね。寝る前に、だれかと喋りたい。喋るだけで、いいんだけど、相手は、それだけじゃ済まないと思うから会っちゃう。しょうがないなぁって思いながら……」

仕事に夢中な夫には、妻の愚痴を聞ける余裕も暇もない。映画好きな朋美と一緒に、ビデオを観てくれることもない。淋しかった朋美は、話し相手が、とにかく欲しかったのだ。

「単身赴任の彼は、私の心の拠りどころ。そして、主人は、生活の拠りどころでしたね」

朋美は、サバサバと言って、小さく笑った。たしかに、憑き物が落ちたみたいにスッキリした顔をしている。しかし、あの激動の3年間のたまものか、丸くて大きな腰だけは、妙にいやらしく私の目に映った。

「結局、夫にしがみついてるしかないの。子供を悲しませたくないし、私1人になったって、今さら働けないし、生活していけない。夫と一緒にずっと生きてくしかないんです。私、遊んでたとき、主人に棘々《とげとげ》しくしてた気がする。テレクラ相手が、よく見えてたから、主人のこと〈顔も見たくない〉とさえ思ったりして、優しくなかった。エッチだって、したくないけど、拒むと疑われるから、してただけ。私は、主人の性欲処理係になっちゃってたんですよね」

夫とのセックスは、月イチ程度という。

「今は、この短いのが楽で、一番！」

と、朋美は爆笑する。しかし、彼女のテレクラ熱が消え去ったわけでは、けっしてない。

「いろんな男に会えたり、違う世界のことを聞けたってことは、すごく楽しかった。たまに〈激しいのがしたいな〉って思うけど、また電話して、待ち合わせして、お化粧して、会って……って手順を考えると、めんどくさくなっちゃって……。その分、主人にちょっと優しくできるようになったかな？　負い目もあるし」

最近は、息子の受験勉強を見てやるようになり、朋美は、テレクラのことを忘れている。

しかし、ふと、今でも電話したくなる衝動にかられるときがある。朋美が、再びテレクラを始めるのは、時間の問題ではないかと思うが、かわいそうなのは、ひたすら医師として仕事に明け暮れる夫のほうだ。仕事のしすぎで、人一倍早く枯れてしまったころ、妻は、「最後のひと花咲かせよう」と、きっとまた若い男に夢中になっていることだろう。人のいい朋美のこと、足元を掬《すく》われなければいいが……と、心配が私の心に残った。

case 28

最近、
また夫のほうがおもしろくなってきた。

——重森数代（29）

主婦ってストレス溜まるんです。
ご飯作って、掃除して、
子供と主人の世話をして……。
だけど外へ出れば、
私だって1人の女なのよ。
ばれるのは怖いけど、やっぱりやっちゃう。

重森数代 (29)

4年前、デパートに勤務する高校の先輩と、
5年の交際の後、結婚。
3歳男児が1人。
恋人は、夫(30)の友人の弟で、18歳の大学1年生。

「妊娠してからずっと、ストレス溜まってたの。大きなお腹だったから、飲みにも遊びにも行けない。おしゃれもできない。だから、出産2ヵ月後に、子供を実家に預かってもらって、友達と飲みに行っちゃった」

東京都下に住む重森数代（29）＝仮名＝は、ロングヘアを左手で掻き上げながら、あっけらかんと話す。彼女の隣では、長男（3）が、アイスクリームを2人前、平らげていた。数代は、4年前に、1歳年上で、デパートに勤める高校時代の先輩と5年の交際の後、結婚した。数代はこれを「ズルズル結婚」と呼んでいる。数代は、喫茶店の周りの客に気を遣いながらも、うれしそうに話を続けた。

「そのとき、2人のチャラチャラ系が、私と友達をナンパしてきたんです。で、カラオケに4人で行って、友達と目で合図しながら〈こっちにするわ〉って相手をきめてね。2人1組で、店を出たときには、かなり酔っていて……」

数代は、1歳年下、江口洋介似のロン毛のほうを選んだ。その日、夫は出張中で、数代は、実家に泊まることにしていた。2組のカップルが、カラオケ店を出たのは、すでに午前2時を廻っていた。男が、それぞれの車で送るということになったのだが、運転し始めるとすぐに、彼の左手が、数代の膝に伸びてきた。

「キャッて、拒むマネしながら、〈今まで我慢してた分、ちょっと発散しちゃおかな〉なんて内心、思ってました」

やがて、ラブホテルのネオンが見えてきて、男は、無言で、そのほうにハンドルを切った。

「〈ちょっと刺激的でいいかな？〉なんて思ってたから、抵抗もしなかったの。〈まずいかなぁ〉とも、ちょっと思ったけどね。でも、絶対にばれない自信あったから」

部屋に入ると、男はまずテレビを点けた。それから「シャワーする？」と、数代に勧めた。落ちついたものだった。数代のあとに男がシャワーを浴び、2人は、ベッドに座って、初めてキスをし、始めた。

「私、出産後の体が、気になっちゃって、焦っちゃった。でも、『子供がいる』って言ってあるから、〈まあ、いいか〉って、ありのまま見せちゃった。でも、あんまりよくなかった。チャラチャラしてたから、うまそうに見えたのに、技《わざ》がいまいち……」

男は「また会える？」と別れ際聞いてきたが、「忙しいの」と数代は、連絡先も教えなかった。

「やっちゃったら、〈こんなもんなんだぁ〉って、案外、簡単だった。1回しちゃえば、もう同じでしょ？　それに、結婚しちゃうと、ラブホテルに行かなくなるから、ラブホテル行くことが楽しくってぇ」

数代は、その後も例の女友達と、たまに飲みに出かけた。やはりナンパされ、ホテルへ行ったこともあったが、どれも1回きり。はずればかりだったそうだ。ところが1年前、ジャニーズ系のかわいい年下の彼ができてしまった。相手は、18歳の大学1年生。しかも、夫の同級生の弟なのである。

男友達の多い夫は、男づきあいを優先させ、サーフィンやスキーに忙しい。また、家を訪れる客も多く、18歳の彼も、その1人だった。

「皆で海に行くことになったのね。『じゃあ、水着を一緒に買いに』と言ったんだけど、主人も皆、忙しくて、行けるのは、その18歳の子だけだったの」

その週末、数代は息子と3人で、デパートに水着を買いに行った。そのあと、喫茶店でコーヒーを飲んだ。話は弾んだ。

「彼が、『浮気とかしないの？』って聞いてきたの。『しないよ』って、しら切ったら、『ばれない、いい人がいるんだよ』って言うの。彼が彼自身のことを言ってるって、判ったけど、主人の友達の弟じゃ、あまりに近すぎるでしょう？　だから、気づかないフリして『来週、プールへ行こう』って、話を逸らせたんです」

しかし、雨で中止になってしまった。代わりに3人で、ファミリーレストランへ昼食に行き、「コーヒーでも飲んで行けば？」と数代は、車で送ってくれた彼を自宅に、立ち寄らせた。午後3時のことだった。

「そこでですよ。私、大変なことをしてしまったんですね」

数代は、大きな目を見開きながら、興奮して言った。口先がツンとしているところなど特に、女優の川島なお美に似ている。

「子供が、2階でお昼寝しちゃったんで、1階の居間で2人して、コーヒーを飲んでたの。で、『チョコ食べる？』って聞いたら、『食べる』って言うから、私、冗談のつもりで、チョコレートを口移しで彼にあげたのね。そしたら、止まんなくなっちゃった。〈ヤバイ！〉と思ったけど、舌が激しく入ってきて、あとには引けなくなっちゃったの。襟元から手を入れて、胸を触ろうと頑張る彼に、『家ではまずいから、お願いやめて』って、私、一生懸命払いのけたの」

なんとか、その場を切り抜けた数代だったが、その日から彼の電話攻撃は始まった。一日、何回も「好きだ」「会いたい」とアプローチしてくる。

「18歳なんで、キスは、あんまりうまくなかったけど、激しい系って、久しぶりじゃないですか。『好き、好き』って、情熱的なのも結婚するとなくなるしね。『会えないわよ、結婚してるのに』って、淡々と断るんだけど、彼の熱意に負けて……」

翌週末、数代は、息子を連れ、3人で市民プールへ行った。もう2人には、子供も、人の目も気にならなかった。2人は、手を繋いだり、腰に手を廻したり、あげくのはて、プールサイドでキスまでしているのだ。

「主人に近い存在だから、ヤバイとは思ったんだけど、ついイチャイチャしちゃいました」

数代は、まったく悪びれずに、コロコロと笑う。黒のワンピースに黒のストレッチ・ハーフブーツを履き、長く伸ばした爪にグレイのマニキュアをきれいに塗っている数代は、子供さえ隣にいなければ、大学生に見える。まだ、女のコという軽いノリがある。そのノリで、数代はついにプールから2週間後、彼とラブホテルへ行ってしまった。その夜も夫は、出張中だった。数代はまた、実家に子供を預け、夜10時半に、ゲーセンで待ち合わせをした。

「ゲームだけで帰れるかな？　とも思ったけど、やっぱり、ゲーセンを出てから彼が『どうする？　行く？』って聞いてきたの。私も〈ちょっとしたいかな？〉って気持ちがあったんで、『帰る』って言えなくて、結局、『うーん。じゃ、行くだけなら』って、答えちゃった。行ったら、止まるわけないのにねぇ」

はたして、彼は、ラブホテルの部屋に入ると同時に、襲いかかってきた。激しいキスをしながら、剝ぐように服を脱がせ、一気に数代の中に入ってくる。それから50分間、18歳の彼は、突きまくるのだった。

「今までで、一番よかったかもしれない。〈頼むから、もうやめて――〉とか思ったりもするんだけど、主人にはない激しさと逞しさがあるのね。でも、若い体って、疲れるわね。体力的にちょっと、ついていかれないときもあるし……。彼、終わってからも腕枕して、私の髪を撫でてくれて、とっても優しくてね。だから、『ずっとつきあっていきたい』って言われたとき、『ん』って答えちゃった」

それから2人は毎週、ラブホテルで、体を合わせるようになった。会えない日は朝から、夫の帰る午後9時前まで、彼が幾度となく電話をしてくる。夫にばれないのをいいことに、2人は、ますます大胆になっていった。数代は、ついに彼を自宅に昼間、呼ぶようになってしまった。2人は、子供が昼寝をするとすぐに、夫婦の寝室で情事を重ねた。

「ウチ、セミダブルとシングルのベッドをくっつけて寝てるんです。主人とするとき、いつも主人のセミダブルのほうのベッドだから、一応区別つけて、私のシングルベッドのほうでするの。罪悪感なんて、まったくなくなってた。ただ場所がラブホテルから、自分のベッドに変わったぐらいの感覚。最初、『しよう、しようよ』と誘われたときは、『家だしなぁ……』って、ちょっと迷ったんだけど、1回したら、大丈夫になっちゃった」

数代は、する前もしたあとも、シャワーを浴びない。避妊は外出しで、したあとも、そのまま服を着るだけ。シーツも替えない。それでも夫には、ばれないのだ。

「でもね、彼とし終わると、すぐ現実に戻るの。『帰れば？』とか言っちゃうもん。してるときは、主人のこと忘れてるのに、し終わると、〈もし、帰ってきたら、どうしよう〉とか、心配が始まって、怖くなっちゃうの。だから終わると、彼が帰ってくれることばかり考えてる。で、彼が帰ったら、もうすっかり彼のことは、忘れちゃう。もしかしたら、私ってすごい器用なのかもしれない」

屈託なく数代は小声で笑う。彼女にとって、彼とは「娯楽」である。けれども、エッチをし終わったあとの彼は、「ただの人」になってしまうのだそうだ。それでも、彼と外で会えば、イチャイチャし、車に乗ればキスをしまくる、というラブラブ関係である。男友達と仕事優先で、かまってくれない夫の代わりに2人は、映画へ行ったり、おもちゃ屋さんへ行ったりと、楽しくデートをしている。夫が、イチャイチャ系でないため、彼に「好き」と言われる度、数代は「私も」などと答え、恋に酔っているのだ。

「そのときは、主人のこと、考えてないんでしょうね。でも彼は、ただの『好き』。どんなにラブラブでも、主人とは別ものなの。だって主人は、『愛してる系』。必要なんだもん。彼は、突然いなくなっても、今の生活に影響ないでしょう？　だけど、主人がいなくなっちゃったら私、困っちゃうもん」

数代は、はっきりとした口調で言って、クールに笑った。それほど夫のことが必要ならば、いなくなっても困らない彼のことなど、いらないと思うのだが。

「主婦って、ストレス溜まるんです。家の中で、『飯炊きババア』させられてるからかな？ご飯作って、掃除して、子供と主人の世話をして……。だけど外へ出れば、私だって1人の女なのよ。ばれるのは怖いけど、やっぱりやっちゃう」

重森夫婦は、仲が悪いわけではない。風呂も一緒に入るし、セックスだって、最低週2回はする。だから、彼とWですることになる日は、ザラである。

「体力的に、すごい大変。だけど、主人に、『してきて、疲れてるからしたくない』なんて言うわけにもいかないし、マズイなぁと思いながらも、するしかないのよね。でも私、Wでも、ちゃんと感じるの。そういう自分をこわ――いって思う。ただ、Wでしちゃうと、疲れがひどくって『娯楽』が、『疲れる娯楽』になっちゃうのね」

家事をし、育児をし、さらに恋人と数時間も娯楽をしたうえに、夫へのお勤めもこなす。細身で、キリリとした顔立ちの数代は、見た目にも、かなり強そうである。ところが、数ヵ月前あたりから、数代の心境に変化が起こってきた。彼から遠ざかりつつあるのだ。「会おう」と彼が誘ってきても、「ばれそうで、もうやめたほうがいい」と断るようになってきた。

「最近、主人のほうが、おもしろくなってきたの。なんか優しくなって、主人が休みの前日になると、『買い物行く？』とか聞いてくれるようになったのね。〈優しくなったのは、かえって怪しいかな？〉とも思ったけど、問いつめて、こっちがばれちゃったらヤブヘビだし……」

最近、彼も、冷たい数代の応対に、悟ってきたらしく、週イチぐらいしか電話をしてこなくなった。

「彼はまだ子供なのよ。イチャイチャする分にはよかったけど、今度はもう少し大人と、わきまえたつきあいをしないとね。ちょっと娯楽に疲れちゃった」

それでもまだ数代は、完璧に娯楽の世界から足を洗うつもりはない。１度すると、抵抗がなくなってしまうものなのだろうか。

「自分がするまでは、不倫のドラマとか雑誌を見て、〈すご――い、この人〉って思ってたけど、実際してみると、自分のほうが、すごかったりするのね。未だに、人のこと見て驚くくせに、自分のしてることは、忘れてるの」

彼と情事後、シーツも替えず、シャワーも浴びず、普通にしていられるほどの図太さと、切り替えられる器用さがあるからこそ、数代は娯楽として不倫を楽しめるのだろう。しかし、何も知らずに情事後の妻を抱く夫は、本当に滑稽である。生まれ変わって私が男になったとしても、この夫にだけはなりたくない。

case 29

母でありたかった。
けれど人生は一度、と思うと――。

――阿部弓子（30）

結局、みんな失っちゃった。
刺激なんて、慣れれば、
じきになくなるのよね。
私みたいな不器用な女は、
不倫に向かないの。
絶対、やっちゃいけなかったのに、
もう取り返しがつかなくなっちゃった。

阿部弓子 (30)

8年前、建設会社社員と結婚。
夫（35）との間に小学1年の男児1人。
彼（48）は、結婚1年半前までつきあっていたヤクザの組長。

「10代のときの女友達が、教えてくれたの。『組長が、肝臓を悪くして、近所の病院に入院してる』って。迷ったけど、1週間後、思い切って行っちゃった。病院に着いたら、〈何か始まるんじゃないか〉って、ドキドキしてきたけど、〈私は今、母親だし、大丈夫〉って、言いきかせてノックしたの。中に入った途端、『おぉ！　久しぶりだなぁ』って。すごく懐かしくて、〈うわぁ、ヤバイ！〉と……」

都内に住む阿部弓子（30）＝仮名＝は、結婚して8年になる。子供は、小学1年の男児が1人。建設会社の社員をしている夫（35）とは、「紹介結婚」である。今から9年前、母親が経営する喫茶店の客から、その弟を紹介されたのだ。実は、夫と出逢う半年前まで、弓子は、冒頭の組長（現在48）と、2年ほどつきあっていた。といっても、会うのは月1回程度。妻も愛人もいる彼にとっては、弓子は、あくまでも遊びだった。が、弓子は、渡哲也系のシブイ彼に、はまってしまった。しかも、ヤクザとつきあっていることが、両親にばれ、大変な剣幕で怒られ、一方的に別れさせられたのだ。当時、遊び女は増える一方という組長は、弓子を引き止めもしなかった。

「だから、主人と結婚しようと思ったの。まじめで大人しい人と、普通の結婚生活をしてみたかった。結婚するまでに彼のこと忘れようって、一生懸命努力はしたのね。でも、結婚しても主人に対して、好きって感情は、湧いてこなかった。嫌いじゃないけど、ただいるってカンジ。だから、彼との再会で、ドキドキしちゃって……」

今から半年前、その組長は、ある容疑で起訴され、勾留中だった。ところが、肝臓の具合がかなり悪く、拘置所から、病院に移されていたのだ。彼は、ベッドの上に、上半身を起こして座ったまま、2年近く服役に行く予定であることとか、3年前、本妻と離婚したこと、一人息子が、一流会社に入社したことなどを、弓子に話した。彼は、風の便りで、弓子が結婚したことを知っていた。「今、幸せか?」と尋ねる彼に、弓子は、ためらいながら、小さな声で「う……ん」と答えた。ネが正直な弓子は「うん!」と、嘘でも元気に答えられなかったのだ。彼は、「今夜、食事しよう」と誘ってきた。

「主婦になると、男の人と1対1で、食事に行くってこと、なくなるでしょう? 〈えーっ!?〉とか思ったけど、うれしくて、すぐに『うん、行こう』って答えちゃった。でも、あとが大変。家に戻って、掃除・洗濯をして、それから、子供を近所の友人に預けて……。主人には、『急遽、学校の先生のお通夜になって』と、電話をして、5時ごろかな? また病院へ行ったの」

そのとき、一人息子を預かったPTA仲間のA子は、10代のころの2人のいきさつも聞かされていただけに、「今、行かなかったら、あとできっと後悔すると思うから、会うだけ会って、でも、必ず帰っておいで」と言って、弓子を強く送り出してやったそうだ。

「だけど、今考えると、私があのとき、後押ししたのが、まちがいだった」

インタビューに同席したA子は、そう言って、弓子と一緒に大きな声で笑った。黒のアンサンブルドレスを着て、セミロングヘアの弓子は、歯がまっ白で、大人しい美女タイプだ。けれども喋り方は、すごい早口で、笑い方も豪快である。そのギャップが、魅力的だと私は思った。

再会の夜、午後9時までに帰院しないといけないという彼が連れて行ったのは、病院の近くにある焼き肉屋だった。

「10代のころの華やかな世界が蘇ってきて、私、急に目覚めちゃったみたい。免疫ができてなかったから、焼き肉食べただけでドキドキ、ポ――ッ。どっぷり、のめり込んじゃった」

食事を終えると2人は、近くにある組長行きつけのスナックへ行った。そこには、彼の若い衆や舎弟、そして、知り合いなど、5人が集まっていた。

「私、周りの人に『盃、交して』って、囃《はや》したてられたとき、〈へえ、どうしよう〉と思いながら、気がついたら、彼とマネゴトで、盃を交してたの。彼、『出所するまでに、離婚して待っててくれ』って、皆の前で言うのね。私、ムードとお酒に酔っちゃってたから『ついて行く！』なんて、言っちゃった。もう、止まらなかった」

それから、弓子は毎日のように、通院した。夫に使った言い訳は、「先生のお葬式」「PTAの集まり」「友達と飲みに行く」など。2人が、再び結ばれたのは、4回目の食事デートのときだった。ふぐを食べたあと、病院までの帰り道にあるラブホテルへ「入ろうか？」と彼が誘ってきた。弓子は迷わず「うん」と言って、あとに続いた。その夜、夫は、出張中だった。

「すぐに一緒にお風呂に入ってね。私、『太ったなぁ』って言われちゃった。彼？ やっぱり、ガッシリしてて大きな体してた」

それから2人は、ベッドに行き、9年ぶりに結ばれた。

「昔が蘇ってきたの。主人じゃない男に、家じゃなくてラブホテルで抱かれる——自然と力が入りますよね。私、彼と肌が触れ合った瞬間、ボーーッとしちゃって、もう夢中でエッチしちゃいました。だって、主人、自分でも、『どうして、こんなに早いのかな』って言うくらい、早いんだもん。しかも、2ヵ月に1回で、時間は、全部合わせて5分ぐらい。諦めてただけに、彼とのエッチは、すごくよかった。やっぱり、大人なのよね」

2時間後、2人は、慌ててホテルを出た。門限の9時に、ギリギリ滑り込んだ彼は、別れしな「絶対、待ってるんだぞ！」と、念を押して病室へ向かった。弓子は、そのとき、「うん」と、大きな声で返事をしている。

「言っちゃってから、〈どうしよう、どうしよう〉って始まっちゃったんです。ついにエッチもしちゃったし、〈わぁ、これからどうなるんだろう〉って、頭の中が廻ってた。〈とにかく早くウチに帰らないと子供が……〉と思う気持ちと、〈でも、彼についてくって言っちゃったから、離婚しないと〉って気持ちが交互にやってきて、〈どうしよう、どうしよう〉って、パニックになってたの」

弓子の病院通いとデートは、それからも、止まらなかった。夫は、まったく気づいていない。ところが、2人が結ばれてから5日後、弓子は夫と大ゲンカになった。A子とは別の友人と、電話で世間話をしていたところ、夫が帰宅し、いつものようにバスルームに直行した。弓子はそれに気がつかなかった。すると裸で居間に飛び込んできた夫が、

「いつまで電話で喋ってるんだ！　帰ってきたのも判らないのか。風呂がまだ水だ！」

と、電話中の弓子に、すごい剣幕で言うのだ。ふだん温和な男性だけに、よっぽどのことだったらしいが、友人の前で恥をかいたということを利用して、弓子は3日間、口をきかなかった。弓子は、このケンカを利用して、離婚まで結びつけようと企んでいたのだ。

「〈離婚するための理由を作らなきゃ〉と思う反面、〈彼に深入りしちゃダメ〉と思ってる。

なのに朝起きると、〈早く、ダンナは仕事へ行って〉とか〈子供が学校行ったら、すぐ病院に行こう〉って、焦り出すの。心の隅では、〈行っちゃダメ〉って、思ってるのにね。主人は『まだ怒ってるの？』って、機嫌をとってきたけど、『今は触らないで！　喋らないで！』って、私、1人、ツンツンしてた」

組長は「ダンナに（離婚のこと）話したか？」と、毎日のように弓子を追いつめる。離婚を口にするのは難しかったが、もはや弓子には、組長しか見えていなかった。だからある日、友人のA子が、阿部宅に立ち寄ったとき、弓子の息子が空腹で母親の帰りを待っていることを知り、愕然となった。A子は、すぐに息子を自宅につれて行き、昼食を食べさせた。それほど弓子は、彼にはまっていたことになる。そしてついに弓子は夫に、

「あなたの顔見るのも、ご飯作るのも、みんなイヤ」

と、言ってしまった。ケンカから2週間目のことだった。例の風呂事件が原因と思い込んでいる夫は、相当なショックを受けた。それでも、「いなくてホッとするんなら、仕方ない」と、弓子の気がすむように夫は、家を出た。行った先は、弓子の実家だった。あと1ヵ月ほどで、組長は拘置所に戻される。それまでに結論を出さないと――と、弓子は焦っていたのだろう。友人のA子は、「夫を追い出した」と弓子から聞き、「彼のところへ行ったら、2人とも地獄に堕ちるわよ」と、忠告したという。しかし、弓子は聞かなかった。

「そんなこと、ゆっくり考える余裕さえなかったの。気持ちは、とっくに組長にいってたし。子供のことは気がかりで、お母さんであり続けたいとは思ってたけど、その前に女でいたかった。人生一度と思うと、本当に止められなかった」

しかし、1週間後、

「家族と一緒でないと耐えられない。仕事に行く気もなくなる」

と、夫が帰ってきてしまったのだ。弓子が文句を言うと、

「ここは自分の家だ。だったら弓子が出てけ」

と、言われてしまった。それで弓子は、夫と子供がテレビを見ている間に、エプロンだけを取り、着のみ着のまま、〈どうしよう、どうしよう〉と迷いながらも、結局コッソリ外へ出た。行った先は、病院だった。

「もう頼るのは、あなたしかいない」

と、泣きながら訴える弓子に、組長は、

「どんなことがあっても、ついてこいよ。お前が失くした分、俺が全部、守ってやるから」

と、自信を持って言った。まるで映画の世界で、弓子は、すっかりその言葉に酔ってしまった。その夜、弓子は実家へ行った。母親はすごい剣幕で、「なんて子なの！」と怒るし、深夜、慌ててやってきた夫は、「もう1回、やり直そう」と、必死に弓子を説得する。

「でも、私、どうしても返事できなかった。主人はまだ、お風呂の件でと思ってるから、〈僕のせいで〉と自分を責め続けてるのね。『違うの』って言いたいけど、本当のことは言えないし、主人を悪者に仕立てちゃいました。戻れば、元通りの生活が待ってる。でも、後戻りできないと私は思ってたから」

結局、弓子は実家に残り、別居生活が始まった。そこから弓子は、毎日、病院に通った。2週間後、組長は、拘置所に戻された。それからまもなく1年半の刑を受け、彼は、刑務所へ送られた。弓子は内妻の手続きをされていたので、刑務所にいる彼に面会に行ったり、手紙を書いたりできたが、1人になってしまうと、思い出すのは、彼でなく、子供のことばかりだった。その淋しさのせいで、弓子は面会に行く度、泣いていた。3ヵ月後、冬休みになった息子が、弓子に会いにきた。

「子供が、抱きついて泣いたまま、離れないんです。『クラスで僕だけだよ、お母さんがいないのは』って。堪らなかった。私も、泣けちゃって、離れられない。だけど私、『待つ』って彼に言っちゃったし。子供を抱きながら、やっと気がついたの。〈私は、ヤクザの世界にどっぷり漬かって、組長と生きてくことなんかできない〉って。でも、組長は待ってるし、子供といたいし、どうしよう……」

弓子は、クマのマンガのついた子供用タオルハンカチで、溢れる涙を拭った。冬休みじゅう、子供が一緒にいたから、弓子は余計に、離れられなくなってしまったのだ。それで弓子は、組長と別れる決心をした。ところが、今度は、組長が怖くて、別れの手紙が書けないのだ。正直なので、面会だって行けなくなる。彼からは、「どうしたんだ？」という手紙が届くし、弟分も、「何かあったのか？　面会に行ってやってくれ」と、訪ねてくる。夫は夫で、「子供がこんなに悲しがっているのに、どうして戻れない？」と不審がってきた。

「『待ってる』と言った以上、『子供のところに戻ります』とは言えないし、でも、子供とは一緒にいたいし……。私は、昔いた華やかな世界のいいところしか見てなくて、彼にまた夢中になっちゃったけど、結局、みんな失っちゃった。刺激なんて、慣れれば、じきになくなるのよね。私みたいな不器用な女は、不倫に向かないの。絶対、やっちゃいけなかったのに、もう取り返しがつかなくなっちゃった……」

弓子は、涙を目に溜めながら、低い声で自嘲するように笑った。弓子は、まだ夫の元に戻れないで悩んでいる。人妻の不倫は、誰もがうまくいくとは限らない。不倫をするのは、本人の自由だが、良くても悪くても、結果を背負わなくてはいけないのも、本人なのだということを、多くの不倫人妻たちは忘れているのではないだろうか。

case 30

愛だけでいい、なんて大嘘。

——鈴木ゆかり（35）

先生とは、
好きだから一緒にいたいけど、
結婚は、するつもりないし、
私は今の家庭を潰したくないの。
私は、「愛してる」って、
先生に言ってもらえるだけでいい。

鈴木ゆかり（35）

神戸市在住で、大学病院皮膚科医の夫（37）と、10年前結婚。
彼（36）は、9歳になる男児の塾の先生で、
1年半前から交際中。
彼は、ゆかりのことが原因で離婚した。

「先生と出逢ったのは、2年前。子供の塾の先生だったの。1年半前かな？　子供の成績のことで、相談を持ちかけたら、『じゃあ、ちょっと、ご飯食べに行こか』ってことになって……。でも、相談ごと以外は、世間話しかしなかったのね。ただ、先生がすごく明るくて、会話が本当に楽しかっただけ。まさか先生と、そういう関係になるなんて、全然思ってなかったから……」

神戸市内に住む鈴木ゆかり（35）＝仮名＝は、落ちつき払った口調で言う。お酒がいかにも強そうなハスキーボイスをしている。取材当日がＰＴＡの会合帰りだったゆかりは、茶のスーツに同色のマニキュアで、ビシッと決めていた。長めのボブヘアは、きれいにセットされていて、清楚で、いかにもＰＴＡの役員という印象を受けた。

ゆかりが友人に紹介されて結婚したのは、今から10年前。出逢いから結婚まで1年というスピード結婚だった。大学病院で皮膚科医をしている夫（37）は、ガッチリした体育会系の体をしているが、性格は、きまじめで口数が少なく、繊細だという。だから、ゆかりには、会話に長《た》けていて、カラッと明るいタイプの先生（36）が、すごく新鮮に映ってしまったのだ。ゆかりにとって、個人的に男性と食事をしたのは、結婚してから初めてのことだった。

「すっごい楽しかった。でも、私、本当にその気なかったんですよ。先生も私も、とても家庭を大事にしてたし……」

ゆかりは、私に念を押すように言った。先生には、ゆかりの一人息子と同い年の男の子と、5歳年下の妻がいた。ところが、よっぽど相性がいいのか、ゆかりと先生は、会う度に急接近していってしまったのだ。

初めての食事から4日後、先生は、ゆかりの自宅に電話をしてきた。そうして、2週間後に予定されているPTAの飲み会の帰りに、先生と待ち合わせをする約束をした。しかし、その夜は、公園を散歩しただけで、まったく何も起こらなかった。が、先生は、また1週間後、「お昼ご飯を一緒に食べよう」と誘ってきたのだ。

「お昼ご飯だから私、安心して行ったんです。でも、ビールを飲みながら、お昼ご飯を食べて、先生の車に戻ったら、『行く?』って言われたの。私、てっきり、このあとは、お茶でも飲んで送ってくれると思ってたのね。だけど、うれしかった。だって結婚以来、初めてのことだもの、男の人に誘われたのって。何ともいえない、いい気分。私、そのとき、いつのまにか先生のこと好きになってた自分に気がついたの。心のどこかで、先生に抱かれたがってたのね。だから、『うん』って……」

先生は、レストランの近くにあるラブホテルに車を滑り込ませた。特に言葉もなく部屋に入り、当たり前のように先生が先にシャワーを浴び、そのあと、ゆかりも浴びた。

「ベッドに入って、浴衣を脱がされたとき、好きな男の子と、初めてエッチしたときみたいに、すごい恥ずかしくなったの。なんか学生時代に戻ったみたい。ラブホテルへ行くことも、結婚以来なくて、すごい新鮮で恥ずかしかったし、体を見せることが、ものすごく恥ずかしくて……。主人には全部さらけ出してるのにね。主人の顔？　まったく浮かばなかった」

当時からゆかりは、夫と別の部屋で寝ていた。セックスは、平均月イチで、夫が欲求を覚えたときに、ゆかりの部屋を訪れるのが合図になっていた。が、夫のセックスは、フルコース最高でも10分という、男の欲求を吐き出すだけのものである。しかし、先生は違っていた。ゆかりの体を丹念に愛撫し、歓ばせてくれたのだ。

「恥ずかしかったし、初めて尽くしで、もう、夢中だった。でも主人のサイズに9年間、慣れてきちゃったでしょう？　先生のが入ってきたとき、少し大きくて、違和感があったの。だけど、入ってからは、それほど感じなかった。〈こんなものかな〉って、ちょっとあてがはずれたけど、先生のこと、もっともっと好きになっちゃった……」

実は、そのころ、夫に女の影が、ちらついていた。相手は、同じ病院に勤める独身の若い女医。ゆかりが先生と結ばれる2ヵ月ほど前に、どうやら関係ができたらしい。夫の帰りが遅くなったり、小銭入れやキーホルダーなど、夫の趣味ではない持ち物が増えていた。嫉妬深いゆかりは追及したが、夫は認めなかった。

「その女との関係は、3ヵ月ぐらいで終わったみたいだけど、私の主人に対する愛情は、これで一気に消えちゃったわね。ちょうどそのころ、先生と結ばれて、私は主人のこと愛してないって、はっきりと判ったの。おかげで、主人が浮気してても、何とも思わなくなれたし、かえってよかった」

先生とのデートは、結ばれて以来、週1、2回に増えた。その度、2人は、ラブホテルで体を重ね合った。

「する度に、体が合っていくんです。する度に感じやすくなって、先生は、私を、もっともっとと、歓ばせてくれるんです。不思議ね。先生とするときは、夢中だから主人の顔なんて、少しも浮かばないのに、主人と仕方なくしてるときは、先生の顔ばかり浮かぶの。私、だんだん先生の奥さんにヤキモチ焼くようになっていったのね。だって家で先生、きっと奥さんと仲よくしてると思ったから」

ゆかりは、わざと、先生のワイシャツの後ろに口紅を付けたり、髪の毛を先生のジャケットのポケットに忍び込ませたり、車のバックミラーに、口紅でマークを書き残したりしていた。こんなことをしていれば、先生の妻に感づかれるのは当然である。2人がつきあい始めてから、7ヵ月後の今から約10ヵ月前、ついに先生の妻が、探偵事務所をつけ、浮気調査をした。そうして、すべてばれてしまったのだ。先生の妻は「いったい、どういうことなの」と、すごい剣幕で、これからゆかりに会いに行くと、電話をしてきた。探偵事務所を使ったとは言わなかったが、「○月○日、○○ホテルへ行ったやろ」など、事実のいくつかをつきつけるのだ。ゆかりは、もちろん強硬に否定し続けた。それから電話をなんとか切り、先生に、あわてて電話を入れた。

「先生ったら、『どうしよう、どうしよう』って、ビクビク、オドオドしてるの。奥さん、私の主人にばらすとか、PTAの人たちにばらすとか、半狂乱になってたから、私は、『とにかく何もなかったって、お互いに言い切るのよ』って、先生に言い聞かせたの。先生は、もうビビッちゃって、『とにかく、謝ってくれ』の一点張り。私、ちょっと、そのときは、先生に幻滅しちゃった。そんなにオドオドしなくても……ってね。でも、そんな気の小さいとこも含めて、私、先生のこと好きなのよね」

その夜、先生夫妻は、大ゲンカになってしまい、妻は、ゆかり宅までこられなくなってしまった。けれども、半狂乱状態で、再び電話をかけてきた。夫は運よく、当直だった。ゆかりは、非常に不本意ながらも、先生に言われたとおり、「主人やほかの人に言わないでください。もう二度と会いませんし、電話もしません」と、ひたすら謝り続けた。どうやらゆかりの言葉に先生の妻は納得したらしく、その日を境に大人しくなった。それで、ゆかりと先生は、警戒しながらも、月1、2回に回数を減らして、会っていたのだが——。

発覚から2ヵ月後、先生の妻が、激怒して、ゆかりの留守宅へ乗り込んできた。実は、先生の自宅の電話機に、盗聴器を仕掛けていたのだ。それで、2人がまだ会っていることが、ばれたというわけだ。先生の妻は、ゆかりの夫に、一部始終をヒステリックに話してしまった。買い物から帰ってきたゆかりを待っていたのは、激しく怒った夫だった。

「顔を見るなり、『どういうことや!』って、厳しく追及されたけど、私、絶対に認めなかったの。ホテルに行ったことまで、奥さんが話しちゃってたけど、私は、『絶対に何もしてない。相談ごとがあったから会っただけ』の一点張り。私は、主人より口が長けてるから、なんとか丸め込めたのね。でも、先生は、離婚しちゃいました。私の家にまで、奥さんが乗り込んじゃったわけでしょう? 『それをしたら、もう終わりや』って」

先生は、子供を置いて家を出、ワンルームマンションを借りて、一人暮らしを始めた。それで、ゆかりは懲りずに、先生宅へ通うようになった。離婚を機に、2人はまた週1、2回、会うようになってしまった。

「正直、離婚してくれて、邪魔者がいなくなった分、ホッとしましたよね。だって今までは、お互いに、言い訳を考えたり、会うための時間を調整しなきゃいけなかったでしょ? ホテル行っても、石鹸を使わないとか、髪を濡らさないとか……。私、主人と離婚してもいいと思ってたの。でも、主人が、離婚を言い出さないのに離婚を私から言う必要はないと思って。だって、それ相応の生活ができるだけのものを貰わなくちゃ困るもの。先生のところへ行ったら、今の生活水準が、ガクンと落ちるわけでしょう？　私、やっていかれないもん。お金がなくても愛だけでいいなんて、大嘘よ」

ゆかりは、悪びれずに言った。自分が夫を裏切り続けながらも、仮に離婚したとしても、夫から生活費を貰おうと思っている。このしたたかさは、子供の母親であるということだけから、きているのだろうか。

「やっぱり、子供ですね。主人も、『子供の顔を見たら、離婚するわけにはいかない』って言ってるもの」

ゆかりは、突き放すように言った。

夫は、毎週日曜日の朝、一人息子と一緒に、子供野球チームの練習に参加するほどの子供好きである。鈴木夫妻の間では、必要なことしか会話が交されなくても、離婚に至る兆候さえない。ところが、１人になった先生のほうは、３ヵ月ほど前からさかんに、『ゆかりと絶対、一緒になる』と言い出した。

「無理よ、それは。先生と、私と子供の３人でうまくやっていくなんて、子供が主人と仲が良すぎるだけに、絶対無理だと思うのね。だから『離婚は考えられない』って、先生に言ったの。そしたら先生、『そういう風に思われてるとは知らなかった』って、すごいショック受けてた。そりゃ、先生といると楽しいし、先生のことは大好きだけど、結婚って、それだけじゃできないでしょう？　責任とか、生活とか、考えなくちゃいけない。先生とは、好きだから一緒にいたいけど、結婚は、するつもりないし、私は今の家庭を潰したくないの。私は、『愛してる』って、先生に言ってもらえるだけでいい」

ゆかりは、淡々と言う。そのクールさに私は、時折、気後れさえ感じてしまった。彼女は、夫向きの男、恋人向きの男を用途に応じて、うまく遣い分けているのだ。しかし、ゆかりの用途に振り廻されて、離婚までしてしまった先生は、たまらない。そして妻の浮気を黙認している夫のほうも。

先日、ゆかりは、夫の机上に置いてあったスケジュール帳を盗み見してしまった。そこには、「7時に洋子と飲みに行くと言って出て行く。でも、嘘だ」とか、「今日は、6時にあいつに会いに行って、10時に帰宅した」などと、ゆかりの素行と、それに関する感想が、こと細かに書かれていた。さすがのゆかりも、これには背筋が寒くなる思いがしたという。しかし、それでもゆかりは、先生と会うのをやめようとはしない。

「だって、先生に会わなくたって、ウチは、こうなってたと思うもん。子供産んだ時点から、主人に対して、愛情はなくなってたの。私、あとの人生、惰性で生きると、覚悟してたから……」

ゆかりは最近、先生との関係にも、マンネリを感じ始めている。結局、先生夫婦を離婚させたことにより、自分の独占欲は満たされ、目的が達せられてしまったのではないだろうか。近い将来、ゆかりは先生を捨て、新しい遊び相手を探し始めるだろうと私は思った。

case 31

どっちの子か
判らない子を産むなんて……。

——堀川久美（31）

気がついたら、
いかがわしいラブホテルの入口。
彼は横で
「何もしないから」って言ってるの。
信じたわけじゃないけど、
飲みすぎて、あんまり苦しかったから、
とりあえず中に入ったのね。

堀川久美（31）

2年半前、キャリア組の役人と結婚。
実は、夫（35）との結婚5年前から、
彼（48）がいて、現在も進行中。
1歳の子供は、おそらく彼の子供であることを夫は知らない。

「子供が欲しかったんです。彼との結婚は、まったく考えてなかったけど、今の状況に満足してたから、2人の関係を続けるために、私が別の人と結婚しようと思ったんです。そのほうが、彼にとっても何かと便利だろうと思ったし。もう2回も彼の子、堕《お》ろしてたから、次に妊娠する子は、どうしても産みたかったのね。ちょうど、いいお見合い話がきたから、『私、結婚するわ』って、彼に報告したの。そしたら、『やめろって、俺は言えないから』って素直に言ってた」

都内在住の堀川久美（31）＝仮名＝は、今から2年半前、霞が関の某省に勤めるキャリア組の役人（35）と見合い結婚した。実は久美は、23歳のときから不倫をしていた。女子大を卒業し、商社に勤めていた久美は、入社4ヵ月目の昼休み、取り引き先のやり手営業部長と、ランチ先で一緒になった。17歳年上で、琴乃若に似た顔で体も大きな部長は、会社まで一緒に戻るわずか5分の間に、歩きながら「僕のこと、どう思う？」と聞いてきた。女子社員に手を出さないことで有名だっただけに、久美は少し驚いたが、当時、別れかけていた同い年の恋人もいたので、「営業部長と思ってます」とだけ答えた。部長には、10歳年下の美人妻と、3歳と0歳児がいた。しかし部長は、会社へくる度に「今夜、食事でもどうですか」と誘ってきた。5回に4回は断り、1ヵ月に1回くらいの割合で、久美は、つきあいとして部長と食事に行っていた。何の進展もなかったし、進展させるつもりなど、まったくなかったと、久美は言う。ところが、3度目の食事のとき、久美は、すっかり酔っ払ってしまったのだ。

「気がついたら、いかがわしいラブホテルの入口。彼は横で『何もしないから』って言ってるの。信じたわけじゃないけど、飲みすぎて、あんまり苦しかったから、とりあえず中に入ったのね。だけど、すぐに襲いかかってきたから私、『したいんだったら、自分でして、出せば!?』って、突き放したの。そしたら『じゃあ、自分でやるから手伝って』って、おもむろに素っ裸になってベッドに横たわっちゃったのよ。〈そこまでするか!?〉と思ったけど、結局、手伝ってやってね。終わってから『バカだな、俺も』って言ってた」

久美は、艶っぽい高い声で笑った。透けるように白い肌と、セミロングの美しい髪を持つ久美は、どこから見ても、夫に従順で身持ちの堅い理想的な奥様である。しかし、彼女の口から出る真実の数々は、ことごとく、イメージを裏切っていった。

冒頭の彼とのつきあいは、このいかがわしいホテルから始まった。それを機に2人は、最低週3回は、会ってセックスする関係になってしまった。

「まず、一緒にお風呂に入るでしょう？　指の先まで隅々洗ってもらって、拭いてもらって、抱っこしてベッドまでつれてってもらって……至れり尽くせりなんです。それから、1時間以上かけて愛撫して、ヘトヘトになるまで何回も私をイカせるの。そのあと入ってきて、1時間以上、また私をイカせまくるのね。フルコース2時間半ぐらいのをいつも2回。〈サイズもちょうどいいし、なかなか楽しめそう〉と思って私、別れかけだった若い彼とも、別れちゃった」

平日のうちの2晩は、平均5時間ずつ、2人はラブホテルで、セックスをしまくる。深夜、ヘトヘトのフラフラ状態で帰路につくにもかかわらず、会社では人一倍、バリバリと部長は仕事をこなしている。それでもエネルギーが余っているのか、週末は泊まりで、久美とラブホテルのはしごをする。寝てはしてを一晩中、繰り返した翌朝、チェックアウト後、外で昼食を取ってから、また別のラブホテルへ行き、夕方まで、1、2回のフルコース。それから、夕食を外に食べに行き、また別のラブホテルにチェックイン。多いときには、そのあと、もう1軒はしごをする。そんな生活が、結婚式をあげるまで——今から2年半前まで続いた。

「6年間弱、まっしぐら。フルコース2時間半は、まったく変わらなかったの。あるときは、指だけで1時間以上いじくり廻したり、あるときは、舌だけだったり、汗ボトボトになって、いつも一生懸命やってくれるの。よっぽど体が合うのね。それに会話も楽しくてしょうがないから、全然飽きないの」

久美は、今日までの8年間、彼と別れようと思ったことも、結婚したいと思ったことも、「1回もない」と即答した。

「彼は、結婚に向かない男なんです。営業部長として、男としては認めてるけど、父親とか夫としては、三流男。外泊もするし、休みも家にいない。それに、脱ぎっ放し、物は散らかしっ放しで、だらしないし、汚い好き。家で毎日やられたら、たまんないけど、私、美味しい部分だけ、つまみ食いすればいいわけでしょう? 彼と結婚生活なんか、したくない。でも私は、結婚するにふさわしい人と結婚したから、ちょうどいいの」

2人は、結婚式の前日にも、いつもと変わらずセックスをしている。そして、結婚式では、彼が、緊張しまくりの複雑な表情で、列席していた。久美は翌日、「これから新婚旅行、行ってくるね」と彼の会社に電話を入れ、ハワイからも「何してるの?」と国際電話を入れている。

「旅行中、愛情あるフリを一応はしたけど、主人のこと、好きでも何でもないわけでしょ? 〈どうして、コイツといなきゃいけないのよ〉って腹立たしかった。旅行中に、1回はしといてやらないとマズイかなと思ってしたけど、全然、感じないし、上手じゃなかった。私、主人には、『そういうのヤだから』って言って、エッチ嫌いって思わせてるの。最初から人形でいようって。ときどき、『イタタ……』なんて言ってね。主人、鵜呑みにしてるのよ」

それでも夫は、久美のことが相当好きらしく、「僕は、久美のような綺麗な人と結婚できて、ほんとよかった」と言っては、至福の顔をする。

「主人は、いい人ね。常識豊かな、とってもいい人。だから、騙しやすいの」

久美は、流れるように言って、笑った。一部始終を知っている久美の姉や親友は、「あなたは悪魔よ、鬼よ」とののしりながらも、彼と会うためのアリバイ作りに協力しているそうだ。

人妻になった久美が、彼に会ったのは、新婚旅行から2週間後、土曜の昼すぎだった。その日、久美は姉と買い物に行くと言って、外出した。新宿のシティホテルのレストランで食事をしながら、新婚旅行の写真を見せ、それから部屋へ行った。

「あのときは、燃えたわよねぇ、お互いに。いけない、いけないと思ったら、ドキドキしちゃって、よけいに、ズッコン、バッコン。もう、やりまくり。彼、アクロバット系が好きなのね。『犬神家の一族』に出てきたみたいに、足首持って逆さ吊るし状態でエッチしたり、足を顔の横まで上げさせられたりとか、鷲掴み状態とか、もう腫れちゃって、ヒリヒリで、『痛い』って、お互い言いながら、それでもやってるの」

結婚後は、夫に発覚するのを用心して、彼と会うのは月2回程度に減ったが、久美は、

「危ない期間中」に彼とした場合、必ずその夜、夫を誘うのだ。妊娠した場合、夫に、「あの日の……」と納得させるためである。もちろん血液型は、夫も彼も同じA型。もともと久美がお見合いをする気になったのも、血液型が同じだったというところから始まっている。やはり、それほど前から、彼の子作りは、仕組まれていたのだ。

「彼の子供を妊娠するまでは、主人ともして、カムフラージュしとかないとね。主人には、自分の子供と思ってもらうわけだから。罪悪感？　全然ない。なくて、気持ちがよそに行ってるから、冷静でいられると思うの。危ない日に『しましょう』って誘ってやると、主人、喜んじゃってね。バカよね。でも、ばれたらかわいそうだから、ちゃんと最後まで騙し通してあげなくちゃね」

久美は、妖艶な笑みを美しい顔に浮かべ、気味悪いほど落ちついた口調で言った。

久美が妊娠したのは、結婚から半年後だった。久美は、危ない3日間中、間に1日夫を挟んで、前後の日を彼としている。しかし、どの日の子か久美には、判らなかった。

「〈主人としといてよかった！〉って思ったわよね、つくづく。『できたよ――』って言ったら、すごい正直に喜んでたから、〈こりゃいい〉と思って。彼は、ただ、びっくりしてた」

子供は、男の子だった。夫は、「僕に似て男前だ」と大喜びしたが、久美や姉が見ても、どちらが父親か、判明しなかった。

「喜んでる主人を見ると、〈かわいそうかな〉とも思うんだけど、〈まぁ、いいか、喜んでるから〉と思って。彼に写真見せて、『似てない？』って言ったら、『そんな恐ろしいこと、言わないでくれよ』って、ひきつってた。この世にもう1人、自分の子供がいると思うと、怖いみたいよ。私、どっちの子か、まだ判らないってことが、けっこう楽しかったりするの。だって、どっちに似てくるか、これから楽しみじゃない？　将来、主人に『似てない』って言われたら？　ごまかします。『お祖父さんに似たのかな？』って。だって、普通、まさかと思うでしょう？　自分の妻が、夫以外の男の子供を産むなんて」

確かに、「まさか」の話である。誰が、ほかの男の子を産むために仕組まれた結婚だと、疑うだろうか。そのためには、セックス嫌いの妻を演じ、夫の前で、作り上げた別の人格で通しきる。こんな潔くて、入りくんだ芸当は、女でなくてはできないことだろう。

ところで、久美と彼との関係だが、出産2ヵ月後から、元通りの月1、2ペースで今日まで続いている。出産後から彼は、ずっと新しいプレイにはまっている。それを2人は、「乳飛ばし」と呼んでいる。

「彼が、私の胸を搾って飛ばすの。もう噴水状態。で、それを私の全身に塗りたくって、舐めるの。『どんな味かな』『まずいなぁ』とか言いながらね。臭いし、ベッドはベタベタになるし、私は、すごいイヤなんだけど、2人の体に塗ると、よく滑って、おもしろいの。何回も何回も塗りたくって、出なくなるまで搾り出すの」

久美は、妊娠発覚日から、現在までの1年半、夫とはセックスをしていない。たまに夫は誘ってくるが、久美はその度、「疲れてる」「まだ痛い」などと言って断る。久美は今後も、夫とセックスをするつもりはない。

「子供が生まれたから、主人はもう、用なしなんです。これから先は、セックスレス夫婦で、いいの。もし、主人がそれで女を見つけたら、『どうぞ』ってカンジ。でも、離婚は、私からは絶対に働きかけません。たとえ彼のことが、ばれたとしても、私はけっして認めないしね。主人は、同居人としては、害もないし、このまま波風を立てずにいけたらいいなと思ってるんだけど」

久美にとって、夫婦としての絆はなかった。けれども、子供によって夫婦の絆が、ようやくできたという。休日には、家族で動物園に行ったりもする。では、久美と彼の絆は、なんなのだろうか。

「セックスですね。セックスは、彼じゃなきゃ、多分ダメだと思うもの。もし、彼が（セックス）できなくなったら？『そのときは、お別れね』って、ちゃんと言ってあるから。彼？『頑張ります』って」

久美は、甘えた口調で言ってから、高い声で笑った。コーヒーカップを持つ左手のくすり指に、まだ新しい結婚指輪が光っていた。このいかにも清純で、良妻というイメージの久美が、実は、彼との関係を維持するために、これほど綿密に大胆な計画を立て、クールに実行しているとは――同性の私でも、恐ろしささえ感じてしまうのだから、夫が見抜けなくても、当然のことだ。

けれども、久美の夫は、それで幸せなのだ。美しくて、優しい妻、そして子供……彼の人生は、安らかで充実している。そして久美は久美で、将来を保証された優しい夫と、子供、そして、エキサイティングな彼に囲まれ、満たされた毎日を送っている。そして彼も――。皆、今の状況で幸せなのだ。不倫は当人同士の問題であり、自由である。他人が、とやかく言えることではない。ただ、取材をしてきて、一つ考え方が変わった。夫婦間で、真実を知らせること、知ることは、必ずしも正しい道とは言えないのではないか――と。

久美の言うように、騙し通すことは、不倫をする上での、最低限の大切なルールなのではないか。それを器用に守れる人のみが、明るく、楽しい不倫を成功させることができる。今の私には、そう思えている。

文庫版あとがき

「結婚したら、夫以外の人に恋をしちゃいけないの？」

この取材を通じて、私は常に問われていたように思う。それは、「どこまでが浮気なの？　エッチをしちゃったら浮気？　キスだけなら、浮気にならない？　それとも心奪われた時から、もう浮気になるの？」と問われた時と同じように、答えを出すのが難しい。

私自身は、ルールを守り、白黒はっきりしたい性格なので、婚姻中に他の人と肉体関係を持つということはしないできた。もっとも離婚の数が多いので、婚姻期間が、最高で7年と短く、10年以上の婚姻生活経験がなくて、よく判っていない部分も確かにある。

でも、この本に登場する彼女たちの気持ちは判る。ステキな恋愛時代をすぎて、晴れて勝利者として結婚し、「奥様」というゴールドの看板を手にする。そこまではよかった。ところが、子供が生まれると、女だけではいられなくなる。育児に追われ、メークしたり、肌の手入れをする余裕すらなく、子育て中心のお母さんファッションになる。子供のことで手いっぱいだから、夫のことなど、十分にかまってあげられない。やがて、「○×ちゃん」から「お母さん」「ママ」と、夫に呼ばれるようになり、ますます自分の中の女の部分が削られていく。はっと、気づいた時には、鏡の中に別人がいて、敗者だったはずの同年代のシングル女性が輝いて見えて……、

（こんなはずじゃなかった。私はもっと輝いて、ステキな女だったはず。イヤだ。このまま私、年取って死んでいくの？）

などと、焦りを感じ始め、外に目を向けるようになる。すると外には、いろんな男がいる。それで、女として自信を失い、カサカサだった心を潤してくれる男性が現れた途端、

（私は、女だったんだ）

と、女である部分を再確認してしまう。そこからメキメキと、女である部分が膨らみ、再びキラキラと輝き始めるようになる。

妻であるのに、恋人もいる。それは、一種のサクセスストーリーかもしれない。でも、自分の夫に輝かせてもらうことはできなかったのだろうか。他の男とセックスをして、女であることを自覚したと、よく聞くが、それをしないと、女である部分を確認できないのだろうか。疑問はいくつも湧いてくる。

私は長年、「夫以外の男性とつきあっている（または、エッチ目的の男がいる）」という人

妻を取材し続けてきた。取材に協力してくださった人妻は、３００名を越える。その結果、私が感じたことは、「やっぱり人妻の数だけ、外恋愛の仕方は違う」ということだった。楽しい恋、辛い恋、危ない恋、悲しい恋、激しい恋、どうでもいい恋……恋にはいろいろある。だから一言で、人妻の恋について言い切ることはできない。

ところが私は、その後の彼女たちのことも、よく知っている。自分がつきあった人、あるいは遊んだ人の名前も覚えていないという人妻もいれば、離婚して、その人と結婚してしまった女性もいる。また、夫にばれて、家庭内がグチャグチャになった人もいれば、その後、彼氏とすぐに別れた人もいる。シングル同士の恋だって、あれこれいろいろと起こるのだから、人妻の恋だっていろいろある。でも、どんなに恋にはまり、心が舞い上がっていても、これだけは決して忘れてはならないと、取材を通じて学んだことがある。

それは、「自分で蒔《ま》いた種は、自分で刈る」ということだった。種は、芽を出し、生長する。それを自分で刈らなくてはいけない時が必ずくるということを忘れてはならないと思う。ところが幸か不幸か、そのことを忘れている人妻が多い。私のほうが心配になって世話をやいても、笑い飛ばされてしまうことが少なくない。

結婚のハードルが低くなったのだろうか。どうしたって、もてそうもないような女性が、恋人を何人も持っていたり、いかにもいいお母さん風の女性が、恋やセックスにはまっていたりする。ハードルを一度越えたら、あとは何回やっても同じみたいだ。では、彼女たちは、いつまで恋をし続けるのだろうか。そして、私たちは、いつまで恋をし続けることができるのだろうか。

実はもっと凄い現実がある。それは、彼女たちの夫のほとんどが、「自分の妻だけは、絶対に浮気をしない」と信じて疑わないことだ。そんな夫たちだからこそ、妻たちは夫をナメて、悠々自適に浮気ができるというものだ。でも、それでいいのだろうか。結婚ってなんだろう。私には、今も大きな疑問が残っている。

現在、「男女のセックスレス」について、執筆中である。夫とセックスレスだから、外で欲求不満を解消したり、気を紛らすという解決策に至った女性も多くいる。結婚して安定を手に入れたら、いずれは夫とのセックスを諦めざるを得ないものなのか。それとも、結婚と、セックスや恋愛は別で、外でもすればいいものなのか……。やはり今の「結婚と恋愛」について、多くの疑問が生まれる。だから私は、今後も、セックスというものが必ず付随する恋愛、結婚、離婚などを追っていきたいと思っている。

二〇〇五年秋　家田荘子

この作品は一九九九年三月徳間書店より刊行された『私の中のもう一人の私』を改題し、大幅に加筆訂正したものです。

結婚後《けっこんご》の恋愛《れんあい》

家田荘子《いえだしょうこ》

平成17年12月10日　初版発行
平成18年2月20日　2版発行

発行者――見城徹
発行所――株式会社幻冬舎
〒151-0051東京都渋谷区千駄ヶ谷4-9-7
電話　03(5411)6222(営業)
　　　03(5411)6211(編集)
振替00120-8-767643

印刷・製本―株式会社光邦
装丁者――高橋雅之

幻冬舎アウトロー文庫

ISBN4-344-40733-4　C0195　O-23-5